火车在春天里停了一个小时

舍曼「作品」

上海社会科学院出版社

目 录

Chapter 1	鬼鬼祟祟	001
Chapter 2	逢场作戏	010
Chapter 3	逃过一劫	016
Chapter 4	处处留情	024
Chapter 5	万物生长	030
Chapter 6	倾城之恋	036
Chapter 7	去国怀乡	043
Chapter 8	傲慢偏见	053
Chapter 9	流氓绅士	062
Chapter 10	长发公主	070
Chapter 11	远辰落旁	077
Chapter 12	如闻钟磬	085
Chapter 13	水落石出	093
Chapter 14	乘人之危	099
Chapter 15	回头有路	104
Chapter 16	欲盖弥彰	111

Chapter 17	折柳不成	120
Chapter 18	雨雪霏霏	127
Chapter 19	一片荒芜	135
Chapter 20	载我远去	145
Chapter 21	拂晓未至	152
Chapter 22	乱我心者	158
Chapter 23	有匪君子	167
Chapter 24	别来无恙	176
Chapter 25	狭路相逢	184
Chapter 26	插科打诨	193
Chapter 27	二月春风	201
Chapter 28	功亏一篑	210
Chapter 29	无限眷恋	217
Chapter 30	空谷幽兰	223
Chapter 31	情迷意乱	231
Chapter 32	行色匆匆	237
Chapter 33	坠入爱河	244
Chapter 34	沉入海底	253
Chapter 35	人去楼空	263
Chapter 36	火车停了一整个春天	273

番　外　　　　　　　　　　　　　　289

Chapter 1　鬼鬼祟祟

陆浑摸出打火机的时候，余光低头看了看地上丢的好几个烟头。打火机在手上转了几圈，砰地燃起了一缕红蓝的火苗，但他很快松了手，盖子啪地扣下去，火光就熄灭了。

他又反反复复地把打火机在手里这么开关了几次，也不点燃嘴里叼着的烟，百无聊赖地把未点燃的烟从嘴角左侧转至右侧咬着，滤嘴已经扁了。

手机在裤兜里犹在震个不停，全是赵小茜给他发的微信。

陆浑不胜其烦。

赵小茜总算是低头了，不过全是些没用的话，问他到底去哪儿了，怎么不理她，不要分手好不好之类的。

相比忍受无聊，陆浑更不想开车回去接她以及接受吃回头草这样的可笑行为。

点开头像，消息免打扰，锁屏，把手机扔回口袋。

一口气做完这些动作，总算清静了。

陆浑又把嘴里叼的已经不成样子的烟丢在地上。

最终他还是站起身，拍了拍裤子上因为坐在台阶上粘的沙粒。

他方才坐的台阶，其实十分低矮，他住的屋子，只比地面稍微高出了这么三四级台阶。坐着的时候有一棵长歪的树，半边低垂的枝叶挡了他的视野。

陆浑站起来之后，看见不远处有个穿白色裙子的女人，在几辆零星停着

的车附近，鬼鬼祟祟地猫着腰趴在车窗上看。英国的春天向来是春寒料峭的，她却光着两条小腿。

他不由得多看了几眼。

说实话，那一片光线特别差，如果不是她穿得太显眼，白色的裙子在黑车边上格外明显，实在是难以发现。

看来这里的治安也不太好。

现在已经接近十点，哪怕旁边的高速公路上车流不息，这片汽车野营地，除了中间的 bar，几乎无人走动。突然出现一个人，那个女人似乎也被吓了一跳，往陆诨这个方向看了看，只不过依旧弯着腰藏在一台车的侧面阴影里。

陆诨只关心自己的车，自发现有这么个鬼鬼祟祟的人以后，他还特意看了看自己的车。发现租的那辆牧马人安然无恙地停在自己房前，他就放了心。

然而他的余光看到，那个女人被他发现了以后，居然不继续躲着，反而弯着腰，把身子探出了半个车子来，冲他招手示意。

他心里呵了一声，只当没看见，目不斜视地走了过去。

陆诨原先不满住在靠外面的地方，离高速近，只怕晚上噪音不断。但是超市就在高速一下来的地方，离他十分近，没走两步就到了，总算是一个安慰。

事实上，里面的露营房的房型，皆是三五人以上住的，正适合英国人到了周末喜爱携家带口出门郊游度假的习惯。倒不是真的帐篷式的野营地，沙地上一个个独立的平房，和平时的酒店无异。当然也有家庭直接开了房车前来。

这里是英国的西南边陲一条主干线，悬崖式的海边就在公路不超过 1 公里的距离内，所以再往里一些的露营房，出了屋子就在海上，风景十分宜人。而且此处靠近埃克斯穆尔国家森林公园，算得上一处又小众，又交通便捷的度假好去处。

陆诨昨天去过埃克斯穆尔以后就来了这儿。

只是到了晚上，路边的警告标示此处可能有马或者野鹿，也变得瘆人了起来。再不宜往黑黢黢的原野上走。

陆诨拎了罐啤酒回自己屋前，想起来车里面还有一包路上买的薯片，开了车门在车前斗里翻找。

没想到就他低头那一会儿的工夫，一个女人迅速把副驾驶座的门开了坐上来。

陆诨吓了一跳，仔细看了一下才发现竟然像是刚才在那几辆车附近鬼鬼祟祟的女人。

而且现在他才发现，这个女人居然穿的是浴袍，并不是什么白裙子，黑色的头发半湿半干，乱乱地散在身前，挡不住胸口一片莹白，由于她坐了下来，大腿也在浴袍的岔开的间隙里露出来，里面看起来竟然什么也没穿。

陆诨还没来得及出声，这个女人就双手合十向他转过来，五官看着像亚洲人，一脸恳求："Sir, please help me."（先生，帮帮我好吗？）

又连着说了一句："Please, I really need help."（求你了，我真的很需要帮助。）

陆诨冷了脸，一手撑着车门，半弯着腰冲她摇了摇头："NO. Get out."（不行。出去。）

虽然听见陆诨的拒绝，这个女人还是没有放弃，一双杏眼水汪汪地盯着陆诨，里面似乎有泪水盈眶，她又怯怯地试探着问陆诨："Are you Chinese？"（你是中国人吗？）

其实在英国见到的亚洲面孔，基本上都是中国人，但也不排除日韩东南亚的人，多数人哪怕见到长得像中国人的，也多半会礼貌再问一下，否则有时贸然开口说了中文，反倒遭白眼。

陆诨看赶不走她，她反而攀起了老乡，倒是气笑了。

在国外，中国人骗中国人的案例，比比皆是。陆诨听得多了，自然不信。而且她一个女人，大晚上穿成这样出现在这里，明显不是小偷就是骗子。

他甩手把自己这侧的车门关上，直接绕去了那个女人坐的那一侧，把她从车里直接拽了下来。

在这个过程中，那个女人急了，也不等陆诨回答，就急急地用母语低声喊："求你了，别赶我走，帮帮我。求你了，大家都是中国人。我……我……"

起初她还试图用手扒着座位，后来陆诨用了把力，她被拽出来之后还死死抓着车门不放，她前头没说完的话也说了出来。

"我被外国人强奸了。"

陆诨一松手，她自己被惯性带倒，狼狈地摔在地上，浴袍带子都扯松了，她赶紧拢住。

虽然光线暗，但是陆诨趁机往她松开的腿间看了一眼，确定她的确里面是真空的。

陆诨站直，双手交叉，居高临下地看着她，讽刺地一笑。

"新式骗局？连同是中国人都不放过？"

罗如霏这一下摔得猝不及防，地上是沙地，有细碎的石子，她裸露在外的小腿和摔下去撑地的手生疼，想来必定划破了。

她虽然知道难以让人相信，但还是委屈极了。

再开口声音里的哭腔十分明显："不是骗局，求你了。让我借住一晚再帮帮我行不行？我是在这里打工的，就是那个 reception，也是个酒吧。是那个老板想强奸我我才跑出来的，什么都没带。"

说到这里，她抬起头，脸上隐隐是泪痕，仔细看了看陆诨，突然脸上多了一丝喜悦之色。"我见过你，你今晚来过酒吧吃饭。你不记得我吗？我给你端上来的意面，还帮你加了一次水。我真的不是骗子。"

她还想继续说，陆诨半蹲到她面前，一只手捏住了她下巴迫使她头昂得更高，顿时闭了嘴。原本她整张脸在晦暗不明的光线里，现在被车内透出来的灯光照着，能大致看清楚。

陆诨皱了皱眉，看她的脸，虽然她脸上尽是斑驳的泪痕，看起来妆也就化了一半，左边的睫毛都没有刷。但的确是眼熟，因为来这里的中国人不多，他在酒吧吃饭时候留意到了长得像中国人的服务员，而且出于男人对美人的关注，她这张脸要给人留下印象并不难。

罗如霏注意到他慢慢舒展开的眉，弱弱地问他："想起来了吗？我真的没有骗你。"

陆诨松了手，重新站起来："那又怎么样，我怎么知道你是不是和这家黑店老板合起来玩仙人跳。"

罗如霏柳眉倒竖："你这个人怎么内心这么险恶！"

想到有求于他，她语气又变得柔弱而恳求："你要是怕仙人跳，我也不求借住。你看我这样是真的什么都没带，连手机都没有，我这样根本不敢在高速公路上拦车，也没法去火车站。你能不能给我一身衣服，借我50磅，你告诉我银行卡号，我之后一定还你。"

她想了想又加了一句："你能不能再帮我叫个Uber。"

陆诨讥讽道："你要求还挺多。"

罗如霏生怕他开口拒绝，又急忙接着说："你能不能听我说完，好吗？求求你了，你先别拒绝我，我真的没办法了。你听我说完再决定好不好？我真的不是骗子。"

她这个角度看不清陆诨脸上的表情，看他没回答，自顾自地说下去："我打工的那个酒吧，你也看到了，今晚只有我和另外一个服务员在忙，因为老板一直在楼上，其实楼上是他们住的地方。"

一阵风吹来，罗如霏只觉得小腿更冷，瑟缩了一下，又发现自己还在地上保持着刚刚摔下去的姿势，想撑着坐起来，又碍于浴袍，腿部无法用力，一下起不来。

罗如霏可怜巴巴地看着他："能不能拉我一把。"

陆诨看她又冷又狼狈，没有血色的唇冻得发紫，多少还是动了点恻隐之心。想了想自己身上和车上，唯一值钱的只有揣在口袋里的手机。自己一个大男人，自然也不怕她要什么花样。

陆诨把她拉起来之后跟她说:"上车说吧。"

又补充了一句:"别给我搞小动作。"

罗如霏如得赦免令比他还快地上了车。车里其实也挺冷的,她上车又弱弱地开了口:"能不能把暖气开了?"

陆诨照做。

罗如霏语气有些欣喜:"你是愿意帮我吗?"

陆诨给了她个白眼,语气还有些讽刺:"我只是想知道现在骗子都有些什么新花样。"

车里的灯因为门关上了渐渐熄灭了,哪怕仍对罗如霏心存疑虑,一个活色生香的美人坐在旁边,除了浴袍里面什么也没有,陆诨也忍不住有些躁动,车内的氛围也变得有些暧昧。

罗如霏不知道是不是因为这样的氛围,看到些希望,语气听起来有点娇嗔:"我都说了我不是骗子。"

"那个酒吧上面有两个房间,是老板和他老婆住的,有一间房是他们儿子住的,但是他出去读书了,这间房就给我周末过来打工时候借住。我今晚端盘子时候,不小心有一碗番茄汤全洒我身上了,那时候客人已经渐渐少了,我就跟另外一个人打了个招呼,先上去洗个澡再下来帮忙。结果我不知道那个老板居然还有我住那个房间的备用钥匙,我洗完澡还在化妆的时候他就进来了。怪不得他故意把他老婆支走了,今天下午他老婆就说要去附近庄园玩,要明天才能回来。"

陆诨插了一句:"你既然不住这里,为什么跑这样鸟不拉屎的地方打工?"

"因为工资高呗。我原本在一家市里的酒吧打工,那个老板和这个老板认识,说他这里刚走了个服务员,薪水高。现在看来怪不得之前那个服务员走了。而且也不是这么偏僻啦,我周五坐这里进货的车一起来,周一早上打车到火车站回去。"

听不清陆诨哼了一声还是嗯了一声。

罗如霏继续说:"然后的事情,我刚刚说过了。"

她显然有点尴尬地停顿了一下。

陆诨在她停顿的时候,又发问:"那他到底得手吗?"

两人一问一答,竟有点像公安局做笔录。

罗如霏急急地辩解:"没有!我逃脱了跑出了门,还有个服务员就在下面他根本不敢追出来,怕看见告诉他老婆,但是我也没办法回去拿我的东西。"

她又低低地惊呼一声:"天哪,我的护照还在房间里。"

她抓住陆诨的手臂:"你能不能再多帮我一个忙,能不能帮我拿回护照?"

"我一个忙也没答应帮。"

陆诨掰开她的手:"你现在才想起来护照,是不是剧本编得不够好。"

"不是,真的!我平时都不带护照来,因为以后有事,这周来想辞职,他说要再核对一次复印一份留档。我本来想着手机和钱,还有我的Young person card丢在那里不要了也就算了。才想看看有没有人能送我回市里,或者借住一晚。唉,反正特别乱,我也不知道该怎么办。你看我穿成这样也没法打车拦车,只会遇到更糟糕的事情。希望出来露营的是一家人,能帮我。但是我在外面转了一会都没看到人,又不敢往里面走。总觉得在靠近大路的地方他哪怕追出来也不敢怎样。"

如果事情真如她所说,的确是有些走投无路。

陆诨又问了一个最大的疑点:"你怎么不报警?"

这里临近高速公路,只要上了高速,一般一两公里内都有一个打sos求救电话的小电话亭。

"我一个中国人,他是英国人,我哪里说得清楚。而且我也怕他反咬一口,比如诬陷我偷了东西或者做那种交易,每次薪酬都是现金给我,没有转账记录。"

中国人遇到这样的事情,普遍选择不报警。尤其是在国内人言可畏,但是在异国他乡，这样无助的时候，如果真没陆诨出现，选择求助更陌生的外国人，其实警察明显是更好的选择。

陆诨眯了眯眼睛，没说话。

罗如霏一只手轻轻攀着他衣服，晃了晃。

"你相信我了吗？能不能帮我？"

陆诨并不理会她的示弱，又一次拍掉了她的手，"就算我信了，我凭什么冒这么大险帮你，你刚才躲躲藏藏，显然你说的那个对你欲行不轨的人，很有可能出来找我麻烦。"

"等我回去以后，你想我怎么感谢你都行。我可以给你100磅。"

她看着陆诨面色丝毫不改，又加码："200磅，500磅。"

最后咬了咬牙："真的，只要你能帮我拿了护照送我回去，多少都可以。"

陆诨呵了一声。

罗如霏再一次哀求："求你了，你要是怕危险，我今晚也不用借住，我自己找地方待着。只要你明天肯帮我，我保证回去你想要什么感谢都可以。"

陆诨也不回答，罗如霏也不知道自己还有什么筹码，只能小声带着啜泣声连着说了好几声："求你了。"

两个人之间陷入了异常僵硬或者说只有罗如霏觉得异常僵硬的氛围。

罗如霏又说了一次："求你了，我怎么感谢你都行。"

陆诨把身子侧着转向了她，看着她慢悠悠地开口："要是你回去不认账呢？"

罗如霏听他说话就停了啜泣声，他的声音在安静的车厢内显得暧昧异常。

"有没有现在就能实现的感谢？"

罗如霏浑身一颤，这是她求助之前想过最坏的打算，但是她几次拉陆诨都被推开，她以为陆诨是正人君子一个，她浑身上下并无分文，还能有什么感谢能现在实现，两个人都一清二楚。

她犹豫了一下："你这是乘人之危。"

陆诨一只手随意搭在方向盘上，直勾勾看着她，讽刺又暧昧地笑了笑："那又怎么样？"

罗如霏半晌没有说话，她只低着头静静坐着。

陆诨也异常有耐心。

只是陆诨那搁在方向盘上的手，又无聊地用手指在上面轻轻地敲，他手上乱七八糟戴了好几个戒指，有的戒指看着又浮夸又松垮，更显得他手指修长。

一下一下，敲得罗如霏心乱如麻。

Chapter 2 逢场作戏

罗如霏的手揪住自己腰间的浴袍带子:"你真的会帮我?"

"你没有跟我讨价还价的资本。"

罗如霏心里暗骂"伪君子",也知道自己别无选择。他倒没有强迫自己,车也没有锁,她完全可以直接下车,但她怕自己再也找不到能帮她的人。

今天来来往往,就他一个中国人,她都如此费劲,换了外国人,更难以讲明白让别人相信她。陆诨已经是她唯一的选择了。

陆诨待她扯开浴袍才发现,她原来里面还穿了 bra 和 T-back,只不过是一套黑色,刚才他看的时候,才误以为她腿间也真空。外面幽幽的光映得她身上肌肤如玉,而且沟壑分明。

罗如霏咬着牙把浴袍解开了,但看他毫无动作,他只把手收回来,双手叉着看她,就像审视一件商品一样,视线把她扫视了个遍,像在打量她到底值不值得他冒这个风险,罗如霏更觉得羞耻。

她反手到背后刚摸上 bra 扣想自己解开。

陆诨就似笑非笑地制止了她:"我说的,不是这个。"

他的手按得紧实,确确实实她动弹不得。

陆诨虽听了她一番说辞,大抵已经信了,这个女人确实倒霉。但他独自一人在外,不敢放松警惕。

新闻里那些女子随身带利器、迷药的多得是,就是抓住男人对女人力气的轻视心。见她就穿 T-back 和 bra,身上别无他处藏物,她手抚在 bra 扣上时，确实脸上是羞愤之色，并无惶恐和阴毒。

况且，哪怕还有疑虑，他也不信一个赤手空拳的女人能在自己身上讨得了便宜。

陆诨就制止了她的动作，但并未向她解释。

他的手按在她解扣的手上，滚烫而粗糙的手掌贴在她背上，还是如此暧昧之处。

罗如霏冷不丁被他这样一摸，起了一身鸡皮疙瘩。

她尚未反应过来，就看见陆诨虽然眸色发暗，却替她把松垮到肩以下的浴袍扯回来。

她气恼地把浴袍拢回去，咬牙切齿地问："你到底想要什么？"

陆诨抬起他那戴了乱七八糟戒指的右手，指了指自己的唇。

"这儿，懂了吗？"

罗如霏正要毫不犹豫答应，这电光火石之间，才意识到，这个男人怕是极擅长拿捏女人的心理，玩弄人于股掌之间。他先逼她以为要献身，其实她都已经被他看了个遍，他突然变了腔调，只索取一个象征性的吻，她反而要感恩戴德了。

就像鲁迅说过的话："中国人的性情是总喜欢调和折中的，譬如你说，这屋子太暗，须在这里开一个窗，大家一定不允许的。但如果你主张拆掉屋顶他们就来调和，愿意开窗了。"

就是这么个道理。

想明白这一层，罗如霏一双杏眼瞪着他，带着怒意："你故意的吧？"

陆诨笑得暧昧异常："我之前可没跟你说我要这个。"

说完，他舔了舔嘴唇，示意她完成所谓的感谢。

虽然多少有些乘人之危落井下石之意，但陆诨实在没理由拒绝主动送到嘴边的肉不吃，方才看她不着衬里的模样，都够让他火大了，怎么说让他帮忙都该给他点甜头。

看罗如霏咬了咬唇看着他，似在犹豫，陆诨坏笑着暗示她："我心情不

好可不会帮你。自己过来。"

  罗如霏慢慢把腿半跪半蜷在车椅上,试探地凑近他,近了才看见,他五官其实长得精致又帅气,他刘海长而蓬松,然而鬓角的头发剃得极短,几乎就是一层发茬,看着更痞气不羁。她把手搭上他的肩,这次没有被推开,她慢慢把唇也凑过去。

  在她的气息都能喷洒在他脸上的距离时,罗如霏睫毛动了动,闭上了眼睛。

  然而刚贴上温热的触感,陆诨大概是嫌她磨蹭,直接用力捏住了她下巴,轻而易举地就攻城掠地,他的胡茬扎着她细嫩的下巴。

  罗如霏几乎被吻得窒息,她被松开的时候已经气喘吁吁了。

  陆诨不像她这般喘息,但他胸膛起伏得厉害,一双眼睛亮得吓人。

  罗如霏别过脸,用手背蹭了蹭自己的唇。

  陆诨挑眉,声音还带着一丝压抑的喑哑:"怎么?不满意?不满意可以再来一次。"

  两人平复以后,罗如霏问他:"我能不能进你房间洗澡,我又冷又脏。"

  罗如霏光着小腿这么久,早就冷得小腿发麻,哪怕上车呆了这么一会儿也无法完全缓过来。更重要的是,刚才在与陆诨拉扯间,她摔在地上,浴袍上滚得都是沙土,小腿上粘的也是。

  陆诨掩护她,让她猫着腰从车那一侧溜进他的房间。

  陆诨听着浴室里淅淅沥沥的水声,想了想还是把自己的钱包护照拿了,准备放到车上。虽然已经相信罗如霏,也确实没有仙人跳的事情发生,但出门在外该有的警惕心还是该有。

  陆诨敲了敲浴室的门:"我出去抽根烟。"

  陆诨放完东西就在台阶上老地方坐着抽了根烟,又把刚刚买了没喝的啤酒开了盖,有一口没一口地喝。

  他仔细想了想罗如霏刚才的动作,他确信他若是不制止她,她恐怕真会揭开bra允许他下一步动作。同样是张开腿,她肯陪他睡却不愿意委身于酒吧老板,陆诨皱着眉吞吐了一口烟雾。

罗如霏从他浴室拿了件新的睡袍裹上出来,一边吹头发一边看了看他。这个门是玻璃门,她拉开了一点帘子,借着屋内的灯,看他双腿修长岔开坐在地上,牛仔裤腿松松的,上身晃荡荡地穿了一件黑色皮夹克。

只是他很快推门回来,且神色凝重,罗如霏不由得心里咯噔一下。

"你给我描述一下,你说的那个老变态,长什么样,今天穿什么衣服?"

罗如霏一脸慌张停了手里的吹风机:"他有点胖,今晚穿的是一件灰色的毛衣,但是这么晚了他可能会穿他的睡裤,一条蓝色的条纹睡裤,然后他……"

罗如霏话还没说完,就被打断了:"真是这孙子。"

陆诨抬手抓了抓头发,本来就蓬乱的头发,在外面风一吹,侧面掉下来一缕刘海:"我刚刚远远地看有个人提着个大的手电筒四处照。我们要做最坏的打算,不排除他会一个个敲门。尤其是我还是中国人,明显有可能收留你。"

罗如霏已经慌了神:"那怎么办啊。我躲衣柜?"

陆诨摇了摇头:"不行,他作为老板,如果说有什么东西落在我房间要求拿一下,我也不好拒绝,而且我如果强硬拒绝了,引起他怀疑,明早根本没法拿回你的护照。"

罗如霏揪住他衣服:"那你也不能把我交出去呀。我怎么办,怎么办,要不我去屋后面躲一躲?"

罗如霏的高度,发顶正好到他鼻子下方。她大概是紧张又害怕,贴他极近,刚洗完头的幽香直往他鼻子里钻。

陆诨双手按住她肩,直视她双眼:"你听我说,我不会不管你,但是你可能要委屈点,你不能待在房间里,我也不能这么晚出去让他扑了空,他是知道这间房有人入住的。"

陆诨松开她,把自己身上衣服扯下来给她:"你先换衣服,我看他离我们还有点距离,你藏到我车里。我在房间里应付他。"

陆诨把车钥匙扔给她。

陆诨想了想又问她:"我这个屋子附近有摄像头吗?"

罗如霏已经在洗手间匆匆忙忙地穿衣服,隔着门跟他讲:"在靠马路那个方向,我从那个小停车场猫着腰过来的时候,应该避过了。而且你车旁边正好有一棵歪脖子树,不是很看得清。"

"那就好。"

陆诨其实很瘦,罗如霏又不矮,一米七二,也就比陆诨矮了十二三厘米,穿上他衣服,倒是勉强撑起来了。陆诨的牛仔裤,本来就短短地露一截脚踝出来,罗如霏只挽了一圈。

陆诨回房间套了一条宽松的大短裤,把灯都关了在床上躺着。他打开门前的窗帘,透过玻璃门看外面。

很明显,这个老变态,就是有这么精明,果然查过开房记录。没过多久,就敲门敲到这里。"Sorry, excuse me? Is there anybody inside?"(不好意思,请问有人在吗?)

陆诨刻意等他敲了第二遍,才起来开了灯,光着膀子穿着短裤一边揉头发一边去开门。

"I am the host. One of the guests just reflected that he saw the thief. I want to ensure your security."(我是酒店老板,刚才有一位客人反映他见到了小偷,我想确认一下你的安全。)

陆诨还真佩服他找的借口,如果是其他外国人收留了罗如霏,听见他这套说辞,恐怕也不会再相信罗如霏一面之词,哪怕不直接把她交出去,也会选择报警处理。

陆诨一脸惊恐,又跟他说怪不得刚才看见门口有个人影闪过,一边拉着老头进了屋,强调了自己要是有什么东西丢了,必须要酒店赔偿。说完他打开了柜子厕所都检查了一遍,跟这个英国老头说幸好自己没有丢东西。但是的确看到了有人影在自己屋子附近徘徊,能不能一起出去找找。

英国老头一听,信了七八分。陆诨住的屋子本来就靠路边,罗如霏要跑路,经过这里也很正常,但是既然他房间里也没有,说不定罗如霏真的就想跑路没找人求助。

陆诨说还听见过后面窗户的响动,说完随便套了件外套,英国老头跟他一起走出门,往屋子后面转去。

陆诨一路跟他说个不停,表达自己受到的惊吓,又吐槽自己本来是打算和同学一起旅游,结果被放了飞机,果然自己一个人旅游不安全。也不知道是不是讲话过于激动,到了转弯的时候,陆诨呛了一口风,剧烈地咳嗽起来。

他又话痨地开始抱怨,说自己从中国来留学,来了一年一直适应不了英国的天气,早晚温差太大夜间太冷了。

陆诨的屋子后面,已经离马路非常近了。他又描述了一下大约听到响声的时间,正是罗如霏刚逃出来一会儿的时间,他说之后再没听到奇怪的响动了。

英国老头只能在陆诨炉火纯青的演技下,接受了罗如霏已经拦车跑了的认知,等回到他房间门口,脸色已十分难看,但还是绅士模样地跟他说,对于这次的安全问题他十分抱歉。

他刚走,就又折了回来,恐怕是想起来陆诨的车停在门口,多少有点不死心,阴沉沉地跟陆诨说,车里东西也有可能被盗。

陆诨自然演戏演全套,忙叫他等等,回房间从桌子上拿了车钥匙,故技重施,说一起检查一下车子,有什么损失要酒店负责。

罗如霏刚才从车里走的时候,他们正在屋后,怕有响动,没有锁车。

陆诨为了掩饰,连按了几次开关,继续抱怨,说租的车自驾游,就是质量不好,连钥匙都不好用。

他装模作样地把车里检查了一遍,连后尾箱的几个破袋子也都翻了一遍,又十分庆幸地和英国老头嘟囔,自己的相机差不多2000磅,幸好没丢。

英国老头一脸失望地走了,这次连抱歉都没跟陆诨说。

等陆诨回到房间,一进厕所就被罗如霏扑了满怀。

Chapter 3　逃过一劫

陆浑能感觉到，罗如霏的整个身子都在瑟瑟发抖。

她胸口更是起伏。

罗如霏是真的吓着了，这样躲过一劫，惊心动魄，她又庆幸又后怕。躲在后尾箱里又闷又憋屈，后来她从车里跑回房间，这一番跑动，她吓得心跳气短。

"谢谢你，"罗如霏目光盈盈地看着他，"我刚刚都要吓死了，真的，听见你咳嗽声我就赶紧从车里出来，超害怕他会听见我关后尾箱的声音。"

陆浑一只手在她背后抚了抚，又把她的一缕长发在手里绕了几圈，声音有些低哑："就这么感谢我？"

罗如霏这才反应过来，她刚才逃过一劫后竟然直接扑进他怀里。

刚才是出于紧张又感激，此刻察觉到暧昧，她不自在极了，清了清嗓子："等你明天帮了我，我再好好感谢你。"

她知道他说的感谢，大概又是个吻。

陆浑低低地笑了笑，点了点她额头："你还挺会打蛇随棍上。"

罗如霏垂了眸，这个男人确实是调情的高手，这句话在这样的情境下灌进她耳朵里，她都听出来些许宠溺的意味。

他没有最开始车里的一身匪气，只温情地抚她头发，安慰性地拍她后背。

然而他就穿着宽松的大短裤，罗如霏紧贴在他怀里，只觉得浑身发烫，也不知是自己的体温还是他的。

下一秒，室内的灯被他啪地关了。

两个人在黑暗中对视一眼。

她听见自己声音也透着股娇媚："你干吗？"

陆诨压低了声音："嘘，我好像又听见，那老头又回来了。"

罗如霏瞬间紧张起来，探着身子往门外看去。

陆诨按住她的头，埋进自己怀里："别乱动。"

罗如霏以为那老头已经离得极近，更是紧紧贴着陆诨，希望在黑暗中，陆诨能挡住自己的身影，让老头打消猜测。

她吓得又开始抖。

谁知道陆诨闷声开始笑，胸膛微颤，罗如霏感受得一清二楚。

她这才察觉上当，然而也不敢大声讲话，杏眼圆瞪："你是不是骗我。"

陆诨一本正经地回答："我听错了。"

罗如霏气得要打他，然而下一秒她的手就被陆诨捏住。在黑暗中，暧昧是最容易滋生的，不经意间，就像藤蔓从脚底慢慢缠绕而上。

她不发抖了，才知道，原来是他腿上卷曲的腿毛在刮蹭她光滑的小腿，他眼睛里似有跳动的火焰，让室温节节攀升，甚至席卷着她一道灼热起来。

罗如霏把头别过去，不想直视他。她还没来得及，就已经被陆诨再次捏着下巴吻起来，她闭上眼睛，心里默想着，反正先前也亲吻过了，他又帮了她。

同之前那次不一样，当时罗如霏还提心吊胆不知命运如何，只是应付，期望他能帮她。

这回知道自己真的安全了，她感激之情远大于对陆诨耍弄她的厌恶之情。

她那点羞涩和紧张又翻涌上来，黑暗中，一切感官都被放大了。

他的气息间有淡淡的烟草味，这回他的吻技极好，罗如霏一边暗想到底是经历了多少女人才练出来的，连她一个对他心情复杂的人，都觉得天旋

地转。

然而这样想着,她就已经沉溺其中了,陆诨吮吸着她的唇瓣,他动作又硬气又果断,侵略感十足,却不乏愉悦感。他的舌尖挑逗着罗如霏的上颚,她又酥又痒,偏生被捏着下巴,只能任他动作。

罗如霏再一次被松开时,恶狠狠地喘了几口气。

陆诨不像她这般喘息,但他胸膛起伏得厉害,一双眼睛在黑暗中亮得吓人。

"我还不知道你叫什么,"陆诨冲她耳边吹了口气,"还是喊你宝贝?不喊你我怕一会不够尽兴。"

罗如霏被他吹得瑟缩了一下,这样暗示意味极其强烈的话,她听得懂,她紧咬着唇不说话。

陆诨叹了口气:"不愿意吗?"

好像她说什么都是罪过。

他牵着她颤颤巍巍的手往墙上的灯开关摸去,刚扶到墙,罗如霏就开口了:"Rose。"

她想她真的是栽了,陆诨真是个拿捏情绪和人心的高手,自古英雄救美,多以身相许。然而被他这么一勾一带,就成了两相情愿的一场艳遇。

陆诨听见她的回答,愉悦地拉长声音,哦了一声:"我叫Jack。"

罗如霏在黑暗里翻了个白眼,Rose真的是她英文名,芳霏本来就有花之意,再加上Rose音译的罗斯。只是他这个名字明显就是要她,还没等她腹诽完,她就被堵住了唇。

陆诨把她抱起来往床上一丢。

撕开以后,他还是以防万一问了一句:"你不是virgin吧?"

罗如霏一下没反应过来,她面色绯红地回答:"不是。"

他又笑了笑:"幸好不是,不然我这仙人跳没跑了。"

两人结束后,陆诨找了自己一件T恤给她当睡衣穿。宽宽荡荡的T恤刚好盖过她臀部,露出两条白生生的腿。

她躺在床上，陆诨坐在床边，又把刚才的大短裤找出来套上，一边问她："他老婆明早回来吗？"

"回，我听见了，明早10点前回来。他老婆其实平时管他挺严的，也不知道他怎么把他老婆支去庄园的。"

"那个老变态，早上一般几点起来？"

罗如霏想了想说："平时是9点多，其实还有一个服务员，她住在附近，早上8点就开车过来在reception坐着了，所以他们就不用起那么早。"

"还有一个服务员？男的女的？"

"一个中年大妈，就是因为她不加晚班，每天下午5点就自己开车回家了，所以才需要我周末来做part-time。"

陆诨眯了眯眼睛："那这就好办了。"

他拍了拍罗如霏臀侧："你先睡，我去弄点东西。"

罗如霏自然没有认为睡了两次就能干涉他，也没问他到底要去干什么。她今天这样折腾，其实早就累了，裹了被子就自动自觉在床的一边睡了。

陆诨到厨房翻箱倒柜，也没有物色到趁手的工具，回车里拿了工具包，费劲拆了两颗柜子上面的钉子，趁着夜色，往自己车前不远的沙地上丢了下去，又用脚在那块沙地上抹了个浅浅的痕迹。

陆诨回到床上，想了想，还是叫醒睡得迷迷糊糊的罗如霏："你明天能找到安全的地方待着吗？我想办法拖住那个老变态，你自己回去拿护照，等我完事来接你。"

罗如霏困得不行，神志都不清醒。

但陡然被他叫醒，她竟然一副惊吓过度的表情，身子也缩成防御状态。

陆诨低声安慰："是我。"

她缓了缓，看清楚是他，才舒展了蜷缩的身子。

她想了想他问的问题："要没有怎么办？"

陆诨看她这一番动作，自然明白她今天受到的惊吓根本没有过去。

其实普通女人遇到这样的事情，比她镇定的真的不多。

陆浑待她完全放松下来，才继续说："那也没办法，只能委屈你拿了你的东西以后沿高速公路往前走一小段，到最近的停车点，我接你。你不能鬼鬼祟祟地留在这个野营地里，你也听到他今晚找的借口了，要是之后他报警诬陷你偷东西就完蛋了。"

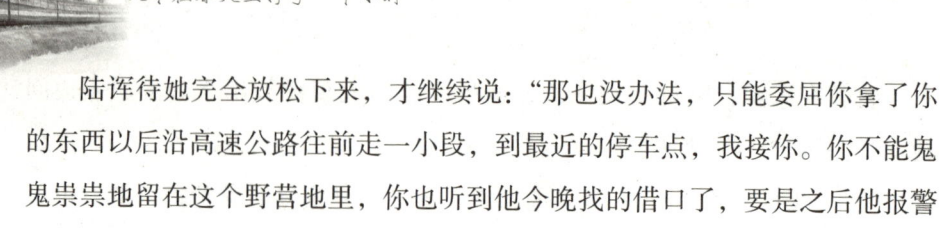

罗如霏这回终于听清楚他说什么了，吓得从床上撑了上半身起来："你要我自己回去拿护照？"

陆浑塞了个枕头往她背后放，让她好靠着："现在这样，我们只能赌他不敢让他老婆知道他做了什么。我不可能偷偷摸摸跑上去帮你拿护照，我不想被当成小偷，虽然英国警察效率低得可怜，可能等我回国也没查出来我是谁，但是谁知道呢。你不如光明正大自己回去找她老婆，解释一下自己昨晚临时有事走了，请她老婆帮你拿一下东西。"

陆浑安抚地拉住了她的手："你放心，我明天早上就把他叫走，你安心去拿东西，我起码拖住他半个小时，给你留够时间。"

大概是罗如霏的手手感不错，皮肤细腻光滑，陆浑又忍不住在她手背上摩挲了几下。

罗如霏还是有点胆怯："那我会不会被当成小偷？"

陆浑正了色："所以，你最好拉着她老婆陪你一起拿东西，全程在她老婆视线内，那这个老变态再想瞎编也不可能，除非他想和老婆撕破脸。"

罗如霏想了想："那倒不会，他平时还是挺怕他老婆的。"

她又说："你刚刚说安全的地方，我倒知道，我明天拿完东西，直接去那个超市，那是个连锁超市，我和收银员也认识。你直接来超市接我。"

陆浑回忆了一下昨天去过的超市，好像是 co-operative，的确是连锁超市，不会受制于那个老变态，而且也是自己开车出去必经之路。

罗如霏今天一天受到了惊吓，安全感十分匮乏，等旁边这个有肌肤之亲的男人也躺下后，即使再陌生，罗如霏也想在他怀里睡。

所幸陆浑倒是没有推开她，罗如霏伺机找了找什么位置最舒服靠了过去，这一番动作都在陆浑身上蹭来蹭去，陆浑忍不住警告她："别瞎动，老子想睡觉。再动保证你明天下不了床。"

罗如霏这回不敢动了，讨好地没话找话："我听你跟他讲英语讲得很local啊，根本不像留学一年的。"

罗如霏自然是听到陆诨转角时候为了掩饰咳嗽的一番解释。

"来了好几年了。"陆诨也没说自己到底是做什么的。

罗如霏见他不多说，只撇撇嘴。

背井离乡的这么多人，愿意长期待在国外的，每个人都有自己的故事。

第二天早上起来，罗如霏显然十分有当债务人的觉悟，把厨房配的麦片翻出来泡好了叫陆诨吃早饭。

清晨的光线很好，英国自过了春分，天光一日胜一日充足。

陆诨这回看清楚罗如霏没化妆的样子，肌肤真是吹弹可破，毫无瑕疵。她早上起来显然梳理了一下头发，还编了个蝎子辫看着没那么蓬乱，整个人和昨天狼狈的"骗子"形象迥然不同。

陆诨忽然想起来昨天见到她的时候她半边刷的睫毛："对了，你怎么卸的妆？"

罗如霏听他这么一问，有点不自在，把额前一点碎发拨了拨："用你的洗面奶洗了好几次，勉强卸下去了。你别看我，没化妆不好看。"

陆诨笑了笑，慢条斯理说了两个字："不会。"

一边喝麦片一边目光还是若有若无徘徊在她脸上。

其实她不化妆皮肤更细腻——陆诨自然知道她全身都细腻如此——只不过缺了眉目间的勾勒，显得更像气质清纯的邻家姑娘。

罗如霏有点羞赧："都说了你别看我脸。"

陆诨挑了挑眉："不看你脸，你让我看哪儿？"说完一边把目光往下移。

罗如霏气恼，这人怎么能这样。她还穿着他的T恤，大腿以下毫无遮挡。

她三口两口把麦片吃了下去："我去帮你收拾东西。"

陆诨回到卧室，看罗如霏穿着他的一件白色的卫衣和黑色休闲裤，她把

卫衣长出来的部分都塞进了裤腰里,裤腿挽了两三圈,只不过还穿着拖鞋。他就只穿了一双沙漠靴来,根本没有鞋给罗如霏穿。

看她坐在他行李箱上跷着穿着拖鞋的脚,忍不住笑了笑。

罗如霏瞪他一眼,站了起来。

陆诨做戏自然是十分逼真的,他把左前轮对准昨天洒钉子的标记压过去,又选了一个车头方向,稍微往前开了点确定能为罗如霏遮挡视线,下车听了听,确实有轻微的漏气声,就一脸慌张地去找老变态了。

陆诨自然懂得先发制人的道理,去了 reception 逮住老头先一顿敲竹杠,说自己早上出发前检查四个轮子就听到漏气声,一定是露营酒店和修车厂勾搭,要求赔偿。

英国老头当然不乐意赔偿:"先生,您有备胎吗?我可以帮您一起换胎。"

陆诨装疯卖傻:"备胎?"他又强调了一遍这是自己租的车。

英国老头只好和他一起来车后尾箱看,看到备胎松了口气,指了指告诉他可以换上去。

陆诨昨晚就检查过备胎,自然知道是可以换上去的,但他还是继续装傻,表示自己不是很会,支使英国老头帮他。

陆诨笑眯眯地看他一脸费劲地把千斤顶支起来。

罗如霏躲在屋侧,早就听到这边响动,按约定的时间绕过陆诨房子附近的摄像头,光明正大地回去 reception。看见老板娘就跟她解释,昨天自己室友突发阑尾炎,情况紧急就直接回去了,但是东西没拿。

老板娘的确看见了罗如霏昨天匆匆忙忙跑出去了,虽然有些狐疑,但是丈夫也说了,罗如霏有急事走了。

她想起来今早丈夫锁了儿子房间门,跟罗如霏解释,昨天有客人说有小偷,就把屋里门都锁了,拿了钥匙带罗如霏上去拿东西。

罗如霏也没想到竟然如此顺利,本来以为还要费些口舌。

一边十分庆幸听了陆诨的,没有让他来拿,否则绝对没有这么轻易。

罗如霏昨天在洗澡间化妆,那个老变态直接进来,她的化妆品自然散落一地,现在也都不能要了。她的衣服也挂在浴室里,她根本不敢当着老板娘面开浴室门,怕引起怀疑,只拿了包拿了鞋就下楼了。

她怕多留无益,说工资老板已经结给她了。

老板娘自然知道罗如霏这周来辞职的,走前还拥抱了罗如霏一下。

"I will miss you."

"So do I."

陆浑装模作样,支使老头换了快 40 分钟的轮胎。

过程中他自然时不时站起来,看着罗如霏拿了包冲他微不可察地点点头,才放心下来。

罗如霏看他换完轮胎,老变态往回走的时候,心里怦怦直跳,生怕被老变态发现了她已经提包走人,陆浑还未接到她。

等陆浑车一到超市,她来不及和熟识的收银员说再见,就猫着腰钻进了车里。

两个人终于驶入高速公路的时候,竟然有着死里逃生的感觉。

待他转过头想跟罗如霏说声"没事儿了",看见她脸上已经是两行清泪。

发现陆浑看过来的目光,罗如霏狼狈地用手背胡乱地擦了擦。

Chapter 4　处处留情

罗如霏根本不想在陆诨面前流露出这样脆弱的神情，但这根本不是她所能控制的。车一开出魔窟，知道自己是确确实实安全了，心里那股委屈让她根本就抑制不住泪阀。

哪怕她心里告诉自己，做得已经很棒了，所有的牺牲都没有生命宝贵，而且她还运气足够好地全身而退，但她还是很难过很委屈。

她不是想用泪水证明什么，尤其是在陆诨这样一个占她便宜的人面前。她怕她这样泪水肆意流淌的一面被他所瞧不起。

然而陆诨看到了，并没有讽刺她，反而递给她车上放的纸巾。

又随手开了车载音响，音乐覆盖了她的啜泣声和喘息声。

陆诨也不说话，自顾自开着车，给罗如霏留足了时间和空间。

其实陆诨既不知道如何安慰她，有的话说出来只怕是二次伤害，他也不知道该从何立场安慰她。仔细说来，他恐怕也是让她难过的原因之一。

委屈这回事么，要有人为你的委屈买单，才叫委屈。

对于罗如霏来说，她既不想在陆诨面前流泪，也不希望听见他假惺惺的安慰。

她挺感激他给了她这份尊严，她用纸巾掩面，安安静静地把所有情绪慢慢发泄又慢慢收敛。

最后罗如霏缓过来，语气平常地问陆诨："你送我去火车站吧。我现在包也拿回来了，够钱坐车回去了。"

陆浑一只手把着方向盘，另一只手却摸到罗如霏腿上，隔着裤子他也没什么动作。

"这就算感谢完了？你昨晚说过的什么话，要不要我提醒你一下。"

罗如霏也想起来，昨晚在他怀里说的等他今天帮完自己，再好好感谢他。

但那不过是她说的好话，两个人发展到这样的地步，已经远超出她的预期了。

他还有何不满足？

罗如霏推了推他的手："那你还要我怎么感谢你？"

陆浑笑了笑，重新双手握住方向盘："我也不知道，你说呢？"

罗如霏黑着脸："100磅。"

他一笔一笔给她算："你看，昨晚你借住我房间一晚，我那房间起码一晚80磅。你身上穿的还是我的衣服。"

罗如霏听到这里，气恼地说："我现在就脱给你。"

她突然想起来自己根本就没带别的衣服，唯一一套衣服沾了番茄汤洗了还挂在浴室，而她根本没敢打开浴室的门。

她又泄了气。

"行，衣服算我欠你的。"

陆浑倒是一副满不在乎的样子。

"你看你急什么，我都没说完。还有我为了你戳爆的轮胎，我这车是租的，也没买保险，大概是要赔个1000磅了。还有因为你丢了的脸，这老变态大概把我当成一个龟毛又傻逼的中国男人。"

罗如霏听他越说越扯："连脸皮损失都算进去，那你报个数，我回去打给你。你英镑卡号多少？"

陆浑把丢在前面的手机拿过来指纹解了锁。

"回头微信转给我呗。"

罗如霏扫了他的二维码，看他上面真写的昵称叫Jack。

"你还真叫 Jack 啊?"

陆诨瞥了她一眼,似笑非笑:"你真叫 Rose 啊?"

陆诨自然是昨晚改的。

但罗如霏是真叫 Rose,只不过她微信名叫 Rose 霏霏。她赶紧退出去,把霏霏两个字去掉了,才重新扫了他。

又用他手机通过了一下。

也不知道陆诨是不是一直有监视她的动作,她刚点完通过,陆诨就伸了手:"我手机拿来,别乱看。"

罗如霏把他手机往他手里一丢:"谁稀罕看你的手机!"

说完她就口是心非地去他朋友圈翻了翻。

只有一句签名。

你不知道她曾给过我一颗糖。

罗如霏心想这一看就是泡妞用的故作深沉的话。

其他的空空如也。

仅展示最近三天的朋友圈。

什么玩意。

罗如霏这才想起来,气鼓鼓地把自己的朋友圈也改成三天可见,而且各啬地把自己的签名也删空了。想了想,还是打了一句:卑鄙是卑鄙者的通行证,高尚是高尚者的墓志铭。

改完又觉得自己无聊,本来转完账就可以友好地互相拉黑了,何必多此一举。

"说吧,给你转多少?"

谁知道陆诨说:"谈钱就伤感情了。"

罗如霏又瞪圆了眼睛:"那你到底想怎么样?"

其实她今天素面朝天显得清纯可爱,散落在两侧的头发有些浅棕色,这样瞪着眼睛,竟然像只毛茸茸的仓鼠。

陆诨自然是看到了,憋着笑:"陪我玩一天?"

罗如霏眼睛瞪得更圆了一点:"你怎么是这样的人?"

陆诨揉了揉她蓬松柔软的发顶:"你才知道?明天送你去车站,怎么样,咱俩两清,也不用你给我转账。"

陆诨十分了解女人,被睡了一次和被睡多两三次,是没什么区别的,他不信罗如霏放不开这一层。另外他看得出来,罗如霏多少有些缺钱,张口就是100磅,昨晚最多也就加到500磅。

陆诨就是看得出来,笃定她不会拒绝:"你也不亏嘛,我看你挺爽的。再说我也不变态,怎么样?"

他笑得异常坏,只是因为他五官出挑,本来是一句猥琐的话,被他说得像调情一样,还有点吸引人。

罗如霏想,昨天一开始,到底是怎么会认为他是个坐怀不乱的君子。

罗如霏咬了咬唇,往车椅上一靠,其实姿态已经松懈下来。说实话,陆诨这样的男人确实是难得一遇的极品,哪怕是多少有些乘人之危,也绝对是顶级艳遇一场。她就是不高兴这样被他牵着鼻子走。

"我总要知道你这是去哪儿,去干吗吧?"

陆诨修长的手指又敲了敲方向盘,罗如霏已经发现了,这是他心情比较愉快的小动作。

"我自驾游来着,打算一路开到北爱尔兰。"

"这么远?你是从哪儿出发的。"

陆诨语气玩味:"你打听这个做什么?打算去给我写表扬信?"

罗如霏有点无语:"不给你写投诉信就不错了。"

"啧啧,你看,这就是现代版农夫与蛇的故事,投诉我什么?"他笑眯眯地看了看罗如霏。

罗如霏语塞,她还真说不出口。

陆诨想了想,她说了每周搭进货的车到露营酒店,应该是附近的城市,他问:"你在哪个城市?Exeter 吗?"陆诨知道她不想说还加了一句:"你说了我也告诉你我在哪儿。"

罗如霏否认："不是。Taunton，不过在 Exeter 附近。你呢？"

陆诨脑子里快速过了一遍英国地图，选了一个经过这条路北上的地方。

"行啊。我南安普顿。"

罗如霏轻轻哦了一声。

"你今晚去哪里？"

"布雷肯比肯斯。"

"那是哪儿？"

"卡迪夫知道吧？"

罗如霏当然知道卡迪夫："嗯，威尔士首府嘛。"

"布雷肯比肯斯就在卡迪夫旁边，是个国家公园，下午我们先去卡迪夫市里买点东西就进山。"

罗如霏一听他要买东西："我也要买点东西。"

"你买什么？"

"隐形眼镜，我昨天的摘出来没地方放直接丢了。"

陆诨看她整张脸最美的其实就那双欲说还休的杏眼，哪怕刚刚哭过，还有些朦胧之色，但看着一点不像失了神的模样，奇怪地问她："你还近视呢？"

"就两百多度。"

"行啊，下午一起买。"

罗如霏又问他："你要买什么？"

陆诨嘴角勾了勾："你说呢？昨天用的还是酒店的。"

罗如霏也没想到他说的是这个，但她也没法跟他说叫他别买。

自己转移话题："你怎么净往这么深山老林的地方去？不去欧洲玩？"

中国人一般来英国了，除了伦敦、爱丁堡、曼彻斯特，基本上就往欧洲跑了。倒是很少见陆诨这么当地人的玩法，想到他说的来了好几年，倒也说得过去。

果然陆诨说："欧洲都去差不多了。"

"那你怎么一个人？"

罗如霏这回能明显感觉到陆诨的视线往她这边看了一下，"因为知道你要来啊！"

罗如霏翻了个白眼给他，安安静静靠坐着休息，看到他手指上乱七八糟的戒指，虽然是挺好看的，还是忍不住问他。

"你怎么戴这么多戒指啊？不是有的讲究尾戒是独身主义吗，你也戴。"

陆诨笑了笑，把修长的手掌张开伸到她面前："我没那么多讲究。"

罗如霏伸手抓住他在空中的手，等他下一句话。

"换一个女朋友戴一个新的。"陆诨的话里有非常明显的笑意，"要数一下吗？"

罗如霏松开了他的手甩回去。

她还听见陆诨玩世不恭地笑："怎么，你也想跟我戴情侣对戒？"

他这么一说，罗如霏才想起来，刚才看的确有一只戒指是Tiffany的T对戒。

罗如霏挤出两个字："不要！"

再不打算跟他说话，罗如霏把头靠着那边窗户闭上眼睛休息。

陆诨又笑了笑，没继续逗她。

可能是因为罗如霏现在再没什么地方求着陆诨，自拿了包，哭过一场之后，罗如霏整个人神态活泼了不少，也鲜活了起来。

陆诨方才未安慰她，此时看她恢复得就像平常逛街回来的娇软女生。虽然知道她必然是把负面的情绪内敛了，才展现出这番轻松模样。

再怎么样，她一个小姑娘，独自在荒郊野岭，差点儿被老变态强奸，还难以逃出去，换了谁都要留下难愈的伤疤和心悸。

但陆诨也愿意配合她说些别的，再逗弄她几句，免得两人沉浸在昨天的阴影中。

看她也会顶嘴，甩他手，表达不满，一改昨天的小心翼翼和算计讨好。

陆诨多少有点新鲜。

Chapter 5　万物生长

罗如霏其实很快就睡着了，一旦松懈下来，昨天积攒的疲劳感席卷而来。

陆诨看她脸上有很明显的倦色，把导航声音开到最小。

一直到了中午开到卡迪夫找了家中餐馆才叫她起来。

下了车，陆诨叫住了要往里走的罗如霏。

把手机掏出来丢给她。

"给我拍个照。"

陆诨撑了一下车头，那么高的吉普车头，他一下就翻上去了。他也不怕脏，一只手撑在弯曲的腿上侧扶着头，任额边一侧的刘海掉下来，迎着阳光，发色都是淡淡的金色。

比起一般的直男来，不知道多会选姿势。

而且，他今天穿着驼色的夹克，里面是件显旧的白色工字背心，戴着墨镜，再加上破破烂烂的窄腿牛仔裤和深驼色的沙漠靴，整个人倒有一种粗犷男人味，坐在脏兮兮的吉普车前，真是西部公路大片即视感。

陆诨看她拍了两张，突然想起来，跟她说等等，又摸了根烟出来点燃夹在指尖，把手的位置移下来一点搁在颌侧。

罗如霏心里再鄙夷他做作又骚气，也不得不承认他做这个 pose 来是真的帅气逼人，拿起烟的时候又颓又帅，还是皮相生得够好。

陆诨从车头下来以后，直接把点燃当道具的烟灭了。

"你就这样扔了？"罗如霏看到以后觉得十分浪费。

"不然呢？"

"怎么不抽完？"

"我昨天抽太狠了，一包半，"陆诨伸手勾住她的腰推她往前走，"再抽肺都要黑了。"

"那你怎么抽那么多？"罗如霏虽然没什么概念，但也总感觉一包半很多了。

"闲得无聊呗，"陆诨勾着她腰的手不动声色地往上滑了滑，"你来了我就不无聊了。"

罗如霏把菜牌递给陆诨："我要小笼包和菠菜炒年糕。"

陆诨隔着菜牌看了她一眼："吃这么清淡，你南方人啊？"

其实罗如霏长得还挺有南方姑娘的特点，肌肤白皙细腻，说话声音娇娇软软，只是比一般南方姑娘还高挑一点。

罗如霏轻轻点了点头，嗯了一声，又问他："你呢？哪里人？"

"真巧，咱们俩就隔一条长江。"

罗如霏无语。

谁不知道南北方都隔着一条长江，不对，差点给他带跑了，是秦岭淮河。

说了等于没说，而且她早看出来陆诨是典型的北方人，虽然五官精致，但是比她高了大半个头，气质有些混不吝，还有些北方爷们儿的粗糙。

等菜的时候，罗如霏拿出手机来刷朋友圈，她昨晚到现在一直都没看过手机，攒了挺多条朋友圈一时看不到底。

她看陆诨也拿着手机在手里摆弄，不知道在干吗。

等罗如霏终于看到最后一条新鲜的朋友圈，返回最顶上，突然发现陆诨发了一条新的朋友圈。

正是她帮他照的那张，而且作为原摄影师，罗如霏十分清楚他还把这张图调了色切了暗角。

这还不是最重要的,重要的是,陆诨配了一行文字。

我的通行证。

罗如霏气极了。

她一瞬间血液都涌到头上。

他肯定是看了她今早刚改的签名:卑鄙是卑鄙者的通行证。

她就是不爽陆诨趁火打劫占她便宜挟恩图报,虽然她昨晚在那样的气氛下,自己先沉沦了,但到底是他不够绅士。

重点在卑鄙好吗?

陆诨这么不以为耻,反而得意洋洋地发了个"我的通行证",其中意味再明显不过。他拿了什么通行证,闯了什么幽闭之地,两个人一清二楚。

罗如霏脸色通红,自己最私密的事情就这样被他在朋友圈隐喻,被这样赤裸裸地直接摆到了台面上来讲,又像在讽刺自己不知廉耻。哪怕两个人没有共同好友,别人也不懂他这一层意思,她还是觉得羞耻难当,恨不得把手机扔他脸上。

她当即举起手机质问陆诨:"你这是什么意思?"

陆诨面色不改:"帅吗?"

罗如霏气炸了:"你发的这句话到底是什么意思?"

陆诨又低下头看手机,一边心不在焉地回答她:"字面意思。"

又逗她:"我刷一刷脸你不就主动献身了?"

陆诨这语气,跟早上逗她的时候一模一样,纯粹是男女间暧昧的挑逗和玩笑,倒没有她想象中的轻视和讽刺的意思。

罗如霏轻轻松了一口气,正要再理论。

嗡的一声,陆诨的手机虽然被他抓在手里,但是底端挨着桌子,震了起来。

陆诨嘴角抿了抿,不明意味地笑了笑,又把手机丢到桌子上,任由它继续震。

罗如霏被震得心烦意乱:"你怎么不接电话?"

陆诨直接挂了电话："等它再响几次。"

罗如霏撇撇嘴，又低下头玩手机，她这回直接把自己的签名删空了，不打算再授人把柄。

陆诨手机又震了一次，陆诨才慢悠悠接起来："哪位？"

"你别给我装！你为什么不接我电话？你给我下来，我在你公寓楼下。"罗如霏在这里都能听见陆诨手机里传来的女声，听着愤怒异常。

"哟，真不巧了，我不在公寓。"

"你别骗我了，我错了还不行吗，我给你道歉。"罗如霏还是能隐约听见那边的女人很快开始低声下气地讲话。

似乎陆诨也觉得那边声音有点大，和罗如霏指了指外面，就自己边听电话边往外走。

罗如霏还能听见他越来越远的声音："别激动啊。合着你以为我为了逗你玩p张图呢，赵小茜儿我跟你说别把自己太当回事。"

罗如霏这回算是明白了，他发那张照片，是有目的的。

而且，还不忘撩她一把，一石二鸟一箭双雕。

真是打得一手好牌。

罗如霏看他走到外面，又不好好站着，长手长腿地蹲在地上打电话，又叼了根烟在嘴里，看不清楚表情。

她想起来他说的抽那么多烟是闲得无聊："你来了我就不无聊了。"

呵。

菜都还没上来，没过两分钟陆诨就晃晃悠悠回来了。

罗如霏在他出去打电话期间，刚才看到朋友圈时候又羞又恼的情绪已经平复了，而且知道他发的别有用途，顶多顺便撩自己一把。况且陆诨说到底，也就是一个帮了她又占了她便宜明天以后再不见面的人，也就不把这个放在心上了。

看陆诨坐下来，罗如霏笑眯眯地跟他八卦。

"女朋友吧？"

陆诨喷了一声。

"你这个思想，挺危险啊。"

陆诨说话的时候还有些未散的烟味。

"我要有女朋友，怎么还会上你？"

罗如霏一听，这中餐馆里还是中国人居多的，赶紧往两边看，看周围没人注意听他们说话才转回来："你怎么说这么大声？"

"给你的思想敲敲警钟呗。"陆诨笑了笑，"准确地说，那是我前女友。"

罗如霏想起来那个低声下气的女声："当你女朋友肯定特别痛苦，分了才是解脱。"

陆诨自己把玩他修长的手指，斜睨她，意味深长地说："是吗，你知道她刚才打电话来是干吗吗？"

陆诨也没等她回答，自己慢条斯理地回答了。

"跟我求复合。"

看罗如霏眼底的八卦之色，陆诨又看着她继续说："可惜呀，我没答应。"

只是他表情冷漠又戏谑，看不出来一点可惜之意。

"为什么？"

罗如霏问完，就想咬自己舌头，怎么问了一个这么蠢的问题。

果不其然，陆诨暧昧地看了看她。

"因为你呗，是不是应该给我点补偿。"

罗如霏本意是想讽刺他对女性不够温柔体贴，没想到又被他胡言乱语一通，根本不想接话。

不过她也不得不承认，陆诨的确是受女生追捧的长相。

看你的时候，又漫不经心又似有万物生长和万语千言，浑身上上下下都透着难以征服的不羁。在她认识的男生中，陆诨的皮相绝对是排得上号的好看。恐怕自然有大把女生，沉溺于被他看一眼的春风，而愿意承受他的骄纵与任性。

就像刚刚电话里那个女声，为了不分手愿意为陆诨耍的小心思低三下四地道歉。

想到这里，罗如霏还增加了一个对他的认知，在爱情里争强斗狠，绝不认输。

罗如霏轻轻摇了摇头。

Chapter 6　倾城之恋

陆浑打算去商场,并不是真的只为了买某些用品。这个国家森林公园他也没去过,不知道买东西方不方便,反正有车,多少买些水和吃食再进山比较好。

他把车停到购物中心附近,看了看地图,有家 Boots 不远,罗如霏想买的隐形眼镜也能买得到。

推了推在这一小会儿工夫就睡着的罗如霏。

罗如霏没反应。

罗如霏睡着的时候样子还挺娇憨的,脸红扑扑的,他伸手捏了捏她小巧的鼻子。

罗如霏终于有点反应了,睁眼睛看了看他。不知道是不是因为到了午睡时间,她一副困得睁不开眼睛的样子,发出小猫一样的哼哼:"我好困。"

居然还撒起娇来,抓住他伸过去的手,一头歪靠在他手臂上。

陆浑知道她是真的累了,索性给她把座椅调低,去后尾箱给她拿了件外套盖着,又把窗户开了一条小缝。

再度把她晃醒:"一会醒了给我发微信,知道吗?我把车锁了。"

罗如霏趁他没下车,迅速在他脸颊上啄了一口。

"记得帮我买隐形眼镜。"

陆浑心里想她倒是会讨好,也没放过她,把她按住吮了一通才下了车。

陆浑除了买些吃的,到了 Boots 给她买完隐形眼镜,又想起来她没有洗漱用品和换洗衣服，她现在身上穿的还是陆诨的卫衣和裤子，不仅不合身，可能还稍微有点薄。

陆诨又折回商场里，临走的时候看到 Dior 出了夹心唇膏在宣传，想起来她今早全素颜时候的不自在，以及她昨晚那刷了一边睫毛像小扇子一样，手里又拎多了几个袋子。

这一通下来，饶是男人逛街的速度快，也花了不少时间。

陆诨还奇怪罗如霏这么久不给他发微信。

等回到车里一看，罗如霏还睡得正酣，整个人都几乎侧躺在调低的座椅上。

陆诨把她捞过来的时候感觉不对，再一探，她的额头滚烫烫的，脸颊也是不正常的红晕。

陆诨有点无奈，想把她拉近贴着她额头比对。

这一番动作吵醒了罗如霏，一睁眼看见陆诨放大的脸在凑近，一把把他推开。

"你干吗？"

陆诨紧锁着眉："你发烧了自己不知道吗？"

罗如霏睁大了眼睛："啊？"

这回她倒是主动凑过来，和陆诨额头贴额头。

果然比陆诨高了不少。

罗如霏吓了一跳："天哪，怪不得我越睡越冷。"

陆诨叹了口气："走吧，去医院，等我查一下地图。"说着他一边把手机拿出来。

罗如霏摇头："不要，我没什么事，帮我买点药就好了。"

其实陆诨也不愿意去医院，人在外国谁愿意往医院跑，语言障碍解释不清楚病情，预约麻烦，效率又极低，听罗如霏这么说，就问她："你确定没事吗？"

罗如霏又摇了摇头："没事的。我大概是昨晚着了凉，而且头发都没吹

就跑出来了。"

陆诨想了想刚见她的模样，的确如此："那你先吃点我带的应急药吧。我再去 Boots 给你买点退烧药。"

等陆诨再回车里，看罗如霏抱着几个购物袋。罗如霏见他上车，把购物袋扔到后座，就爬到他腿上坐着，搂着他的脖子："你对我也太好了吧，我收回那句话，要是当你女朋友还是挺幸福的。"

说实话，罗如霏看到那几个明显是给她买的袋子，都惊呆了。虽然早看出来他家庭条件相当优渥，昨天借她穿的夹克都是 Burberry，她今天身上穿的也是他的 Balenciaga，但是陆诨居然对她一个半路捡来的女人这么大方，她还是很惊讶。

而且看陆诨买的东西，就知道他是在女人堆里混出来的经验，非常了解女人喜欢什么。给她买的隐形眼镜还有护理水，知道她没衣服穿给她买了一套 Maxmara 的衣服，维密的内衣，还有 Dior 的妆盒和新发售的夹心唇膏。

陆诨看她还有精力蹦跶，倒是没那么担心她的发烧。她跨坐在他腿上，他十分顺手地在她挺翘的臀部拍了拍："要排队。"

罗如霏多少也有些烧糊涂了，听他这话好几秒才反应过来。

是当他女朋友还要排队？

这是有多大脸。

她看在那几袋东西的份上，只语气娇软地说："我只是打个比方嘛。"

陆诨把国家森林公园的订房取消，又在 Booking 上临时找了家市内的酒店。

其实每个在异国他乡的人，都挺害怕自己生病的。

尤其是在英国，不去医院，处方药就开不了，寻常药店也就能买到些扑热息痛和布洛芬这样的退烧兼感冒药。

像阿莫西林这样的消炎药，每个人都是吃国内带来的囤货，不到万不得已不敢轻易动用。

可以说是非常病不起了。

罗如霏也是这样，所以她每周都有坚持跑跑步。平时有个小病小痛，早早就一片药下去扼杀在萌芽中，哪怕真感起冒来睡一觉起来也就什么都不耽误了。

但可能真是从来没试过在寒风瑟瑟的3月末夜晚里就裹着浴袍呆了那么久，头发也没吹，又被陆浑翻来覆去地折腾了一晚。今天早上整个人松懈下来，当然病来如山倒，病去也如抽丝。

罗如霏反复烧了几次，陆浑每次有跟她额头贴额头比温度，都不算特别热。然而她烧真正退下去，已经过了两天了，他们从野营地出来是周一，现在已经是周三晚上了。

可能是平时身体素质还不错，陆浑也照顾得不错，罗如霏自烧退下去，整个人就精神了，虽然脸色还有些憔悴，但状态还挺好。

罗如霏想起来这两天来的点点滴滴，又觉得陆浑并不是她想得那么坏，只玩弄女人却不负责。

她很明显耽误了他的旅程，一个萍水相逢的男人，罗如霏原先想的是他能照顾她一晚上就不错了，她也跟陆浑说过让他走吧不用管她。

陆浑不仅没有丢下她，这两天还一直照顾她。

她也不知道陆浑是叫的外卖还是自己出去打包的，陆浑到了饭点就给她把好几样吃的端到床边，知道她是南方人，给她点的都是些粥、小馄饨，甚至还有汤和各样蛋挞一类的小点心，哄她多吃点。

也会给她烧好热水，催她吃药喝水。

也会给她披被子，替她擦汗。

罗如霏晚上睡觉的时候因为发烧浑身发冷，他察觉到了，把她揽到怀里给她取暖，时不时和她靠一靠额头看看她有没有烧得过高。她烧得难受，在他怀里发出不轻不重的哼唧，他竟然温柔地哄她，吻着她额头跟她说，宝贝，我在呢，宝贝，我心疼你，我真想替你难受。

她之前所经历的那些恐惧，好像随着这场发烧，一起慢慢好了些许。

就连她原本以为回去以后会做好几天的噩梦，也在陆浑怀里酣得一夜好

眠，她甚至习惯了陆诨随时从后面搂住她，也没了让她应激反应的恐慌。

罗如霏看了看外面。

英国一旦入了夜，总是黑沉沉的，城市灯火吝啬，卡迪夫在海边，时常有乌云，除了一轮惨淡的圆月从乌云间半遮半露地映出来，再看不见其他。

此时她坐在窗前，看着一片漆黑，竟然有种他们像情人般耳鬓厮磨到昏天黑地的错觉。

在那同样漆黑的夜晚里，她分不清是她的额头更滚烫还是他的唇更滚烫，也分不清他的话里到底有几分真心实意。

但她的心确实是沦陷了几分。

罗如霏有了这个认知，被自己吓了一跳。陆诨和她的理想型相差甚远，她自幼敬爱父亲那样温润如玉的谦谦君子，前男友也是这般霁月清风的类型。

恐怕是因为自来了英国，她从未有像这两天这般全然依赖于人的时候。

罗如霏心想，这场生了两天的病，倒是成就了两天似恩爱情侣的他们。

陆诨洗完澡看她在床边痴痴地发呆，病刚好却穿得单薄，只着了一件他宽大的T恤。陆诨走到侧面，双手绕到她身后抱住了她，怀里的触感柔软美好。

"怎么，病好了却烧傻了？怎么穿这么少？"罗如霏感觉到陆诨的靠近，下意识往他身上靠了靠。

不知道是不是她这两天病瘦了，陆诨的下巴正好抵在她光裸的没被衣服遮盖住的肩上。她感觉到他可能因为这两天不怎么出门，下巴已经长了一圈胡茬，在她的肩上，像硬一点的羽毛轻轻刮她，她也往那个方向蹭过去。

陆诨看她也不说话，轻声问她："发什么呆呢？"

陆诨笑了笑，他的气息尽数喷在罗如霏脖颈上，罗如霏痒得瑟缩了一下。

她低头看见他放在她身前的手，乱七八糟的戒指，他的手也开始在她身上不轻不重地抚弄，明显是知道她病好了，暗示意味十足。

原来，他存了的不过就是这种心思，从一开始就是。

只是恐怕是个男人，都愿意看见女人的示弱。一旦她展示出来她的柔弱，希望能得到攀附和照顾，男人多半在心里就有了别样的成就感，以为自己赢了，也促使他们会做些自己本不耐心做的事情。

更何况，陆诨本就是个很懂怎么照顾女人的人，对他来说，这些柔情，不过尔耳。

只救了她又照顾她，他就是个好人了么。

她忽然就想笑了。

香港的陷落是成全了白流苏，只可惜她的陷落，只成全了她一个人的两天春日臆想。城市还是那个城市，人们也都还行色匆匆，没有咿咿呀呀的胡琴更没有灯火万盏。

甚至连一轮完整的月亮也不曾照亮她。

她看着还在云翳中徘徊的那轮圆月，似有感而发："没什么，我有点想家了。"

陆诨听到她说的话，蓦地也停了手上的动作。

顺着她的目光，他居然也叹了口气："居然是满月。"

陆诨亲了亲她的耳垂——他极喜欢她柔嫩的耳垂，干干净净，一个眼儿都没有，不像很多女生，总有碍人的耳针——跟她说："你等我一下。"

陆诨去厅里拎了两罐啤酒回来："说到想家。"他笑了笑，是罗如霏所不熟悉的、带着些许落寞的笑容，"我们是不是得喝一个。"

地上是柔软的地毯，把落地窗的窗帘都打开，他们就靠着落地窗前抵足而坐。

外面是异国异乡的风情。

安静的街角走过一个打伞的男人，他走过去，路灯才亮起来。狭窄的街道里即使没有车，他也在路口等了等，才过了对面，进了低矮栅栏的小院，扣了扣门上的铁环，他的女人给他开了门。

再无人经过。

然而看此情此景的，正是两个在异乡的中国人。

在这样狭窄而古老的街道，没有一个是他们的家。

只有落地窗里，是他们俩的影，他们背后，是无数在中国的男男女女，在喧闹的夜晚，或推杯换盏，或互诉衷肠，或尔虞我诈。

再那么定睛一瞧，还是只有两个人坐着，那般的热闹，都渐渐往身后那浅灰的窗帘潮水般退去，藏到厚重的帘儿里竟一个水花也不打，就这么不见踪影了。

只有两个人也是好的。

倘若是一个人身在此处，那更不知道是何等的冷清。

他们似乎都意识到了这一点，把手里的啤酒举了起来碰了碰。

"Cheers."

Chapter 7　去国怀乡

罗如霏先开了口："你来英国多久了？"

陆诨侧面的刘海，洗完澡以后软软地塌下来，覆在额头上，像个大男孩儿一样。

"哪儿能这么轻易就告诉你？"

"那我们来玩个游戏，"罗如霏鼻子有点发酸，"互问互答，答不上来，就喝酒，怎么样？"

陆诨挑眉看了看她："加点彩头怎么样？"

罗如霏看着他，示意他继续往下说。

"你要是输了，亲我一口，"陆诨脸上那种熟悉的笑容又渐渐浮现，"每一次必须是不同地方，我的脸，只能算一次。"

罗如霏也笑了，挑衅地看着他："我知道你打的什么主意。"

陆诨问她："不敢？"

"有什么不敢的。那你输了呢？"

"我亲你一口。"陆诨自然看到她不满的表情，"你多问一个问题，怎么样？"

"好啊！"罗如霏的笑容也与往日不同，在夜色下妩媚诱人，"不过我有个两个条件，不该问的别问，我也不问你。还有，要说真话。"

两人心里都有默契，不该问的，自然是他们都不愿意向萍水相逢的人，透露自己的真实信息，罗如霏的事情，更是有关她自身清誉，怕被有心人利用。

陆诨颔首:"当然。"

罗如霏举起酒罐喝了一口:"回答第一个问题。"

陆诨叹了口气:"不知不觉,我这是在英国待的第五年,你呢?"

"这算一个问题吗?"

"算。"

罗如霏歪头想了想:"第三年。到我了,你以后回国吗?"

"回。"

"什么时候?"

陆诨看她:"这是又一个问题了。"

罗如霏凑过去,在他脸侧吻了一口:"回答我问题。"

陆诨也没说她坏了规则:"今年底或者明年初吧,你呢?"

罗如霏有点不满:"你都没问我以后回不回国,直接跳了一个问题。"

"我要是你,混这么差,肯定回国。"

罗如霏知道他说的什么,她在英国要靠跑这么偏远地方做 part-time,又危险又辛苦,很显而易见是混得不好了。

"算你赢了。不过我也说不好,两年,或者三年?"

"到我问了,特别简单的问题,你什么时候特别想回家?"

罗如霏还没等陆诨回答就自己先笑了:"说真的,我特别好奇。我原本以为男生离了家只会感觉自由。结果那年过年的时候,以前班里一个男生说,真羡慕你们女生,可以光明正大地整天把 homesick 挂在嘴边。"

陆诨也笑了:"过年和生病的时候,恐怕是最想家的时候了吧。"

"你呢?"说完陆诨又说,"算了,女生想家,多数是想吃的想穿的。我索性多说一个,打游戏的时候,游戏卡得要死。"

罗如霏噗嗤一声:"我还第一次听这个。不过的确是上国内的网,都特别慢。有时候刷也刷不出来。"

她又说:"不过,你倒是错了。我除了吃穿,还想我书架上那本《红楼梦》，到你说了。"

"其实刚来第一年比较想，现在都忘得差不多了。除了自己学做饭，这点没什么可说的。"陆诨又想了想，"在这里买不到冈本算不算？"

这个回答，真符合他下作的套路，罗如霏逗他："不是说喜欢用冈本的都是长度不够吗？"

陆诨咬了咬牙："敢不敢现在坐我怀里来。我一定让你好好感受一下长度。"

罗如霏咯咯地笑，她今晚胆子格外大。

她爬起来过去搂住陆诨的脖子："你说得对，出来久了，总说自己想家。但真正要我说什么时候想，除了第一年做饭买东西生病，我还真说不上来什么值得一提的想家的时候，这题算我输了。"

说完她嘟着红唇冲陆诨的唇印下去。

陆诨正要把她捞在怀里好好吻一通。罗如霏就自己爬出他怀里。她一边回自己的位子一边说："继续回答问题。到我问了。"

"你为什么出国？"

陆诨愣了愣，罗如霏看他不回答："其实你想想，我并没有问不该问的。我不想知道你是谁，只不过，难得见到一个同样在英国呆了这些年的人。我换个问题吧。"

"不用。"陆诨喝了一口啤酒，他的喉结在光影之间上下滚动，一滴酒就顺着他的嘴边一直流过脖子，一直滑进衣服里，"我回答。"

他苦笑了一下："其实有点丢人，但没什么不可说的。"

"其实吧，还有点狗血。我那时候喜欢一个女孩子喜欢得不得了，勉强算是失恋出的国。"他察觉到罗如霏惊讶的目光，"你别这样看我。那时候小什么也不懂，只认识那么些人。她是我们大院儿里长得最正的姑娘，盘靓条顺。她还从小就学跳舞，那时候看她感觉她气质好得像白天鹅。她家里给她请了舞蹈老师，我们就都趴在她家窗户上偷看她练舞。我和我最好的哥们儿都喜欢她。"

罗如霏是个很好的听众，一双杏眼眼波流转地看他，像在让他说下去。陆诨继续说："然后上了大学，我们几个关系好，她上了舞蹈学院，我和我哥们儿就一起报了她旁边的大学。到大学不算早恋了吧，可以行动了吧。但我和我哥们儿，对对方的心思，都门儿清。他特不地道，跟我约好大家一个星期以后各凭本事表白，但是一个星期以后我再见她，她已经跟我哥们儿手牵手了。然后我哥们儿防我跟防什么似的，这孙子，我看他那样都替他累，干脆我就出国读书了。巧了吧，今年他俩结婚，我明年就回去了，他这回该放心了。"

罗如霏问他："你现在还喜欢她吗？"

"早不喜欢了。有时候吧，就是越得不到越喜欢。前几年有一次我回去，她找了机会跟我说，其实那时候喜欢我多一些。不知道为什么，听到她这话，我忽然就对她一点感觉没有了。"

"碰个杯吧。"陆诨自顾自碰了一下她放在地上的酒罐，"我也是同样的问题问你，你为什么出国？"

他的语气已不似刚才那么颓然："你算是我知道的不多的，在英国待这么久还要回国的，我也好奇得很。"

人和人之间，有时候就是很奇怪。他们素昧平生，不愿意透露名字、职业、所居何处，以及任何一点和现实身份相关的信息。但是这些不为人知的往事，却偏偏肯毫无遮掩地同还算陌生人的对方道来。

知道罗如霏为什么出国的人寥寥无几，她不知道自己是不是笃定了这一点，还是觉得以后再无见面可能，她抱住了腿，把下巴搁在膝盖顶端，就这样把自己的故事跟他说："你看得出来我很穷吧？我也不愿意留在英国。我爸，是个非常清贫的大学教授。"

"哟，书香门第。"

罗如霏苦笑："你要知道我妈是什么样的你就不会这么说了。我爸，是那种别人请他做项目他也不肯，出版社和他联系他也不理的那种。他就认为做学术的人，只该一心一意。我妈年轻的时候被他才气吸引，但渐渐就受不了了。我小学的时候,她就跟一个英国人跑了,我爸让我别怨她,我也没怨她。听说她其实过得一般,我大学毕业就想来看看她,看了她,她是真的过得不好,我就又想留下来陪陪她,犹豫走和留的时候,就这么呆了下来。"

陆诨看她眼眶又有点湿润,想把她搂在怀里抱一抱,但还是忍住了听她说完。

罗如霏继续说:"以前吧,大家都觉得外国来的就十分优越,现在看来不过是汇率有些区别,我就特别替我妈感到不值。那个男人,知道中国女人又贤惠做饭又好吃,但他不过就是个小商人,不总在家。我妈来了英国,语言也不通,什么也做不了,每天就做做家务,还要照顾他那两个对我妈怀有敌意的儿子。但是她能怎么办呢,她一个人在这里,谁也帮不了她,谁也不能听她倾诉,她也回不去了。"

陆诨也唉了一声:"现在中国发展得,早就超过外国许多了。我回国的时候,看见国内现在依旧很多人盲目崇洋,我都特别不解。"

"是啊,所以我终究是要回去的。我妈妈自己做的选择,还是要自己承担的。我只不过尽我能力,想陪她多两年,回国以后,不知道什么时候还会再来。"

陆诨这回冲罗如霏伸开双手,她顺从地过去,依偎在他怀里。

"委屈吗?"

"不委屈,"罗如霏笑了,"有时候甚至觉得自己还挺伟大的。"

陆诨也跟着她笑,罗如霏随着他的胸膛一起震颤。

"祝我们都早日回国。"罗如霏把酒罐拿起来。

"我现在就在想,等我真回国那时候,一定要让我一群兄弟在下面给我接机,排成一排一起跟我说 Welcome home。"

罗如霏笑倒在他怀里:"你怎么这么坏啊。"

陆诨揉了揉她的头发。"为了满足我的愿望,我要发大招了。"他清了清嗓子,嘴角尽是坏笑,"你听好了,问你,我是你第几个男人?"

罗如霏抬起手打他:"你怎么这样?"

打完她又低下头，在他左手背上吻了一口。

"那你呢？"

陆诨故技重施，把他那骨节分明的手递给她："自己数。"

罗如霏瞥了他一眼："我才不数。"

哪怕知道陆诨插科打诨，她也知道再问下去，也问不出来答案。

男女交往，彼此过往，是最后一层遮羞布。

但陆诨偏偏恶意地问她："第一次什么时候？"

罗如霏只能又低头亲他的右手背。

陆诨提醒他："手已经亲过了，不算。"

她咬牙，扑上去在他脖子上吮了个印。

罗如霏瞪他："你呢？"

陆诨瞥了她一眼："你是不是以为我不敢回答，18岁。"

罗如霏想了想，讽刺他："你那时候不是才刚跟初恋挥挥手？"

"难不成我还要给她守身如玉？"

陆诨把一直在他怀里的罗如霏又往自己靠紧了些："下一个问题，你要再答不出来，就危险了。你有没有看过成人片？"

他眯了眯眼睛："说好了，说实话。"

罗如霏要气死了，一把把他衣领扯下来，在锁骨上亲下去。

他看罗如霏一脸羞愤欲死："你还挺老实嘛，这有什么，都成年人了。你也可以问我啊。"他又补充了一句："我就喜欢你假装一副乖乖的其实内里坏透了的样子。"

"你最坏了，你就是欺负我，我才不想问你。"

说完，罗如霏啃完这一处，也不放过他。

陆诨被她一截软滑的舌头从他锁骨这端扫到那端，刺激得腹间肌肉紧绷。

他们俩本来就毫无姿态地坐在地上，他穿的短裤松垮，在两人打闹时候，衣角掀起一小截，露出紧绷的腹肌。

罗如霏也注意到他的肌肉线条。他虽然又高又瘦，不是外国人那种肌肉发达的类型，但他身上肌肉线条十分流畅，明显是有泡健身房的人。

陆诨声音喑哑地按住了她："别急，最后一个问题，我让你输得心服口服。"

罗如霏之前答应他，不过是自己的叛逆心理作祟，是她恨自己就这么沦陷了半个身心，明明是他半挟恩半哄诱她，两人不过一场艳遇。他没失了心她也不愿意输，玩游戏，不如说两个人的相识更像是游戏，她想让自己玩得起"游戏"。

玩到这一步，对她而言，已经无法玩下去了。

罗如霏发挥女性的特权，伸出小手捂住他的嘴："我不玩了。"

待罗如霏松开他，陆诨玩味地看她。

"真不玩了。"

罗如霏嘟着红唇，把头摇得似拨浪鼓："不玩。"

陆诨捏了捏她的脸："不玩了，也总该给点儿补偿吧？"

罗如霏心里有不好的预感："什么补偿？"

陆诨笑着指了指啤酒："喂我喝，我就不跟你计较了。"

罗如霏渐渐从他眼神里看出来他的意思，红晕慢慢爬上脸颊，但她还是故作镇定地拿起啤酒罐，自己含了一口，往他嘴边送去。

罗如霏的动作生涩，啤酒从两人嘴边流到脖子，灌进衣服里。

冰凉的液体并没有丝毫降温的效果。

罗如霏红唇轻启，又懵懂又茫然，她两眼水汪汪的，像找不着水喝的小鹿。

很快，她就听见自己一声声柔媚的，似泣似诉的呜咽和喘息。她的手无力地推着他，慢慢变成有气无力地揪着他的胳膊。

罗如霏仰躺在地上，慢慢把头往窗帘那侧转去。

她越发目无焦距，越过他身后，那盏落地灯，似乎摇摇欲坠地要倒下来，忽近忽远，她想把它扶起来又无能为力。那厚重的窗帘里也如幕布般晃动,那些浮光掠影一般的人们,慢慢再度浮现。罗如霏渐渐地看到了自己,竟也在那群人中间,看着另一个自己,浑身赤裸着躺在地毯上,似乎伸着手,对人群中的她发出了邀请。

我来了。

最后那一刻,她眼前一片昏白,她张大了嘴却发不出一丝声音,她瞪大了眼睛去找那些看着她快乐的人儿,又全都不见踪迹,只留她自己,气喘吁吁,大汗淋漓,心如擂鼓。

原来,竟是这般感受。

厚重的帘布旁,柔软的地毯上,她宛如文艺复兴的女子雕塑,除了陆诨的手和几缕汗湿的头发,再无一丝遮拦。

然而陆诨在她余韵未散时,一把拉开窗帘。

罗如霏脑子里一片空白,她忙往旁边有窗帘遮蔽的地方躲。

"你疯了。"她羞愤欲死。

"宝贝,相信我,你远比自己想象中更坏。"

罗如霏浑身无力,她其实根本就拒绝不了他。

从一开始答应他的赌约,她就拒绝不了。

她的刻意放纵,就这样被陆诨拿捏在手里。

她脑子里嗡嗡的,好像听见了遥远的潮汐声,又好像听见了自己血液来回涌动的声音,再细细听了,一唱一和,是他们渐渐混在一起的心跳声。

陆诨说得对,她真的比自己想象中要坏上许多,她的身体似乎也格外享受这异样的刺激。就这样,在短时间内,再一次体会到,什么叫身似轻舟岸无边,被一波波席卷而来的浪潮彻底打翻,湮没,化作无数泡沫。

第二天罗如霏醒来的时候,发现陆诨已经坐在旁边,把手机横过来玩游戏了。

看她醒了,陆诨直接把手机扔到一边过来亲她。

罗如霏忙捂住嘴推开他:"我去刷牙。"

说完她一骨碌从床上爬起来进了厕所。

陆诨也不拦她。她进厕所之前回头看他,他已经又把手机捡起来继续玩了。

罗如霏把裤腿一松,坐在马桶上,看着自己淤青的膝盖,发了一会儿呆。

她再照镜子的时候,看自己确实是恢复过来了,虽然看着瘦削了一点,但气色不错。重要的是,她那些胡思乱想,随着病愈,一并消失了。

能意识到总是件好事,陆诨不过是个中好手,擅长把暧昧变成绵绵情意,教人误会,然而他不动心,只由得你沦陷。

她此刻无悲无喜,只心里给昨天自己的行为找了个合适的理由,权当是生病过后异常脆弱时的一次心神失守。

她出来的时候,看到桌子上竟然有两碗瑶柱牛腩面。

陆诨看到她的目光,给她解释:"我早上醒来以后订的外卖,稍微有点凉了,不过应该还好。"

罗如霏本来答应了多陪他一天,但没想到因为自己生病,反倒耽误了他两三天,虽然昨晚算是个补偿,她也不好意思直接说想回去。

"你今天是打算去哪儿?"

"继续去布雷肯比肯斯公园呗,来都来到这儿了。"

"那你后面的行程不耽误?"

"我本来的行程就很松散,下午我们再出发吧。"

他看罗如霏纠结地欲言又止地"我……我……"了两声,他对她笑了笑:"想回家?"

罗如霏轻轻点了点头。

陆诨拉长了语调:"我怎么记得,你是答应了多陪我一天的呀,还没兑现呢。"

罗如霏脸有点红:"可是昨晚已经……还不够吗?"

陆诨戏谑地看着她:"你心里想的陪我一天就是这种事情啊。"

罗如霏脸涨得更红了:"才不是呢。"她急急反驳。

"走吧，带你去森林公园玩玩，这一周迎 Easter，都有活动，篝火派对和观星之类的，明天再送你去车站。"

罗如霏被他的话这么一堵，倒是有点怕自己不答应，就成了脑子里只有这种事的人，况且篝火派对和观星，她并未体验过，的确听着有那么些吸引力，也就半推半就地答应了下来。

Chapter 8　傲慢偏见

傍晚时分，陆诨把车停在一家写着 bar & restaurant & hotel 的建筑前。他跟罗如霏解释："这里没几家能住宿的，今晚我们就住这里，篝火活动也是在这里集合的。"

看着眼前胖胖的中年男人服务员在名册上翻找，她才知道，这个原来还需要报名，她忍不住竖起耳朵听 "Mr. LU, two persons, right?"（LU 先生，两个人，对吗？）

她在心里猜测，哪个 LU？

卢？鹿？还是陆？

但她没有做声，转过头一副欣赏酒吧内装潢的模样，这么仔细一瞧，又觉得这酒吧实在有点意思。

最里面的壁炉，居然是真的，在火焰中发出滋滋的声音。而且她不知为什么，到现在才在吧台上方看到了这家店的名字 "Home of Adventurers"（冒险者之家），整个装修风格，都十分切题。且不说墙上挂着的麋鹿首和皮毛，居然整个室内都是木质的，无论是墙壁还是桌椅板凳，凳子还是复古的圆滚滚的啤酒桶的形状。

再加上暖黄色的壁灯，整个酒吧内都是昏黄的色调。

而且，和城市里的年轻人被美国自由现代的穿衣风格感染的不一样，现在这里来的男男女女，几乎都保留了英国传统的穿衣风格。

一对老夫妇，老太太优雅地挽着先生进来了，他们都穿着长款的大衣，

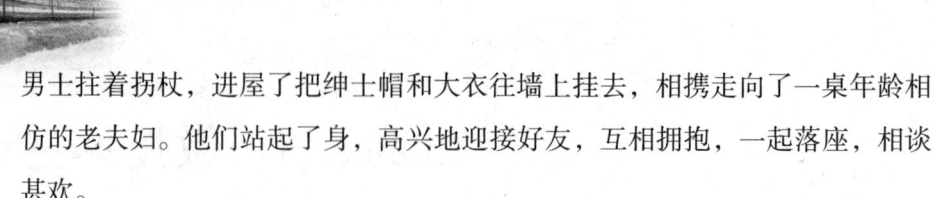

男士拄着拐杖，进屋了把绅士帽和大衣往墙上挂去，相携走向了一桌年龄相仿的老夫妇。他们站起了身，高兴地迎接好友，互相拥抱，一起落座，相谈甚欢。

罗如霏想到这儿，看了看坐在旁边的陆浑，才发现他今天也十分应景地一改往日的风格，穿了件灰色的衬衫，外面是件蓝灰格纹的修身马甲，头发梳得一丝不苟，露出额头，看着竟然像风度款款的绅士。他察觉到她的目光，温柔地对她笑了笑："吃饱了吗？大概活动快开始了。"

不知不觉中，身边陆陆续续坐满了人，罗如霏身边甚至有一只牧羊犬，被主人把绳索绑在桌脚上，老老实实趴在地上。旁边又是两对中年夫妇。

英国的酒吧气氛，和国内大相径庭。没有国内所理解的五光十色、灯影撩人和疯狂扭动。这里相聚的人，似乎是相识多年的挚友，吃饭时喝杯啤酒，相互交谈，不管从前认识还是不认识，但绝无不可示人的画面。

尤其是这一间冒险者之家，显得更陈旧复古，甚至连播放球赛的屏幕也没有，在座的人也沉浸在这样的氛围里，鲜少有人低头看手机，眼里全是身边和对面坐的人。

罗如霏皱了皱眉，明明是没见过的场景，她连酒吧都很少去，却熟悉得要命。

直到那个胖胖的服务员在吧台打断了这份喧闹中的沉默："Guys, all of you arrive here on time."（太好了，大家都准时到了。）他解释了一下，由于现在每天几乎要9点以后天才能黑透，所以现在可以先到外面开始篝火派对，结束以后再一起观星。

在座位上的人们，纷纷穿回了外套，拿起了包，接二连三地随着他出了门。

陆浑也站起来，牵了她的手："走吧。"

罗如霏笑了笑，知道莫名的熟悉感从何而来了。

这不正是《霍比特人》里，从各地汇聚起来的冒险者吗，她也成了其中的一员。

"你先去，我想去个洗手间。"

"我陪你去吧。"

罗如霏推他先走，反正就在外面那一片空地上，她也不会走丢。

然而待她补了个红唇出来，发现那一片空地比想象中还大，恐怕不大也不敢开篝火派对，森林公园最忌火情。此时工作人员已经在中间点起了火，人们陆陆续续找位子席地而坐，有工作人员在大声地指引："Single or taken? You will be separated."（单身还是有主？你们会被分开两边坐。）

原来 single 和 couple 的两拨人分别围坐成一个圈，在篝火的左右两侧。

罗如霏往 single 那一边看去，人这么多，她还是一眼就看见了陆浑。他分外惹眼地站在空地上，只不过，旁边有一个金发的外国姑娘，正在他旁边娇笑。

罗如霏走近了，把他们的对话听得一清二楚。

外国姑娘是毫不腼腆地问："Are you single?"（你是单身吗？）

"That's why I stand here."（所以我才站在这。）陆浑指了指另外一边围坐在一起的夫妇们。

"I am Elizabeth."（我是伊丽莎白。）

也不知道是不是因为陆浑今天的穿着显得他分外绅士，他笑着吻了吻那姑娘的手："My beautiful Queen, I am Darcy."（我漂亮的女王，我是达西。）

那姑娘一脸惊喜："Really?"（真的吗？）

陆浑装作不知"D-a-r-c-y"。

"Do you know the book of Pride and Prejudice? The name of the male and female character are the same as us."（你看过《傲慢与偏见》吗，里面男女主人公的名字正和我们一样。）

陆浑这才露出惊喜的表情："What a coincidence!"（太巧了吧！）

罗如霏听到这里，已经在暗中翻了好几个白眼给他，只不过他毫无察觉。

前几天，他还叫 Jack 呢。罗如霏其实本来就怀疑他是说来逗她的，有一

次在加油站，罗如霏在背后喊了他两声Jack他也没反应，她就知道他的英文名彻底是瞎掰出来的。

他纯粹是看人下菜，遇见什么姑娘就叫什么英文名。

罗如霏觉得不知该说什么好，这就跟现实里，有人说黛玉你好我叫宝玉一样傻。中国人极少会愿意相信这样的屁话，但是偏生外国人，毫无创意，就那么几个名字，反复叫，叫人不信也不行。

果然，伊丽莎白显然特别吃他这套，已经热情地送上去一个拥抱，就拉着他坐下来。

直到坐下来，陆诨许是想起来罗如霏了，仰了下巴往酒吧门口的方向看了看。

然而看了一圈，居然发现罗如霏已经坐在他对面了，大家坐成了一个圈，他们中间隔了不少距离，即使这样，他仍然看得见罗如霏小手撑着下巴，火光映得她的脸红扑扑的，就这么笑吟吟地看着他，笑容有那么些捉摸不透。

看她唇色似盛开的玫瑰，陆诨才知道她去厕所是补妆去了。

鲜艳的唇色，使她在夜色中多了些妩媚之色，像玫瑰花仙在夜里，化作了人间的女子。

陆诨忍不住舔了舔嘴角，他想亲一亲她嘟起来的唇。

罗如霏看他低头拿出手机。

果然，她马上就收到了微信："过来。"

罗如霏回了个拒绝的表情。

过了几秒，有一条微信进来，罗如霏低下头。

陆诨居然直接给她发了个红包，上面还是简单粗暴的两个字："过来。"

罗如霏抿嘴乐了。

巧的是，所谓单身派对，不就是为了摆脱单身吗。

有个外国小哥，一头棕色的头发，卷卷地覆在头上，似乎是注意到罗如霏坐了下来，冲她走了过来。

罗如霏第一次这么有骨气,当没看见红包,把手机按黑了塞口袋里。

她仰头迎接外国小哥的搭讪,她暗下决心这回一定要学学陆诨,说一个和外国小哥登对的名字。比如他要是叫瑞德,她就说自己叫斯嘉丽。

她满怀期待地等外国小哥先开口,外国小哥有点羞涩地说:"I am Tom."

罗如霏无语。

她简直和头脑风暴一样把大脑疯狂转了起来,但是和 Tom 有关的,她只想到《汤姆叔叔的小屋》以及《猫和老鼠》。

她是无论如何也说不出来自己叫 Jerry 的。

只能闷了口气:"I am Rose."

陆诨看她居然连红包也没领,仰着头笑嘻嘻地和一个外国小哥,隐约听见似乎叫 Tom 的讲话。她还这么撑着下巴,只不过为了看 Tom,她把头侧仰着,歪得很娇俏可爱。

陆诨暗搓搓地咬了咬牙,把手机掏出来,和伊丽莎白加了个 Facebook 好友。

罗如霏用余光看他,只看他扭头拿着手机,把伊丽莎白逗得咯咯直笑花枝乱颤。

工作人员拍了拍手,喊了一声"Guys"。他说,前几天玩的 spin the bottle(转瓶子),还是传统玩法,瓶口指到的人要对瓶底指到的人献吻。他说,事实上,许多人都认为身边的人更有吸引力,这样的经验反而使他们失去了机会。

说到这,许多已经对身边人看对眼的人,非常心知肚明地笑了。

工作人员说,今天玩个改良版的 spin the bottle,为了给大家创造机会,被瓶口指到的人,可以任选一个人提出一个要求,拥抱,亲吻,什么都可以。

下面不知道是哪个蠢蠢欲动的人吹了一声口哨,大家跟着发出起哄的声音。

工作人员急忙补充:"Wait!"(等等!)他解释,这当然是可以拒绝的,

但是要表演个让大家满意的节目。说完他把手里一瓶啤酒举起来:"Who want to be the first one to spin the bottle?"(谁想第一个来转瓶子?)

话音未落,一个头发稍微有些棕色的男人就举高了手,把啤酒接过来,拿牙咬开了,一口气吹完。

在大家的喝彩声中把酒瓶放在中间的托盘上飞速转了起来。

慢慢地,酒瓶停在两个人中间,稍微偏左边的是一个扎着马尾的女人,右边的是一个戴着大圆环耳环的女人。她们俩看了看停下的瓶子,都不约而同举了手:"Me!"(我!)

戴着夸张耳环的女人看了看,也发现了自己确实有些偏差,耸耸肩放弃了。

扎着马尾的女人显然有备而来,有点害羞地指了指和她隔了几个座位的男人,但是作为游戏轮到的第一个人,她显然有点没放开,只提了一个要求,能不能为她唱一首歌。

大家纷纷起哄。

被点到的男人有点惊讶,他挠了挠头,说自己唱歌不好听,能不能用别的表演来代替。扎马尾的女人表情有些遗憾,后悔没能提一个别的要求。

他问工作人员有没有篮球,工作人员回酒吧里拿了一个球出来。他一只手托了起来以后,另一只手拨了拨,球就在他右手食指上转了起来。他又举高了些,球还在飞速转着,上面的线条似乎在波动。他甚至还用左手再去把球拨快了些。

人群中传来源源不断的鼓掌声,他转了有快一分钟才停下来。

似乎是受了第一个姑娘的教训,剩下被幸运酒瓶指到的人,无疑都大胆了许多,无论男女。虽然大家还十分陌生,但外国人之间的气氛,都是自由奔放的。有被要求亲吻的,甚至有大胆热情的姑娘,主动跳进男人怀里,希望被公主抱着旋转几圈。

当然,或许是外国人本身就热情奔放喜欢热闹的性格,也或许是为了吸引更多异性的注意,从第三个人开始,就出现了自愿表演的现象。

而且到现在为止，进行到第六个人，几乎没有人拒绝来自幸运酒瓶指到的人的要求，甚至一个扎着小脏辫的黑人，向一个白人姑娘索取拥抱，也没有被拒绝，他高兴地主动给大家表演了一场帽子戏法，向身边的人借够了三顶帽子，就在手里连环地抛起来，好不潇洒。

罗如霏笑了笑，这也是当代英国文化的迷人之处，虽说中国人多数也不爱往外国人圈子里凑，但英国人对各个国家的接受度确实都很高。

最典型的例子，就是马上要大婚的哈里王子要娶一位美籍的有非洲血统的王妃。

外国人若同你偶遇讲上几句话，哪怕你的面孔再东方，也极少开口有一两句就要问你"Where are you from"的。

现在这个时代，同以往，确实是大大不同了。

她尤记得小时候看老舍话剧《二马》时候的心情，温都太太对老马的戒心和犹豫，玛丽对小马深深地瞧不起，都让她难过极了。

哪怕那时候年龄小，还不甚懂情情爱爱，但她也看出来，那种属于英国人的种族优越感和对中国人的鄙夷。

从剧院出来，她和她妈妈同时叹了一口气。

只不过她妈妈说的是，你以后好好学习，也要去国外见识见识人家是怎么发达的。

她现在回想起来，还有些怀疑，她妈妈对于英国人的崇拜，是不是从那时就埋下祸根，所以觉得能嫁给一个英国人，远比她那一身傲骨的学者老爸要好。

一个世纪过去，如今又是一个马上到来的20年代。

在英国人眼里早就不再有中国人低人一等的目光。

只是国人之自我偏见犹在。

不过大环境就是这样，罗如霏也是来了，才慢慢适应这一点的。

她记得在国内，见到外国人总觉得是什么稀有物种，要是被人用英语问一次路，再怎么淡定也是要回宿舍和她们提一嘴的。

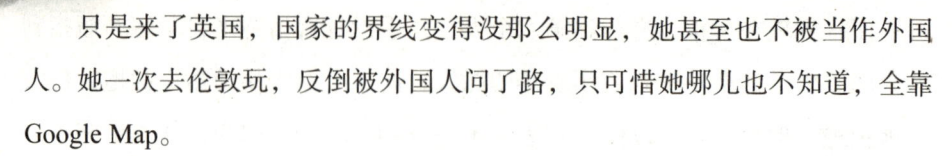

只是来了英国，国家的界线变得没那么明显，她甚至也不被当作外国人。她一次去伦敦玩，反倒被外国人问了路，只可惜她哪儿也不知道，全靠 Google Map。

她那时候才猛地意识到这一点的奇怪之处，再仔细这么一想，算是觉出些意思来。

她尚在想事儿，她旁边的 Tom 就伸手在她面前挥了挥，开开心心地问她能不能问她一个问题。

罗如霏这才往中间托盘一看，正是瓶口对着 Tom。

罗如霏有点紧张，Tom 已经开口了："What kind of boy do you like?"（你喜欢什么类型的男孩？）

他甚至有点不好意思地摸了摸耳侧的头发。

罗如霏松了口气，Tom 在这群荷尔蒙作怪的人群中，真是一股清流。还总一副羞答答的模样。

她想了想倒是很认真地回答了："Like a gentleman."（像个绅士。）

只不过她心里想的，有匪君子，如切如磋，如琢如磨。

却是怎么都表达不出来了。

她遗憾地叹了口气，没看到陆浑闻言嘴角扯起的那一丝笑意。

氛围越来越高涨，火光映照中，罗如霏看这些盘腿坐着的男男女女，皆是面颊红扑扑的，眼睛里也蹿着火苗，空气中凝聚着荷尔蒙的气息。这里都是些年龄相仿的男女，她不知道自己现在是不是也是这副模样，她虽也会跟着一起鼓掌喝彩尖叫。

只是，她想，她多少是不如他们那般尽兴的。

每次酒瓶重新开始一转，她心里就有些发慌，庆幸方才 Tom 的问题不难回答，只是下一次不知道有没有这么幸运。倘若是她不得不拒绝的要求，她也不知道该拿什么节目压下众人口舌。

而且哪怕是抽到自己，她也慌。看热闹是一回事，撮合感十足的游戏模式让她无法适应。

| 060

她不知道自己该对谁提什么要求,她想自己只认识陆诨一人,实在不行,舍下面子也只能拿他来蒙混过关了。

看前几个人表演的,翻跟斗,转篮球,帽子戏法,还有人用口哨吹了一首曲子。

罗如霏在想自己都会些什么,自幼学的毛笔书法,古筝,她甚至可以表演将《三字经》倒背如流。

但是如今没有一样适合这样的场合。

罗如霏苦笑了笑,就连英文歌,她也没仔细学过任何一首的发音。

就这样想着,才猛然发现,此时已经又过去两个人,发出一声欢呼的竟是陆诨身边那位伊丽莎白,她一脸惊喜地指着对着她的瓶口。

罗如霏一面庆幸轮到的并不是自己,一面心想,这伊丽莎白该趁这机会对陆诨发起攻势了吧。

果不其然,伊丽莎白指了指她旁边的陆诨,她举了举手中的一袋薯片。

要求陆诨用嘴咬着喂她一片,一点不能掉下来。

她还一边诱惑地自己拿了一片塞进嘴里,伸出舌头舔了舔嘴角几乎看不见的薯片渣。

Chapter 9　流氓绅士

　　只是罗如霏没想到的是，陆诨这样爱占便宜的人，居然温柔含笑地摇了摇头，他面上还是十分绅士的样子说，这样女士太吃亏了，我愿意用一首歌换一片薯片。

　　他是玩了这么久第二个拒绝的人，还是这样香艳异常的要求，大家都纷纷起哄，连工作人员也出来说，先前有人唱过歌了。

　　陆诨起了身，优雅地冲大家欠了欠身，说稍等他一下。

　　很快他再从酒吧里出来，抱了一把吉他。

　　罗如霏看着眼熟，想了想原来这把吉他，就挂在吧台调酒的地方的墙上。

　　他低头拨了拨琴弦试了试音。

　　很快就在他修长的手指下拨弄出了流畅的乐声，他也开了嗓。

　　正宗的欧美烟嗓。

　　罗如霏忍不住双腿瑟缩了一下，他现在的声音，同平时说话不一样。

　　但是罗如霏也是熟悉的，是在她身上一下又一下时候喊她宝贝的喑哑嗓音，是他蛊惑她让她见识到那样不曾认识的自己时的嗓音。

　　他现在又用这样的嗓音唱歌，罗如霏紧了紧环着双腿的手。

　　所谓行家一出手，就知有没有。

　　陆诨一开嗓，明显就比前头唱歌的那个人好了一个档次，再配上吉他。

　　他唱英文歌的发音纯熟，比起外国人也不遑多让。

人群中再无一点异议，甚至还有人赞美地吹了声口哨。

她认真去听了，才分辨出来歌词："Drawing me in and you kicking me out. Got my head spinning no kidding me out."（你时而热情似火时而冷若冰霜，让我神魂颠倒又无力抓住。）

不知道为什么，陆诨明明是低着头抚弄琴弦，罗如霏总觉得他在注视着自己，眼神充满了暗示。

只觉得他拨弄的，是自己柔软的快化作水的身体。

唱至高潮，众人忍不住合着他的拍子拍手。

"Give your all to me. I'll give my all to you. You're my end and my beginning."（把你的全部都交给我吧，我会倾我所有，你是旅程的终点亦是起点。）

陆诨也回礼似的抬起头来朝众人微笑，罗如霏才发现他确实是朝她这个方向看着的，眼底促狭。

这样的歌词，暗示得太明显了。

他们正是旅途相遇，相伴至此。

罗如霏睫毛忽闪了闪，回避地错开眼神，却看到伊丽莎白也如自己刚才一样，被他琴弦和歌唱拨乱了心扉，一脸如痴如醉地瞧着他。

她看自己躲开陆诨目光以后，陆诨竟然深情款款地转向伊丽莎白继续弹唱。

她才发现自己竟然这般鬼迷心窍，陆诨最擅长的，不就是不动声色地同时撩两个人么，这里在座的一圈女人，哪个不算他旅途认识的。

而且，十有八九，他这番表演，就是早练好专门用来讨女人欢心的。

许是陆诨方才的表演比前面的人都精彩许多，他这么一番拒绝，反倒吸引了不少姑娘的注意力与好胜心。

连伊丽莎白都没有一丝气馁的表情。罗如霏这么一眼看过去，都能发现底下更是好几个姑娘在往陆诨的方向看。

罗如霏摇了摇头，越发觉得陆诨手段就是高明。相比之前的几位直白的

求爱，陆诨虽是拒绝了吧，但却似欲擒故纵，赢了一票姑娘的芳心。

她也顺势观察起了在座的男人。这么一圈看下来，她不得不承认，陆诨是真的长得不错，尤其是他今天装得举手投足间十分绅士优雅，又把额头高高地露出来。哪怕在一群高头大马、五官立体的外国男子中，也不显逊色，反而东方人的长相为他平添了几分神秘色彩。

很快，又一个被酒瓶选中的姑娘站了起来。她许是吸取了伊丽莎白先前的教训，俏生生地把头发在手里绕了两圈问了陆诨一个非常巧妙的问题："你觉得全场哪位女士最漂亮？"

人群中一阵笑声。

这姑娘是真的聪明，她显然也面带得意之色地看着陆诨，等着他的答案。

陆诨也没有直接回答，冲她笑了笑："我是一个很害羞的人，能不能用纸飞机替我回答。"

说完他扬了扬手里捏的纸，正是这次活动的宣传纸，仿旧的羊皮色。

这么一句话的工夫，他手里的纸飞机已经有半边的雏形。

那个姑娘显然也没想到是这么浪漫的回答，捂了嘴笑着看陆诨。

罗如霏都不知道该说什么好了。

陆诨若是个害羞的人，这世界上怕是没有敢说自己脸皮厚的了。

他这么一出，明显是要显示和他人的不同，更惹女人注意。

陆诨明显是个熟手，一分钟不到，就看他手指上下翻飞，一只漂亮的纸飞机已经安静地躺在他手心了。

他捏起来，还问了发问的姑娘："Are you ready？"

才冲着她扔了过去。

罗如霏目瞪口呆地看着纸飞机在空中曼妙地走了个弧度。

然后轻飘飘地落到自己面前停了下来。

罗如霏无语。

这到底是什么剧情走向。

她看见陆诨冲着那个姑娘抱歉地点了点头。

就走到她面前，拾起那架精致小巧的纸飞机，递到她面前。

"For the most beautiful lady."（给最漂亮的女士。）

他笑吟吟地，眼神轻佻地看着她，又用只有罗如霏能听见的声音，用中文低低地说了一句："今晚有什么奖励？"

罗如霏简直难以置信。

她眼睛里还有怀疑的色彩，这竟然是陆诨控制着扔向她的？

虽然她和发问的姑娘之间，不过是两三个人的距离，但是她明明看着陆诨是冲着那个姑娘扔过去的，以为这不过是个巧合。

陆诨看出她的疑问，把纸飞机往她怀里一塞，就走向刚才那个姑娘。

陆诨转身前轻声说的话，在这样的环境里显得格外小声，火苗滋滋的声音，人群交流的声音，旁边那一圈 family 有人在讲故事的声音。

"我想让它往哪里飞就往哪里飞。"

如果不是熟悉他的音色，她几乎要怀疑这是幻觉。

她心里十分疑惑他到底是怎么办到的，竟然能瞒了这么多人的眼睛。

她看着陆诨在那个姑娘面前半蹲着，说："你也是我心里全场最漂亮的姑娘。"

罗如霏简直想跳起来给他鼓掌。

他明明扔给了自己，还能虚情假意地让别人以为只是扔歪了。

其实本来直接说那个姑娘最漂亮也没什么，未必是心中所想，可能是出于礼貌。但是经过这么一遭，既给那姑娘留了十足的面子，又多少也会让她觉得有缘无分。

好看的皮囊千篇一律，有趣的灵魂万里挑一。

可能是在座的姑娘都没见过陆诨这样有心机有手段的男人，再次被吸引了。下一个被瓶口选中的姑娘，热辣地想吻陆诨的脸颊。

有了先前的例子，陆诨的拒绝也显得没那么奇怪。

当然，他来了一段差不多有半分钟的 B-box 作为交换。

罗如霏倒是心里鄙夷更甚,他到底学了多少种泡女生的方法。

她倒是想看看,陆诨再下次还能拿什么出来。

没让她失望,这个机会很快就来了。

又一个姑娘指着陆诨,她许是怕被拒绝,退而求其次地提出了一个吻手礼的要求。

罗如霏记得自己亲眼看他对伊丽莎白行过吻手礼,想这个他应该不会拒绝了。

没想到陆诨还是笑容得体地拒绝了。

那姑娘有点伤心:"A show,please."(你的表演。)

"Of course."(当然。)

陆诨把手机拿起来,开了音乐伴奏丢回地上。

他把马甲的扣子敞开,里面的衬衫袖子随意地挽到了胳膊肘,就这么滑着步子到了他们这一圈的中间。

随着音乐动作。

竟然是 Hip-Hop!

罗如霏有点目瞪口呆,这人,难道真是学艺术的吗?

会的竟然全是这样耍帅装酷的。

围坐的人也没想到有这样的表演,包括刚才被拒绝的女生都忍不住尖叫起来,脸上再无遗憾之色。

他边跳还跟着伴奏边唱,正是大家熟知的《Sugar》,本来就是男声唱的,配上街舞,显得又帅气又性感。

"Oh baby. Cause I really don't care where you are. I just wanna be where you are. And I gotta get one little taste."(哦,宝贝,因为我真的不在乎你身在何处,我只想在有你的地方,我只想浅尝一口。)

这样的陆诨,是极具感染力的。这时候有一个长发的姑娘跳进中间,她似乎也会跳,跳得帅气美艳。

到了高潮,她甚至同陆诨有面贴面的动作,热辣大胆。

而坐着的会唱的,都忍不住跟着音乐和陆诨一起唱。陆诨手机的伴奏声,几乎已经被人声盖过。

"Your sugar. Yes please. Won't you come and put it down on me I am right here. Cause I need little love and little sympathy."(你甜蜜的爱,是的,求你了。你会不会出现,给我要的爱?我就在这,因为我需要,一点爱还有一点同情。)

经过这一回,姑娘们也发现了,可能陆诨并不是欲擒故纵,是真的没看上她们中的任何一个。

再加上工作人员也发现了陆诨把其他男士的风头抢得一干二净,也劝姑娘们,勿攀高岭之花,把机会留给其他同样优秀帅气的男士。

姑娘们虽然还时不时偷看陆诨,但也的确歇了心思,犯不上不停地听他拒绝。

只是珠玉在前,剩下的男人们,多多少少有些不如陆诨惹眼。

罗如霏想,这样假如转到了自己,她选择陆诨,请他替她编个辫子,如果他没有拒绝,但是也没有这样被拒绝的先例,大家应该不会觉得特别突兀奇怪吧。

她又轻轻摇了摇头,在想自己怎么就笃定陆诨不会拒绝。他要是拒绝了更好,但只怕他黔驴技穷,除非耍个杂技变个魔术,否则很难服众。

罗如霏在想,是不是陆诨那时候的温柔,给了她这样不被拒绝的信心。她发烧期间,尽在床上躺着,起来吃饭的时候都是披头散发的,陆诨看她几次头发要掉进碗里,就坐去床边,问她要不要帮她把头发扎起来。

罗如霏印象中,大多数男生,是连扎头发都不会的。

她奇怪地问他:"你会吗?"

陆诨得意洋洋:"当然,什么样的都会。"

罗如霏那时候烧昏了头,故意给他出了个难题,让他帮她把头发编成她喜欢的蓬松蝎子辫。

陆诨想了想:"你昨天早上扎的那样?"

罗如霏点点头。

陆诨真就上手替她编发了。

她那时候才知道陆诨居然还有这样的手艺，对于女生也要对着视频学的发型，陆诨一个男人，虽然时间花得久，但是编得还不错。

不用说，又是在女人身上练出来的，她对陆诨的风流就有了更深刻的认知。

只是她还在这样想着，没想到的是，除了羞涩矜持的Tom，还有人也看上了她，而且直白地请求吻一口罗如霏。

罗如霏捂了捂脸，问大家她能不能唱歌。

毫无疑问遭到了拒绝，先前有人唱过了。

罗如霏呐呐地想不出来别的show，人们已经开始起哄："Kiss！Kiss！Kiss！"

一声比一声大声。

罗如霏觉得自己的脸都有些发烫。

她其实从未经历过这样的场景。

类似这样的场合，是大学班里聚餐聚会，借着真心话大冒险为单身男女创造机会。但是一来，罗如霏参与这样的场合极少。二来，哪怕她参与了，同学们不知怎么得知她父亲是学校里的教授，哪怕她父亲为人极其刚正不阿，不为她牟任何私利，轮到她时，同学们也都放她一马，只是些不痛不痒的小玩闹。

在"Kiss"的呼声中，那个高大的戴着棒球帽的男人已经笑着朝她过来了。

他的目光还在礼貌地询问罗如霏。

罗如霏这时候庆幸自己这几天的经历，也算活得豁出去一次。

现在她做不出当众耍赖的事。

把右侧姣好的面颊偏了过去，闭上了眼，只是睫毛还在微微颤动。

她的呼吸也不由得重了一些。

只是她感觉到腰间被一只手揽住了,大力把她扯进了怀里。

她皱了皱眉。

接着,一个温热柔软的唇贴了贴她的侧脸。

只是这个气息,莫名的熟悉。

她难以置信地睁了眼,果然是陆诨那个流氓把她搂在怀里,一脸戏谑地看着她。

而对面的男子已经抑不住脸上愤怒的表情。

Chapter 10 　 长发公主

　　陆诨抱歉地跟大家解释:"Actually, she is my girlfriend. I am sorry, we just want to make a joke with you."（事实上，她是我的女朋友。对不起，我们坐在这里只是想开个玩笑。）

　　罗如霏看到是他，还有点反应不过来，眼神有点愣。

　　陆诨在罗如霏耳边轻声说:"你快点承认，看到没，你再不说话，对面那哥们儿要给我一拳了。"

　　罗如霏噗嗤一声笑了，赶紧在他唇上啄了一下。

　　"I am sorry."

　　她冲大家鞠了个躬表示了歉意。

　　这样的情况，实在是始料未及。

　　本来以为是一幕二男同争一女，谁料这般峰回路转。

　　还是工作人员先反应过来，当了和事佬:"You guys are humorous."（你们真幽默。）

　　站在对面的原本看上罗如霏的男人，看到这样的局面，到底还是保持了风度，说了句"It is OK"，回了自己原本的位子。

　　人群慢慢也接纳似的有三三两两疏落的掌声。

　　陆诨搂着她，正要往另外一边 couple 圈子走过去。

　　明显还是有姑娘不相信，以为陆诨是临时看上了罗如霏，罗如霏配合他来着，还大声地跟陆诨吼:"Really? Are you sure? Come back, baby."（这是真的吗？回来吧，宝贝。）

陆诨回了回头，十分礼貌地说："She is my true love, see all of you later."（她是我的真爱，和大家晚点见。）

他们到了couple那一圈，却引起了轰动。

原本还在讲故事的人们，见到他们，爆发了热烈的掌声和起哄声。

他们以为陆诨和罗如霏，正是刚才的单身派对上在一起的。

罗如霏急急地摆手解释，他们才明白，陆诨和罗如霏是故意给大家开的玩笑。

陆诨和罗如霏相视了一眼，显然明白，大家相信他们是开玩笑，已经是最好的解释了。其实他们算什么开玩笑，本来就是单身，不过是有那么几次床上关系。

罗如霏心里把陆诨今天这样的举动，归结为某种洁癖。可能是像动物占了什么领地，哪怕是临时的，也不允许别人入侵，又或者是他真看出了罗如霏的窘迫，救她于水火之中。

一个中年英国女人靠在丈夫怀里，夸他们真浪漫，并且解释了一下，他们都在分享自己的相爱往事，既然他们是一对，等会也要分享。

人群挪了挪，给陆诨和罗如霏腾了两个位子坐下来。

他们也像在座的夫妇一样，罗如霏挽着陆诨的胳膊，头靠在他肩上。

刚才被打断的那对夫妇继续讲他们的往事，妻子在讲，她丈夫年轻时，每天偷偷到她院子门前徘徊，又不敢直接同她搭讪，害她迟迟才认识他。

她的丈夫在旁边急急申辩，说好几次，明明都看见她朝他这个方向看。

妻子白了他一眼，说还不是他鬼鬼祟祟的让她以为家里遭贼惦记。

众人都发出了善意的笑声。

多好啊，爱情无论在什么地方，都是最美妙的事物。

罗如霏用极小极小的声音，问了陆诨一个问题。

"为什么要站出来？"

陆诨一副戏谑的模样："怕我今晚要独守空房。"

她哪里是这么随便的人。

罗如霏暗中掐了一下他的腰,只是没掐起来多少肉,也不知道陆诨疼还是不疼,他面上表情丝毫不变。

罗如霏心头马上又涌现了一个疑问。

她是真的很好奇,就算陆诨再能装帅耍酷,她也怀疑他还能不能继续表演节目,还是说之后的都来者不拒。

她问他:"如果刚才还有女生看上你,你要用什么来拒绝。"

陆诨轻叹了口气,幽幽地看着她。

"胸口碎大石。"

罗如霏无语。

她忍不住怼他:"你会吗?"

陆诨很实诚地摇了摇头,跟她说:"但是,她们可能因为不忍心就放过我了。"

她又噗嗤一声笑了。虽然总疑心他还有后手,但也不再纠结这个了。

不过最后一个问题,她还是心里痒痒的,一定要问出来。

"你到底是怎么让纸飞机朝我这边飞的?"

陆诨这回没说什么奇葩的类似气功之类忽悠人的答案。

他低头问罗如霏:"纸飞机你还留着吗?"

罗如霏点了点头,她穿的正是陆诨给她买的 Maxmara 薄呢子大衣,她从口袋里把那架纸飞机拿了出来给他。

陆诨没接过去,跟她说,你自己仔细研究研究。

罗如霏以为他是要告诉她答案,没想到又是卖了一道关子,心里十分不爽。

自己低了头仔细看手中的纸飞机,也不信自己看不出来其中的把戏。

仔细看了,不得不承认,这架陆诨匆匆叠出来的纸飞机,比她儿时叠的都精致许多。

而且小巧许多。

他似乎把飞机头的部分的纸折得尤其厚，飞机头部比机身重了许多。

罗如霏眉头松了一分。

等她看到机尾的时候，就明白了是这里被动了手脚。

当时以陆诨方向来看，罗如霏正坐在那个女生左侧三个人左右的位置，离得不远，周围人群为纸飞机挡了风。

陆诨把机尾向右折偏了一点。

就这一点角度，他折得机头偏重，落地快方向准，再加上罗如霏左右都是男人。哪怕稍有偏差，这最漂亮的女士，也非罗如霏莫属。

只可怜了那个女生。

罗如霏了然地把纸飞机托高，手指在尾部点了点，问陆诨："空气动力学？"

陆诨像看智障一样看她："哪有这么高深，难道你小时候没好好玩过纸飞机吗？"

罗如霏心道，难道不是你装得高深让我自己看的吗。

陆诨又凑在她耳边跟她说："那时候玩过家家，我们院儿里都是用纸飞机来选老婆的。"他的气息拂得她痒痒的。

"哟，那你怎么不去选刚刚那个外国姑娘？"

"真飞机都给你了，还差这纸飞机。"陆诨一脸坏笑。

罗如霏这回也不想搂着他的胳膊了，抽了自己的手跟他说："你真是从小流氓到大。"

只是陆诨没放过她，长手一伸就又把她整个人捞在怀里。

其实这个姿势罗如霏十分难受，被陆诨的手搭在肩上，他不知道是不是故意的，身体的重量也压了过来，这么多人，她又不好明目张胆地把他胳膊甩下去，毕竟人家还以为他们也是一对恩爱的情侣。

罗如霏不理他，眼睛看着前方目不斜视。

此时已经接近夜晚9点了，大部分的天，已经黑透了，只是天边，还有些蓝蓝的天光，已经接近十分深邃的蓝色了。

073

天边只有一丝溃不成形的云，今天当是个好天。

她想，今夜也必定将繁星点点。

只是他们都忘了一回事，之前那位中年女人说过了，在座的couple，都是要分享恋爱经历的。

他们作为最后进来的一对，等其他couple都讲完了，大家把目光自然而然地投向了他们，罗如霏愣住了。

坐在陆浑旁边的男人，还拍了拍陆浑的肩："Don't be shy."

还有人指了指几乎黑成一团的天空提醒他们，快些开始，马上可以去观星了。

但是他们都表示十分好奇来自东方的爱情，表示一定要听他们说完。

罗如霏和他相视了一眼，她看陆浑丝毫没有开口的意思，刚刚在场的也多数是女士在讲，男士补充。

罗如霏硬着头皮开始编，她说，他们都是中国人，其实在国内的时候就认识了，在同一所大学上学，后来一起来英国留学。

有一个女人还笑着对着他俩说了句"Romantic"。

还有人要求罗如霏讲恋爱细节。

罗如霏又看了眼陆浑，他丝毫没有帮忙的意思，反倒是双手交叠，似笑非笑，一副听故事的模样。她不再看他，想了想继续说。

她有一次糊里糊涂地走错了实验室，看到桌子上的早餐，以为是室友给她带的，吃了一半，原主回来了，她才知道她压根儿就走错了地方。他们就是这么认识的。

自从认识了以后，才发现实验室就挨着，罗如霏是那种喜欢拖到晚上才去做实验的人，他就一起接她送她回宿舍。

罗如霏开始还磕磕巴巴，等讲完上面一段，她语速已经彻底正常了。她继续说，再和大家说一说我们是怎么在一起的。

她说有一次她做实验忘了时间，锁门的大爷把实验楼给锁了，她才急急地发现自己出不去了。电闸也已经被拉下来了，恐惧感几乎让她哭出来。一楼到二楼之间有道铁门,她根本不敢从二楼直接跳下去。

是他看她迟迟不出来,才知道她被锁在里面,爬了两层楼高翻进了窗户,陪她在漆黑的实验室里呆了一晚上,拿了电脑一起看电影,驱散了她的恐惧,直到第二天早上大爷开门才出来。

人们鼓起了掌,都夸陆诨像个勇士。

陆诨笑着搂紧了罗如霏,他也开口,一副恩爱的模样,他说我们毕业以后,因为她喜欢英国,就一起来留了学。明年毕业回去就结婚。

那边 single 的圈子也结束了。

工作人员组织他们上了大巴车,去视野更好的地方观星。

在车上,除了他们,再无亚洲面孔。

陆诨肆无忌惮地直接问她:"刚才说的,前男友吧?"

他听得出来,罗如霏刚开始还讲得磕磕巴巴,像是临时编的,等讲到了这一段,突然间就流畅了起来。

旁人或许还能以为罗如霏开始是害羞。

他一个在英国呆了四五年的人,再清楚不过,对中国人来说,英语再好,不是母语能讲得这么顺畅,只能是真实发生过的事情。

若罗如霏真有这种用英语信口开河的本事,早就可以做同声传译了。

罗如霏当然不会给他真话,好让他嘲笑自己:"这当然是为你量身打造编出来的故事。"

陆诨嗤的一声:"为我?那你可编得真没诚意,这不是长发公主与勇士吗?"

罗如霏心里腾地一凛,他到底怎么会这么敏锐,正是因为这件事,她总被前男友私下叫作长发公主,但前男友想了许久的昵称,却被他这样随口道破,可见他对女人的套路究竟有多深。

但她面上不敢叫陆诨瞧出丝毫来。

反倒问他:"怎么,不像你吗?不满意我给你重新编一个。"

陆诨其实打心眼儿里就没相信她这个编的说辞,突然凑近她耳边小声

说：“当然不像。要我说，你这前男友真是书呆子，看一晚上电影，要是我，肯定跟你演一晚上真人电影。”

罗如霏也不懂，明明周围，甚至全车人都听不懂他们的对话，他为什么还非要凑这么近跟她讲话。

不过打嘴炮嘛，就是不能输。

罗如霏拉长语气哟了一声：“你怎么知道他没有。”

她的心虚被她的理直气壮掩饰得毫无痕迹。

陆诨只笑了笑，毫不在意："那我还真小瞧你了，我们小公主的第一次就交代在实验室？"

罗如霏往窗外看去，假装自己漫不经心的模样。

"那又怎么样。"

只听陆诨语气里要多惋惜有多惋惜。

"啧啧，要是我，怎么也让你第一次交代在希尔顿。"

Chapter 11　远辰落旁

罗如霏看到陆诨到了地方以后拿出来的专业设备，有点惊讶。

"你居然是观星爱好者？"

"比较业余。很奇怪？"

"我只是惊讶你还能有这么高雅的爱好。"

此时车上的人已经陆陆续续地走下来了，都寻了位置，或坐或站。

车停在路边观景台上，说是观景台，也不过是路边一个能停得下三辆车的地方。

陆诨已经把他的设备架起来了。

待司机交代大家不能随便乱跑，附近可能有麋鹿和马匹，最好待在这一片区域，也不要发出太大的声音，就把车里外的灯都熄了。

罗如霏忍不住轻轻叫了一声。

她听到不止她一个人发出了这样的声音，随着人们的眼睛适应了完全无光源的环境，都发现了眼前的星汉灿烂。

这是一条笔直路，两边皆是英国特色的田园风格，晚上虽不得见，但好处是开阔平坦，视线一览无余。这的确是一处绝佳的观星点，正好到了一个缓坡的坡顶，是四周可见的最高点。

整个天空都尽收眼底，罗如霏从未见过这样的场景。漫天都是星，那繁星密集程度，超过了生平所见，几乎是她视野的每一指甲盖大小里，就有几颗星。

而且，还不止。

待眼睛越适应这样的黑暗，越能发现潜在透着亮的还在闪烁的更多星。

罗如霏觉得数得天旋地转，星星都在往下坠。

她这才把仰酸了的脖子低到正常视野里。

发现在那所能看见的路的尽头，偏偏有一棵树，因为天边的星星几乎到了地平线，衬得星星比树都低。

她突然明白了古人何来的天圆地方。

又何谓旷野天低树。

陆诨看她看得专注，没有喊她，待她看得脖子酸了，才拉她坐下。

"真漂亮。"罗如霏还在感叹。

陆诨笑了笑，跟她说："其实我也是来了英国，才喜欢观星的。英国的星空都很漂亮的。"

"真的吗？我其实没有留意过，只觉得在中国是几乎没有见过，英国有时候能见到几颗。"

陆诨说："其实远不止几颗。只是因为受城市灯光干扰，肉眼难以看见。"

他又问她："你听过 International Dark-Sky Association 吗？"

罗如霏摇了摇头，根据他说的意思猜测道："国际黑暗天空协会？这是什么？"

他这时候显得格外有耐心，给她慢慢科普："没错，是这样直译过来。这个协会，划分了全球八大黑暗天空保护区，都是些观星极佳场所。在英国，有两个保护区，埃克斯穆尔是欧洲第一个，我们现在在的布雷肯比肯斯，是全球第五个。"

罗如霏了然："怪不得你都要往这些偏僻的地方走。"

陆诨点点头："是啊。现在看到这样的景，也是不亏了。"

罗如霏听出来他话中有话，正要问他，他就自己说了："我跟你说，我其实早想把英国的国家公园都走一遍，只是每一任女朋友，都要求去巴黎。

最近这一位，真是不巧，我已经去了少说六七次巴黎了，实在是不想奉陪，就直接分了手。"

罗如霏听了也不知道该说什么，说他狠心吧，他其实每一任女朋友都陪着去巴黎，要是换她自己去个六七次，怕也早就受不了了。

只能憋了句"那她可真是运气不好。"

陆浑赞同地嗯了一声，又转过来跟她说。

"不过，你运气挺好的。"

罗如霏心知他肯定要说她遇见他有幸与他同游，刚要驳斥，谁知道他开口，却是继续说星空："其实有几个主要的条件限制我们看星空，天气好不好，周围有没有遮挡物，夜晚够不够黑暗。国内几乎每座城市的夜晚都灯火通明，英国虽然保护夜晚，但是总阴雨绵绵，所以今天这样的天气，很幸运了。"

罗如霏听了也眉眼弯弯，任谁看到这样的景象，都是心旷神怡的。

她似乎想不出别的形容，还是很认真地跟陆浑说："真的很漂亮。我觉得我以后也要喜欢上观星了。"

陆浑笑着揉了揉罗如霏的头发："要不要用天文望远镜看一看，虽然我这个只是入门级的。看到那边那个人了吗，他拿的比较专业。"

罗如霏往周围看去，的确不乏架着设备的人们，但她实在区分不出好坏。

她主动凑过去，坐到了陆浑怀里，陆浑从后面抱着她一起坐在地上，为她调好了望远镜的高度，就教她认些常见的星座。

对她而言，耐心得出奇的陆浑，带她走进了一个从未接触过的世界。他现在像一个博学的男人，在给女人展示他的学识。

她想他会的真不少。

她突然想起来什么似的，问他："对了，你还会跳街舞呢！"

她问这话的时候，把头扭向后面，靠在陆浑的左肩上。

陆浑眼睛还在看着前方，手从望远镜上拿了下来："其实我就只会这么一段。"不知道是不是夜晚这样安谧的氛围，让他也分外舒缓，没有拿什么浑话来搪塞："我是第一次在外人面前跳。记得我给你讲的，我以前喜欢的学跳舞的姑娘吗？她从小学的芭蕾，到了大学，突然就想学 Hip-hop 了。这个，是我偷偷学了想用来表白的，只不过根本没机会给她看。"

罗如霏本以为他语气有些凝重，是沉浸在过去，但他刚说完，就笑着捏了捏她的手："这么看来，还算救我一命，没让我表演胸口碎大石。"

罗如霏无语。

是她想错了。

饶是他这样的玩笑，也没有破坏眼前的氛围。

罗如霏疑心自己最近是不是患了一种到了夜晚就多情泛滥的病。他们今天靠得这么近，却和欲望无丝毫相关，也没有肉体的暗示和切磋。

莫名就让她感受到了情意绵绵。

大概是她也想放纵自己沉溺在这样轻松的氛围中。

她想起来陆浑把她抱在怀里，教她怎么认猎户座、仙后座和北斗七星，他是那么近。现在他也这般柔情似水地和她讲话，她距离他不过咫尺，连呼吸都相互缠绕，他也是这么近。

近到什么程度，罗如霏偏头想了想，看到他睫毛上那颗摇摇欲坠的星。

她突然就有了答案，近似远辰落身边。

她这样的柔肠百转，一直延续到了回冒险者之家。

但并没有因为从那样黑暗静谧的环境出来好转。

篝火晚会，观星活动，都结束了。

是最后一晚了。

陆浑进了浴室，很快出来告诉她，这里的热水器，是电热的。

热水不足，而且再烧一次不知道要等多久。

他问："要不要一起？"

罗如霏正在把外套脱下来挂在门上的挂钩上。

陆浑以为她有所顾虑，他们以往几天里，虽然肉体交流足够，但从未共浴。

他背倚着门框，浴室昏黄的灯光照得他的脸部轮廓也变得柔和。

他一边慢悠悠解了自己两颗衬衫纽扣，一边叹息。

"宝贝，最后一天了。"

谁知道罗如霏转过来，眉眼都是笑意，她当着他的面，把毛衣裤子都扯下来，勾着他的脖子把他往浴室推。

陆诨得到了罗如霏的回应，把她一把抱起来顶到墙上，就开了水。

水还有些冷，他侧了侧身，替她挡住了溅起的冷水。

罗如霏身后也是冰凉的墙壁，她只想寻些灼热的事物，一低头就吻住了他。

随着热水涌出，浴室里温度寸寸攀升，她尚被吻得眩晕，就被一个转身置于腾着热气的水柱之下。

水流顺着她湿漉漉的头发从脸上淌下来，她抬了一只手抹了把脸上的水珠，又笑嘻嘻地替两手抱着她的陆诨也擦了擦，却似乎越擦越湿。

陆诨不满地甩了甩湿了以后贴在额上的刘海，又要继续吻她的脖子。

罗如霏担心："水会不会凉。"

陆诨眯了眼睛，这一用力，把她按死在墙上。

他狭长的眼睛里，全是湿透了的罗如霏，他看着她说："你不会自己看看么？"

罗如霏费力地回头，烟雾缭绕，哪有丝毫电热水器的影子。

是源源不断的。

她把头扭到另一侧，一只手抵在他胸膛，作势要推开他。

她嘴里还嘟囔着："你简直坏死了。"

他顺着她的力道退后了点，罗如霏反而怕自己掉下去，急忙搂紧了他。

罗如霏还要反驳，他的动作却根本没给她反驳的机会。

她害怕极了，她总觉得自己也像今晚天边的星辰，一晃一晃，摇摇欲坠。她不由地紧紧勾着他的脖子，腿也盘得更紧了。

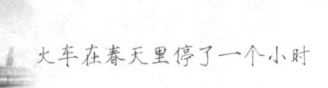

陆诨拿了浴巾，把她整个包了起来。

他自己在胯间围了条浴巾，就在镜子前吹头发。

罗如霏的衣服全在外面，她尽量把头发和身上的水都擦干。

待她出了沐浴间，隐约看见陆诨背后的腰窝上，有黑色的痕迹在浴巾边缘若隐若现。

她凑近看了，才隐隐辨认出来，居然是纹上去的Sweet。

陆诨发现她打量的目光，捉了她正要摸上去的手。

"男人的腰，可不能乱摸。"

"我只是想看看你的纹身。"

陆诨松了她的手："看吧。"

罗如霏笑嘻嘻地问他："这是哪个姑娘啊？"

陆诨把她搂到身前来："是你啊。甜心。"

"啧，你肉不肉麻，别骗我了。"

陆诨刮了刮她鼻子："就是用来骗你们这些小姑娘的啊，通用。"

他的头发已经吹得差不多了，又把罗如霏按得转过去，一边帮她吹起了头发。

罗如霏眯着眼睛，她其实已经累得要命了，很享受陆诨帮她吹头发。

而且陆诨明显是常帮女人做这样的事情，既不会揪到她头发，也知道顺着什么方向吹。

她好不惬意。

然而罗如霏还躺着玩手机的时候，陆诨就突然关了床头灯，只剩她的手机屏幕还在发着幽幽的光。

她问他："要睡了吗？"

陆诨也不讲话，爬上床，从背后抱住她，伸手把她手机拿了起来按黑了屏幕，放到了床头柜上。

在黑暗里，只剩他们俩一轻一重的呼吸声。

不止，罗如霏紧贴着他，这会儿有些分不清，自己听见的究竟是他的心跳，还是感受到的。

还是陆浑先打破了宁静，他的声音有些闷闷的："今天好玩吗？"

她轻轻嗯了一声，又补充："我第一次见这么好看的星空。"

陆浑说："傻姑娘。"

罗如霏心头一震。

他这么久以来，都只暧昧地唤她宝贝，平时说浑话也是宝贝，在她身上的时候也是宝贝。但这声傻姑娘听起来，格外宠溺，似有别的意味在里面。

他摸了摸她散落在肩上的头发。

"明天要回去了？"

罗如霏又是轻轻嗯了一声。

她总觉得自己最近每到夜晚，心绪柔软。

她甚至有些紧张地在想他会不会开口留自己。

然而陆浑没有，握住她肩的手微微发力，就把她扳过来。

他的眼睛在黑暗中，也有亮亮的光泽，和她挨得很近很近。

他说："那我们是不是不能浪费今晚的时间？嗯？"

他最后那一声嗯，语调微微上扬，慵懒又诱惑。

她心知肚明地上了当。

又是嗯的一声，带着些许颤音。

他用鼻尖蹭了蹭她的鼻尖，暗示她："宝贝，你真让人舍不得。"

罗如霏真觉得黑暗是她的克星，他明明已经用这最后一晚，让她上过一回当了，她还偏偏愿意假装浑然不觉地再上一回当。

她就这样，在他眼睛里，看见自己像一颗星辰，他也像。

两颗星辰相撞，她任他为所欲为。

罗如霏就这么看着自己，离他的脸越来越远。

看着自己被他撑起来，上下起伏。

甚至他堵了她的嘴，让她去听汩汩水声。

罗如霏想，这样的陆浑，真让人丢盔弃甲。

但他也同样，在她身体下，溃不成军。

第二天早上，罗如霏利落地收拾好自己的东西。她拉开车门，袅娜地靠在上面，低了头笑着问车里的陆诨。

"师傅，火车站去吗？"

陆诨看了看她新编的蝎子辫，发尾在清晨的阳光照耀下，是浅浅的金色。

他抿了抿嘴。

待她进了车里，他不知道自己怎么就鬼使神差地，抽出夹在遮阳板里的两张票："宝贝，我特别惨，你看，我这里有两张球票，被我哥们儿放了飞机。你陪我去看完再回去呗。"

罗如霏眼底里有很明显的怀疑之色："你什么时候被放的飞机？"

陆诨另一只手敲了敲方向盘，面不改色："早上我出来抽烟那会儿，我哥们儿给我打了电话。"

他把球票递给罗如霏，一边说："350磅一张票，你忍心这样浪费了？这可是大热的双红会。"

罗如霏接过来球票看了看，3月31日，正是后天，周六。

她问："双红会？"

"曼联对利物浦啊。"

罗如霏撇撇嘴："你不会卖给黄牛啊？"

陆诨捏了捏她的脸。

"有没有点国民素质了，还倒卖黄牛票，丢中国人的脸。"

他的语气不容置疑："必须去，知道吗？"

Chapter 12　如闻钟磬

罗如霏直到来到曼彻斯特,才明白到底是谁放了谁的鸽子。

她惊讶地看着门里出来一个人,狠狠地给了陆诨一拳,然后两个人半搂抱地在对方背上也捶了一拳。

陆诨喊他"成哥"。

被称为成哥的男人显然有些激动。

"你小子,不是说周二来吗?我都等你几天了,还以为你不来了。"

待陆诨松开成哥,又冲他身边站着的静静看着他俩微笑的女人张开双手。

"茵茵姐。"

"诨子。"

罗如霏看得很清楚,是那种点到为止的拥抱。

饶是这样,成哥还是很快出声。

"差不多行了啊。每次见你嫂子都不肯叫嫂子,还来占便宜。"

陆诨笑骂:"小气鬼,还不是我的茵茵姐。"

罗如霏看得出来,他们之间关系很好。

眼前这对璧人,年龄和他们相仿。男人比陆诨黑一些,个头差不多,长得挺帅的,气质比陆诨成熟些。而那位茵茵姐,人美声娇,看着很贤妻良母。

而且,怪不得陆诨说他的行程松散,因为他原本可能打算在成哥和茵茵

姐这里待个几天，不过被她的病耽误了。

成哥拍了拍陆诨肩膀，冲罗如霏点头示意。

"诨子，这姑娘你也不介绍一下。"

说着他向罗如霏礼貌地伸了手："我是诨子铁磁儿，叫我成哥就好了。这是茵茵姐。"

罗如霏听到他喊陆诨"混子"。

她本以为在这里能知道他的名字，结果他的朋友管他叫绰号，"混子"，八成也是觉得他太混了吧。

她刚要开口自我介绍。

陆诨这个混子果然没让她失望，吊儿郎当地一只胳膊搂住了她，又把身体重量压在她身上。

"这我蜜呗。叫什么来着？"

他还一副想不起来的样子，才说"Rose"。

罗如霏尴尬至极，急忙开口："我叫霏霏。成哥，茵茵姐，这两天要麻烦你们了。"

这对颜值都挺高的情侣，显然还十分有教养。

其实都看出来，陆诨和罗如霏关系多少有些奇怪，而且陆诨来之前没跟他们说过要带女朋友，这突然出现的罗如霏，没有让他们露出过于调侃的眼神，哪怕罗如霏都觉得这样的介绍有些尴尬。

偏偏，陆诨还不觉得尴尬，拉长了声音。

"哟，你原来叫霏霏啊？真的假的？"

罗如霏这回觉得人家再礼貌也会对这样的话表示尴尬的。

她暗中掐了掐陆诨的胳膊："真的嘛，你今天怎么了，总逗我？"

站在对面的茵茵姐声音十分温柔。

"别理诨子，他就知道欺负女孩子，咱们快进来说吧。"

罗如霏从善如流。

只不过陆诨丝毫没有把胳膊拿下来的意思，似笑非笑地看着她。成哥和茵茵姐转身先进门以后，他凑到她耳边小声地说了句："霏霏。"

罗如霏心里有点后悔，这还不如宝贝呢，这样被他叫得一身鸡皮疙瘩。

到了屋里，茵茵姐似乎也有点尴尬。他们没预料到陆诨带了一个人来，陆诨说是他女朋友，但看这样也不知道到底是什么情况。

但问也不问，直接让他俩一起睡，也不大礼貌。

她拉了罗如霏的手，带她看了一下房间。

"霏霏，我们原本不知道你要来，家里就两个房间，虽然还有一个折叠床，但是被子也不够了，你看今晚要不和我一起睡？"

她还没说完，陆诨就说："茵茵姐，你这安的什么心呐，她当然是跟我睡了。"

成哥在旁边鄙夷地说："就知道你这小子没干什么好事。"

罗如霏本来就觉得和陆诨一张床无可厚非，这几天都这样过来的。

但被成哥这么一说，她就觉得脸发烫起来了。

茵茵姐也知道女人脸皮薄些，替她解围。

"霏霏，那你们先把行李放了吧。一路过来也累了，歇一会，我们一起出去吃饭。"

陆诨牵了她进了屋。

只不过，刚进了屋，他就把门关上了。

罗如霏急急地要开门："你干吗，这样不好看。"

陆诨把她拽回屋里："关都关了怕什么。"

门外的成哥和茵茵姐交换了一个眼神。

陆诨抱着她问她："霏霏，要不要做个饭前运动？"

罗如霏跟他说："别叫我霏霏。"

陆诨说："哟，不是真名啊？那还是宝贝。"

"是真名。"罗如霏瞪他。

他松开手，退后两步坐进沙发里，岔开双腿，拍了拍，示意罗如霏坐过去。

"过来给我抱抱。"

罗如霏还在原地不动。

"来嘛宝贝，我开这么久车，累都累死了。"

罗如霏这才走过去，任他抱在怀里。

陆诨跟她解释。

"放心啦。我和成哥，茵茵姐，从小就认识。我知道他们各种糗事，他们也知道我的，他们不会说什么的，你放轻松，别不自在。"

罗如霏轻轻嗯了一声。

她根本没想到陆诨会带她见他的好朋友，还是这种好多年交情的死党。

而她对陆诨来说，不过是一个今天才知道她名字其中一个字的女人。

甚至，他可能本来就是临时起意，带自己过来。所以压根儿没和好朋友提起，她虽然不在意这些，但多少有点担心，一会吃饭的时候，他们问起细节来，该怎么回答。陆诨一定会搪塞说是他新交的女友，但他们知不知道陆诨和前女友刚分手，又会怎么看待她，她也不想遭异样的眼光。

陆诨显然看出来了她的心思，跟她说："一会儿你想怎么说，我都配合你。即使说我死缠烂打追你，癞蛤蟆想吃天鹅肉都行。"

被他这么一说，罗如霏反倒有些说不出口。

她拍了拍他胳膊："哪有你这样说话的。"

她想了想还是说："你随便说吧。"

陆诨笑了笑："行，那我就说是你对我死缠烂打穷追不舍，我不答应你你就要自我了断。"

罗如霏不是第一次见识他的脸皮了。

这次也不上他当："你随便。你以为人家成哥和茵茵姐能相信。"

陆诨喷了一声："怎么不信，我从小到大屁股后头都跟了一堆女孩子。"

陆诨又突然想起来什么似的。

"我跟你说，他们恋爱经历才有意思。茵茵姐，是隔壁大院儿的，小时候成哥和茵茵姐的弟弟打架，人家比他小他还打不过人家，打不过就开始威胁，说要告老师告家长。那个小胖子还真的相信了，又害怕，就撺掇茵茵姐过来帮他求情。成哥一看茵茵姐，还打什么架告什么老师家长，直接看傻了。"

罗如霏听了噗嗤一笑，又感叹："那他们在一起可真够久的啊。"

陆浑摇了摇头："哪里，他们都很闷骚，分别谈了好几个。到了大学时候，有一次成哥看茵茵姐跟她对象像是认真的，终于忍不住了，他俩才在一起。不过这样说来，也的确好些年了。"

罗如霏突然问他："我问你，不是人家成哥放了你飞机吧。你就是想把我骗过来多占两天便宜。"

陆浑听了也不反驳："真聪明。"

罗如霏瞪他一眼："那你明天和成哥去呗，我自己逛逛街。"

"咱俩去呗。成哥总给我炫耀他是曼联的年会员，他总去看的。呐，这票还是他帮我买的，他明天去不成，茵茵姐还不知道多感激我。"

陆浑又加了一剂猛药："再说了，你不是也喜欢看球吗？"

罗如霏吃了一惊："你怎么知道？"

她的确偶尔会看一看，还是被大学室友看世界杯时带入的坑。但这个爱好，知道的人甚少，她看了球也不发朋友圈，顶多和室友吐槽吐槽。女生看球嘛，多数是为了球员颜值。她只看固定的球队，所以对英超不怎么了解。而且她很多时候，其实也懒得看直播，都看回放。

陆浑笑："你傻不傻啊，懂球帝那么明显的页面，一下就看到了好吗。"

罗如霏无语。

罗如霏有些不乐意，还是说了他一句。

"你怎么能偷看我手机？"

*　　　　*

晚上成哥带他们去了唐人街，罗如霏先前只去过伦敦的唐人街，早听说曼城的唐人街规模不小，但来了真觉得不比伦敦的差。不过风格么，倒是挺一致，仿古的牌匾上写着"曼彻斯特中国城"。

吃饭的时候，丝毫没有出现罗如霏想象中的那种尴尬，再一次显示出了这一对情侣的良好教养，完全没有把罗如霏置于三人之外，也没有问一些关于他们关系的问题。

只是说些罗如霏也能轻松插话的事儿，或是大院儿里儿时爬墙掏鸟窝一类无关痛痒的糗事大家一起乐。

吃过饭，陆浑问她要不要出去逛逛。罗如霏心知因为自己来，他们根本没有时间叙旧，成哥不小心提了一句院花，茵茵姐就马上给成哥使眼色。

罗如霏猜，大概是那个陆浑以前喜欢过的女孩子，碍于一个看似女朋友的罗如霏在场，他们不方便讲罢了。

罗如霏很识趣，只说自己想早点回去洗澡睡觉。

到了门口，没想到茵茵姐也同她一起下来。

成哥在车里跟她说："我陪浑子去喝两杯就回来。"

陆浑不正经地勾了成哥的肩："让成哥带我去彩虹街。"

茵茵姐捂嘴笑："去你们的呗，我今晚就和霏霏睡了。"

她知道罗如霏听不明白，还同她解释，曼城有个特别出名的 Gay village，挂的都是彩虹旗，里面不少同志酒吧。

罗如霏也大大方方笑着同陆浑说："你今晚不回来都行。"

只是真正在酒吧里的陆浑和赵昱成，气氛远没有那么愉快。

赵昱成早看出来陆浑和罗如霏之间不对劲，这会儿已经皱着眉头在盘问他。

"那个姑娘，不是女朋友吧？"

"不是。"

"你俩到底怎么回事？"

"正好看顺眼呗。"

赵昱成看不惯他这样态度，把他手里的酒杯拿了下来。

"你给我老实交代，别想蒙我。我还第一次见你带女人过来。"

他顿了顿又试探地问了一句："你是不是受了刺激？"

"什么刺激？"

"你没收到他们结婚请柬？扬子那天发了电子的。"

陆诨喷了一声："周扬那孙子能忘了我？他巴不得第一个发给我。"

他虽然语气不善，但才明白过来，赵昱成原来是在担心他因为这个想不开。陆诨有点哭笑不得，男人不像女人嘴碎，心里想什么都巴不得别人知道。

孙恬恬其实喜欢过他这件事，以及当年那件相约表白的真相，他从来没对任何认识的人讲过。

他是真的烦不胜烦，周扬把他当隔壁老王一样提防，甚至他现在一回去，周扬都还要借着各种理由赖在他家打游戏，蹭饭，生怕他找机会去找孙恬恬。

他真不懂周扬，自己做了亏心事，怎么反而一副提防陆诨挖墙脚的模样，也不知道是做给别人看掩饰自己的心虚，还是真那么患得患失。

但陆诨不愿意跟别人解释这些烂糟糟的破事，早过去了的事没什么可提的，而他又出了国，所以在从小一起长大的这帮人眼中，自己大概是个受了情伤久治未愈的形象。

他多少有点无奈。

陆诨敲了敲赵昱成的酒杯："成哥，走一个。"

"我跟你说，我不知道多希望他俩早日结婚，免得周扬总有被害妄想，以为我要抢孙恬恬。这都百八十年前的事儿了，谁还惦记孙恬恬啊。我要这么长情，手还不得撸脱皮。"

陆诨看了看赵昱成的脸色，笑嘻嘻地跟他说："成哥，我早都跟你说我交过几个女朋友，没带来见你们，是没遇到真合适的。我真早不记得孙恬恬是谁了。我跟你提一个，你也别生气。你说你和茵茵姐在一起之前，谁不是身经百战，现在还记得哪个啊。"

赵昱成一巴掌拍在他肩上："哎，我是躺着也中枪。别给我提了，我一想到茵茵以前那几个就闹心。别给我戳心窝子，我相信你不喜欢孙恬恬了还

不行吗。"

赵昱成又问:"那你把霏霏带来,到底是……?"

说了半天,他还没放弃问罗如霏。

陆诨想了想,开口。

"其实吧,情况有点复杂。"

事关罗如霏的清白,他把那段含糊带过。

"她是我路上遇到的。她碰上点困难,然后我帮了她。你也知道,我这一路无聊,尽是些深山老林的项目,我就顺便把她带上了。"

"就这样?"

赵昱成听他说得如此含糊其辞,眼神狐疑地看着他。

"就这样。"陆诨点了点头。

赵昱成捋了捋思路。

"所以说,是人家姑娘有困难,你就趁机把人睡了?"

陆诨哽住,也不知道自己如何反驳,虽然不是他强迫,但结果确实如此。

"算是吧。"

赵昱成深深地皱了眉。

"诨子,你这样可不地道啊。我看那个霏霏应该是个好姑娘。人家姑娘是自愿的吧?"

陆诨愣住了。

脑子里嗡嗡的都是这个问题,人家姑娘是自愿的吧?

Chapter 13　水落石出

这个问题，一直到陆诓回到赵昱成家里，还在陆诓脑子里盘桓不去。

赵昱成的话，就像帮他扯动了那根他不愿意想起来的线头，一旦扯出来以后，就骨碌骨碌地在他脑海里滚着，线头似乱麻缠得他心烦意乱。

这几天过得太轻松愉快又情意绵绵，如果不是赵昱成提起来，他甚至都要忘记了他们到底是怎么走到一起的。

他现在想起来还一阵迷惘，也说不上全然是虚情假意吧，起码他看到她，是真想逗一逗她，看她一脸娇羞，再抱抱她，做些亲热该做的事情。

陆诓心里警铃大作，不知不觉，他已经把他当女朋友一样对待了，而且是刚在一起黏糊期的女朋友。以往的女朋友，处的时间都不长，他不想带着见自己朋友，因为都没到让他想稳定发展的那一步。

所以最让他费解的，是他居然鬼使神差开口留她，带她来曼城。

他到底是怎么想的呢？

恐怕是因为，那时候若是送她去火车站，就意味着，就此别过再也不见。

可他的新鲜劲仍没有过去，罗如霏口感上佳，他下意识地想多享用几天。

想到这里，他已经发现了症结所在。

因为他根本不知道她姓甚名谁，她所居何处，她说自己所在城市 Taunton 是真是假，毕竟他那时候说的也是假的。虽然加了微信，陆诓毫不

怀疑两人一挥手她就会删好友。

如果是别人，分开还能再见，而她，陆诨一无所知，显然是再无下文了。

于是他就开口挽留了。

陆诨觉得自己的心路历程，很没毛病。

那她呢？

她是自愿的吧？起码最近几次，他是能从她身上感受到欢愉的。

但是之前呢，陆诨回想了一下，从露营地出来，他让她陪他一天的时候，她也没有很明显的抗拒。

只不过，罗如霏主动爬上车向他求助的时候，他虽然只索了个吻，到底后来半借着他有恩于她，两人发生了实质关系。

不管怎么说，一个姑娘刚受到了差点被强奸的惊吓，这种阴影，他不该乘人之危。

陆诨此时手已经搭到房间的门把手上了，却莫名有些心虚。

耳边回想起，在车上的时候赵昱成跟他说的话："诨子，要真是你错了，就给人家姑娘道歉。你从小就好胜，别太倔了，其实咱大老爷们儿给女人道歉，不丢人。"

陆诨心里有些好笑，他还头一次发现认识多年的好友对他有这么多奇怪的认知，受情伤不止，还好胜。该不是为了小时候赢他的那几个玻璃球吧。

不过陆诨也赞同，他一大老爷们儿，跟罗如霏道歉并不丢人。这么几天相处，他早看清楚罗如霏是什么人，绝不是那种作践自己惹是生非的类型。当初她遇到那个老变态，纯粹应该是运气不好。

陆诨想，自己确实应该给她道个歉。

他轻手轻脚地推开门。

屋里已经黑了。

陆诨看了看床上缩成一团，给他留了半边位置的罗如霏。她似乎已经睡着了。

她呼吸声十分清浅，人背对着门口，在最里侧。

他怎么就没发现，都几天了，她还是这么缺乏安全感的睡姿。

看着睡得安安静静的罗如霏，他有点心疼，如果不是今晚赵昱成说起来，他根本就忘了罗如霏几天前才经历了那样的惊吓。

她逃过一劫是不错。

但假如没有他呢？

她在郊野打工，自己洗完澡发现房间被老板进来，好不容易穿着浴袍跑了，如果无人收留，她如何能在营地躲一个晚上，必定会被老板抓回去。即使有人帮她，见她穿着如此，恐怕也会下了别样心思。

然而罗如霏在他面前，除了第一天出了露营地大哭一场以外，再无半点委屈之色。他们之间的气氛一直是轻松愉快的，陆浑逗她，她也还嘴，也嗔怪，也面露娇羞，仿佛那样的惊吓，根本不值一提。

陆浑现在才发现，她远不是他想象中的娇弱，包括她最初向他求救时的一脸可怜兮兮，也不是真正的她。

其实她乐观，不抱怨，不矫情。

他想起来他们还算交心的那一晚她说的话，他说的全是实话，他愿意相信她也是，她为了嫁给外国人的母亲，不怨恨，只想尽她之力陪伴。哪怕，他也看得出，她在英国过得并不好，要为了生活打这样偏僻地方的工。

陆浑虽然心里打定主意要道歉，但还是有些不知如何开口。

他踌躇了一下，还是轻手轻脚地走上前。

"你回来了？"

陆浑的手指刚抚上罗如霏的肌肤，她就醒了。

他指尖还有未散的寒气。

陆浑低低地应了一声。

罗如霏察觉到他情绪并不高涨，难得的是他抚在她腰间的手，规规矩矩，并没有任何那方面的暗示。

陆浑在她头发上抚了抚。

"现在还害怕吗？"

罗如霏在黑暗中闭了闭眼睛。

陆诨说得没头没脑，她却懂了。

怎么能不害怕，不过是没人愿意张开怀抱，告诉她不用怕。

他像一只巨型犬类，蹲在她所在的床边这一侧。

还未等罗如霏回答，他就伸出双手捧了她的脸颊，想吻她一口，再说接下来的话。

只刚摸到她贴近枕头的那侧脸颊，陆诨就愣住了。

已然湿润。

陆诨俯了身，靠她近些，半搂着她，额头和她侧贴着。

"别怕了，都过去了。"

他看她这么难过，又一时不想说出来酝酿了一个晚上的话。

他想他不如先借她个怀抱，安慰安慰她。

他试探地问她："进我怀里好不好？"

陆诨话音未落，就猛地被罗如霏抱住了腰，她把头死死地埋在他胸前。

陆诨从未见过一个女人能哭得如此压抑，她一声不出，偏偏浑身都在颤，呼吸也重，他胸前已经感觉到隐隐湿意了，如果不是她间歇地哭得抽噎一声，陆诨真担心她在他胸前无法呼吸憋坏了。

他只能轻轻把手放在她背上，替她顺了顺气。

还一边跟她说："别怕了，我在你身边呢。"

陆诨不由得她哭了一阵子，他保持着这个别扭的姿势，已经蹲得双腿有些发麻，他想把罗如霏稍微从怀里拉出些距离来，好让自己换个姿势。

罗如霏察觉到了，又把环在他身上的手紧了紧，她声音里带着浓浓的哭腔。

"别动。"

陆诨索性一条腿半跪在地上，稍微舒缓了一些。

陆诨安慰她："宝贝，别想了，你已经安全了。想哭就哭出来，我在呢。"

罗如霏声音像小动物一样,她松了手,跟他说:"你知道吗,我是特别后怕。"

陆诨趁此机会,干脆盘腿坐在地上,他的头正好比床高出一点,离罗如霏十分近。

在黑暗中,他摸到了她的手捉住。

罗如霏也反握着他的手,很用力。

她问他:"你有没有看过《三块广告牌》?"

"你说那个女儿被强奸致死,她妈妈为了让警察破案,立了广告牌的那个吧?"陆诨这回知道她在后怕什么,他也不由得心中发凉。

他捏了捏她的手:"不会的,你不会成为她的,都过去了,以后我们再也不会去那个地方。"

"你能不能把灯打开。我想跟你讲,我又觉得害怕。"

陆诨闻言开了灯。

看她脸上尽是斑驳的泪痕,狼狈程度,真是同初见她的时候一样。

罗如霏一向顾盼生灵的眼睛,这时候也有些空洞。

"他一个头发都花白的老头,其实,他应该有其他癖好。我那时候拼命挣扎,然后把他带来的袋子甩到地上了,我才看见,里面还有蜡烛,还有手铐之类的,最可怕的是,还有个看着像玩具的锯子。我那时候才惊觉他不止是想强奸,他是真的变态,我脑子都是《三块广告牌》里那个女儿被强奸致死的镜头,我甚至在想,如果没有逃出来,他会找个谁也找不到的地下室把我关起来。我会变成下一个失踪人口,或者是冰箱碎尸。我这些,那时都没敢仔细告诉你,生怕你觉得危险更不愿意帮我。"

罗如霏说着,还不由得打了个冷战。

"我是第一次觉得自己离那些可怕的案件这么近,真的现在越想还越怕,要是那天我没有跑出来,会不会真的就失踪了,电影里还有人替她报案,我呢,根本无人知晓。"

陆诨拍了拍她的手:"别瞎说这些话。你现在好好的。"

他安慰她:"你现在已经辞职了,再也不会回去。你以后别一个人出门,再独立也应该和其他人结伴,也不能再这么晚还在外面了。这样以后咱们就再也不会遇到这样的事了,别怕。"

罗如霏点了点头。

"唉,我以前就是太蠢了,不该贪那里工资高。其实平时我都避免晚上出门的,惜命得很。"

"那就好。"陆诨揉了揉她的头发。

陆诨看她平复了不少,像是憋了几天的闷气都发泄了出来。

两个人之间,自罗如霏讲述完,就沉默了。

终于,陆诨打破了沉默,说了那句想了一晚上的话。

"对不起。"

Chapter 14　乘人之危

罗如霏愣了一下，他的这声"对不起"，声音很低很小，如果不是房间里过于安静，她几乎以为是幻觉。

她不知道他怎么会突然说这个。

陆诨自开了这个口，像松了一口气一样，剩下的，似乎也没那么难以说出口。

"对不起。那天我也不好，你那么害怕，我们还上床了。"

罗如霏一时没说话。

人有时候很奇怪，你对另外一个人的情绪，居然会取决于你对他的期望。当之前几天他们之间都是粉饰太平的时候，罗如霏不觉得什么，连委屈之色都不曾露于言表。

可当今天陆诨也知道关心她那样心酸的经历，知道为以往道歉的时候，罗如霏突然又怨他的道歉姗姗来迟，怨他的道歉如此轻描淡写，怨他不是一身正气的盖世英雄。

陆诨极少这样道歉，他见罗如霏不说话，也不知道她心里怎么想的。

闷闷地问她："不原谅我吗？"

罗如霏自嘲地笑了笑，终究没抑制住语气中的涩意。

"你也没什么对不起我的地方，毕竟是我自愿的，不是吗？"

那晚他救了她，夜色正好，月光正好，大概在陆诨看来，不过是一场成功的猎艳。

但丝毫没有考虑她刚经历过那样的凶险。

陆诨听出她语气里的不忿,耐着性子:"宝贝,我是真心实意跟你道歉的。宝贝,我错了,还不是你又漂亮又性感,惹得我头脑发昏做错事。原谅我,好不好?我不想看你不高兴。"

陆诨还把她的手放在自己脸侧。

他说到这里,不知道是不是想到那天的场景,顿时有些心猿意马,无赖之色又浮于面上。

其实不完全怪得上陆诨,两人之前远不是这样类似情人的关系。他没必要顾及罗如霏的情绪,现在不同了,他隐隐已经把她当女朋友在宠在哄。

罗如霏何尝不明白这一点,她也是又委屈又后怕,仗着陆诨宠她,一股脑把委屈全倒了,希望获得安慰。见他如此,已经是极限了。陆诨大概是习惯了,靠插科打诨就解决一切问题,靠他好看的皮囊和连哄带骗就能惹所有女人欢心。

罗如霏情绪平稳了,勉强出了气,见好就收。

她笑了笑:"原谅你了。"

她怕他不高兴,还晃了晃他的手:"幸好我那天遇见你,多亏你救了我。"

然而,陆诨脸上的嬉皮笑脸,一寸一寸地消失。

她心里的坎儿是过去了,不计较他们怎么开始的了。

他没有。

罗如霏的话,让她想起来那天他坐在房间门口的思考,他示意她即刻能实现的奖励,她的手确确实实摸到了 bra 扣。通过她的话,他现在理解了,那试图强奸她的人,说是老变态,确确实实真的是老变态,她担心有生命危险。相比之下,无论付出什么代价,她都愿意去做,以逃离营地。

他一个中国人,同龄人,是她最好的选择。

可假如她遇上别的人呢,是不是也会毫不犹豫地解下衣服。

起先没有这样的感受,这几天相处久了,陆诨已经把罗如霏视为他暂时的所有物。一直以来，都是女人围着他转，为他忠贞不二，求他回心转意。

他习惯了征服的快感，以为罗如霏又是一个拜倒在他牛仔裤之下的女人。此刻想明白了，那天，他自以为气氛正好，两人你情我愿，不过是罗如霏心里权衡之下，为了顺利逃出营地，愿意付出的代价吧。

陆诨松开她的手，他的眼神有点吓人，看着她一字一顿地问。

"你实话实说，你遇见别人，也会这样吗？"

罗如霏没察觉到他的不对："可我遇见的是你呀。"

陆诨眼神愈发吓人："我说如果呢？"

罗如霏缩了缩脖子："那就别人帮我呗。"

陆诨讲话越发难听："然后你也跟别人睡吗？"

罗如霏听他这话，说不出来的羞辱，她梗着脖子："不是人人都像你一样流氓，怎么不能别人只帮我，不求好处呢？"

陆诨又嗤了一声："我比你了解男人。"

罗如霏看了看他的脸色，还是不愿意欺骗自己："如果是必须付出的，会吧。"

她低声解释："无论如何，我也不能落在老变态手里。"

陆诨闭上眼睛，他想象得出来，她一个弱女子，只能求助屈从，这不是求助到他头上来了。

然而陆诨越想，罗如霏在别人面前宽衣解带，心里就越难受。他嗤笑，嘴里狠话不断："你就这么犯贱？跟婊子有什么区别。"

罗如霏被他这句话，刺激得眼泪都在眼眶里打转。

原来他竟然把那天她出于感激和心动的献身，当作犯贱的举动。

罗如霏想了想："其实你根本就不想跟我道歉的吧。"

她勾了勾唇，无声地笑了笑："是成哥跟你说了什么吧？不然怎么会都过了这么多天你才来道歉，你早干吗了。"

陆诨也没想到她心思如此细腻敏锐，一下子就明白过来自己是被赵昱成点醒。

罗如霏心里分外敏感，见他默不做声，冷笑连连。

"我没计较你乘人之危，你反而说我犯贱，那你教教我，我该怎么做？你裤子一提，就有理羞辱我了？"

罗如霏倏地一下从床上站起来，居高临下看他，一脸倔强。

"你以为你靠调情跟我上床，就不是乘人之危？你以为你是正人君子？我不过是怕你第二天不帮我离开，我根本就是被迫的，从头到尾都是。"

罗如霏胸口剧烈起伏着，她也不知道自己是怎么了，这时候竟然分外后悔自己这几天沉溺在他那些让人如沐春风的柔情里，此刻根本不愿意承认，她动心动情的自愿成分。

她甚至都不知道自己说了些什么。

陆浑仰头看她，她眼里尽是一跳一跳的火焰，她那张原本娇艳欲滴的红唇，此时还在开开合合，说着利剑一样的话。

她根本不感激他帮了她。

陆浑径直上去堵了她的唇，狠狠地在上面碾。

罗如霏反应过来，使劲推他，推不动他，就在他唇上狠狠咬了一口，她瞬间就闻到了铁锈的味道。

陆浑松了她。

自从认识她起，见到的都是她娇柔温婉的一面。

从来不知道，她牙尖嘴利起来，居然也能如此咄咄逼人，像一只张牙舞爪的小兽，浑身带刺。

他也不去理会被罗如霏咬破的唇，他低头看罗如霏，反而笑得十分陌生："你说这些话，未免太自欺欺人了吧。就算第一次如你所说。第二次呢，是你自己主动扑到老子怀里来的。"

罗如霏气得眼泪都忍不住掉下来："你混蛋。"

陆浑哄她："宝贝，你说，你是情愿的。"

罗如霏知道哪句话最能刺激他，不回答他，反而继续说："我就是宁愿遇见一个真小人，也不愿意碰上你这样的自以为是的伪君子。"

陆浑听到她这话，低低地说了句："真不可理喻。"

罗如霏还在继续刺激他："我宁愿那天遇见的是别人，也不愿意向你求助。要是别人要我献身，我一样会做。一样会脱了浴袍，一样会跟他上床，或许人家还比你温柔百倍。什么都明码标价，不像你，又想当嫖客又想立牌坊。"

更要命的是，陆浑脑海里一想到她上了别人的车，与别人亲热的画面，他就双目赤红。

他用力地捏住了她的下巴："哟，我怎么伪君子了？我宠着你对你好，就是伪君子了？你巴不得碰上一个让你献身的就爽了？你怎么这么犯贱呐。"

罗如霏试图拿开他的手，但根本像铁钳一样纹丝不动，捏得她生疼，她眼睛里都蓄满了泪水。

陆浑眯了眯眼，语气里尽是危险："我再给你一次机会，我现在也不指望你这样没良心的人念我的好，你是真从头到尾都不情愿，宁愿遇上别人是不是？遇见别人你也会上床是不是？"

罗如霏也不知道这话怎么说着说着就成了这样，话赶着话，就硬生生把她的话变了味。

说实话，她其实很庆幸那天碰到的是陆浑，但她就是咬着嘴唇不肯认输，牙齿几乎把那一块唇咬得毫无血色。

"是。"

陆浑恶狠狠地盯着她，突然他拦腰把她一抱丢到床上。

"行，既然遇到别人你也愿意，那你跟我矫情个什么劲？嫌我伪君子，你是不是就欠被人弄？我这就让你一句话都说不出来。"

Chapter 15 回头有路

即使床很柔软，猛地被陆诨这样半推半抱地丢在床上，罗如霏也被摔得头脑发晕，只觉一阵天旋地转，眼前是晃动不已的水晶吊灯和陆诨放大的脸。

等她反应过来，才发现自己已经深陷在床里，因为陆诨扔得急，她的头还在床上颠了两下，她定了定神，才知道晃的是自己。

她的小腿，还有部分在床下，重重地磕在床沿上。

她还来不及抵抗，甚至下意识地揪住了陆诨的衣摆。

陆诨已经欺身而上，压住了她。

陆诨把她的手禁锢在她头顶，罗如霏怒视他："你放开我。"

陆诨根本不理她，另一只手刷地一下把她的衣服推到头顶，盖住了她的脸。

罗如霏穿着宽松的衣服睡觉，这回方便了他的这番动作。

罗如霏的视线瞬间被挡住了，什么也看不见，被自己的衣服罩住了整个头，她呼吸都变得不畅，血都往脑袋上涌，憋得通红。

她的腿想抬起来踢他，也被他双腿压在床边，尤其是她半边在床下的腿，被压得格外疼。

她也不知道他下一步要对她做什么。

罗如霏想起来刚才看到的陆诨的眼神，凶狠暴虐，不知道是不是他今晚喝过酒，眼底还有红血丝，呼吸间也有酒气喷在她身上。

她觉得自己害怕得快窒息了。

罗如霏的声音已经带了淡淡的哭腔。

"你要干吗。放开我，我疼。"

陆诨已经俯了下来，罗如霏能感觉到他灼热的呼吸就在她脖颈上方。

听到罗如霏的话，他靠近罗如霏耳畔，满不在乎地说："很快就不疼了。"

他凑过来，在她锁骨上反复碾压。

罗如霏的挣扎和扭动他全然不理。

他一只手仍压着罗如霏的双手禁锢在头顶，罗如霏已经听见他用另一只手解皮带扣的声音。

陆诨除了第一次稍显急迫，其他时候，都是尊重她意愿的，也愿意让两个人都舒服，从来没有像今天这般。

罗如霏紧紧咬着唇，不让自己的哭声溢出嘴唇。

她想她怕是真的惹恼了他，他从未用这样的态度对待她。她后悔不已，她其实根本就不了解这个还算熟悉的陌生男人，她不知道他盛怒下会怎么粗暴地对她。

哪怕两人已经做过这么多次亲密的事情，罗如霏深知自己此刻极度紧张害怕，他若是来强的，她恐怕是要疼死过去。

而且身体伤害只是其次，他们刚吵完架，罗如霏前一刻还保持着骄傲的态度，下一刻就这样被他粉碎在身下，罗如霏屈辱异常。

她察觉到陆诨已经稍微松了钳制她的腿，正在把他自己的裤子褪下去。

罗如霏绝望不已，任何一个女人都不会想被这样羞辱。

她反倒尽量放松自己，免得更受伤害。

她嘴里仍不肯认输还在想要说什么，维护自己最后一分颜面和最后那点未被踏碎的骄傲，心急之下什么话都不过大脑蹦出脑子。

"你有本事就上，你信不信完事我就去报警。"

她的声音被闷在衣服里，又闷又小声，她为了强调自己的决心，还补充了一句。

"我真的会去。"

只是没想到的是，陆诨听到她的话，真的松了她。

他冷笑一声，压着她的身体重量也消失了。

罗如霏反倒有些不敢松了束缚自己双手和头的衣服。

陆诨的声音显得分外冷漠："你真能窝里横。"

罗如霏感觉自己脸侧的床塌了塌，有什么东西被丢了下来。

"手机在这，你报啊。"

罗如霏才知道他扔下来的是手机。

她试着慢慢把头顶的衣服拉下来，陆诨已经在扣回皮带。

她终于看到了他的表情。

看她像看陌生人，再没有一丝一毫他往日的戏谑和宠溺。

他盯着她的眼睛，慢慢说："我从来没见过你这么没良心的人。那个变态想强奸你，你都不敢报警，老子就碰你一下，你竟然能说这样的话。你心里，我和那些罪犯一样是不是？"

罗如霏重新获得新鲜空气，只大口喘气。

她逼着自己直视陆诨的双眼，愣是不知道说什么好。

陆诨等了一下没等到回答。

嘴角勾了个似笑非笑的弧度，居然直接转身出了房门。

罗如霏听到过了不到几十秒，外面的大门咣当一声被关上的声音，简直难以置信，他就这样走了。

她的眼泪再也忍不住，肆意流淌，她捂着自己的脸，压抑住自己撕裂的哭声。

罗如霏也不知道今晚的对话是怎么发展到现在这一步的。

她回忆起最后两人激烈争执的场景，几乎是每个人都在用最大的恶意揣测对方，又曲解了对方的一番语意，谁都寸步不让。

她想她恐怕也说了好多错话。

她从来不知道，自己也能这般敏感。

罗如霏直到现在才体会到自己对陆诨的心思有多矛盾，他关心她的委屈，她就能放肆地在他怀里痛哭。这么多天的相处，早让她一向还算坚强的内心柔软得一塌糊涂，罗如霏甚至在他身上寻到了些许依靠和慰藉。

　　然而，与此同时，她又忘不了曾经在陆诨面前，要多狼狈有多狼狈。她想她刚才怕极了自己被陆诨瞧不起，哪怕陆诨是向她道歉安慰她，她也失控了一般，试图掩饰自己的不堪和那点可怜的自尊心。

　　只是待她意识到自己的失心疯，房间里早已空空荡荡，床上还丢着陆诨甩给他的手机。

　　罗如霏这才想起来最要命的一个问题，她此时此刻，还在陆诨的朋友家里，他们先前的争执且不提，陆诨这般怒气冲冲地摔门离开，成哥和茵茵姐是不是早听到了。要是知道他们争吵的内容，又会怎么看待她。

　　罗如霏慢慢地把捂在脸上的手放下来，肩也松了。

　　整个人都又颓废又垮地坐着。

　　她真是，孤独无援。

　　本来就是陆诨的朋友家，倘若陆诨不回来，她还有什么脸面待在这里。

　　想到这，她觉得床上都似有针扎她，她又在心里把陆诨骂了一遍，他竟然如此狠心，给她留了这样尴尬的局面。

　　她也来不及多想，先去洗手间简单洗了洗脸。

　　她从镜子里，瞧见一个那样尖酸刻薄又可怜可悲的女人。

　　头发凌乱，双眼又红又肿，面色惨白。

　　罗如霏苦笑了一声，也不知道陆诨刚刚看到她这副丑态，是怎么下得了手的。

　　她轻手轻脚地走到客厅，在玄关站定，陆诨把他的鞋穿走了。

　　罗如霏深吸了口，轻轻拉开了门。

　　一股春季夜晚的寒风，刺骨凛冽。

　　外面只有一盏路灯，哪有什么人影。

　　她心里最后一点希望也破灭了。

她原以为陆诨这么流氓又厚脸皮,平时也总逗弄她。

或许还会就在门外等着她先低头认错。

罗如霏一脸失落地回房间,呆呆地坐在床上。

她按亮了手机,也没有陆诨发给她的消息。

罗如霏只失了片刻神,就起来收拾东西了。

她也在思考自己今天晚上该怎么办,现在这个点,根本没办法找到酒店。英国的酒店多数是晚上八九点就无服务人员了,来迟的客人,都是拿前台准备好的放在信封里的钥匙或是拿密码在密码箱自取。

或许曼彻斯特是个大城市,市中心能有这样的酒店也不好说。只是罗如霏此前并未来过曼城,并不了解。

即使这里的麦当劳肯德基,也和国内 24 小时营业的不一样,她根本就找不到能容身之处。

罗如霏这样想着,手里收拾东西的动作也不停,哪怕再无处可去,她也没办法觍着脸留在陆诨朋友家里。

只能先出了门再作打算。

最坏的打算,是到火车站里待着,火车站通常到了晚上,出入的地方就不设关卡验票了,然后坐明早第一班火车打道回府。

罗如霏这么些天都归心似箭,然而真让她走出这一步,她又忍不住眼睛发酸。她的东西不多,自己带的就一个手提包,其他零零碎碎,全是陆诨给她的衣服化妆品之类。

她收着收着,又把陆诨给她买的东西,除了身上的衣服和鞋子,全都留下了。

擦了擦眼泪,重新拢了拢散乱的发。

罗如霏又站到了玄关处。

想了想,出于礼貌,还是留了一张纸条给茵茵姐以示歉意。

这才开了门,独自迎了一袭寒风,走进了无边的黑夜。

只是她没想到的是,她刚出了小院的铁栅栏,准备到路边叫 Uber 的时候。

不远处地上坐了一个人，就在她要去路边的必经之路。

这样冷的天，他穿得也不多。

身上还是那件出去的时候穿的薄毛衣，露出衬衫领，却是皱皱巴巴的，早不复先前的笔挺。

他指尖还有一点猩红的光，烟雾笼罩着他的脸。

地上散落着两个烟头。

正是陆浑。

但是看见他，罗如霏却慌得顿了脚步。

她先前以为他在门外时，是一种侥幸心理，盼着他总没那么绝情。然而当她死了这个念头，再看到陆浑，蓦然就有被撞破的狼狈和尴尬。

或许在他心里，自己就是无理取闹，还连招呼都不打就走的没礼貌的女人。

她甚至不知道该怎么面对坐在那里吞云吐雾的陆浑。

但她只顿了很短的时间，那么一两秒，她就拿定了主意。

那点可怜的自尊心，又一次提醒了她，既然都已经迈出了那个门，也撕破了彼此之前虚情假意你侬我侬的面具，就没有回头的路。

而且陆浑听到她的脚步声，漫不经心地瞥了一眼，他眼前依旧是烟雾朦胧，目无焦距，或许早就将罗如霏当作路人。

说句实在话，他们之间也不曾熟悉过，陆浑对她来说仍是个陌生人，还是个刚争吵完抛下她就走的陌生人。

罗如霏回头把铁栅栏的锁插回去，当没看到他一样，径直往前走。

经过他的时候，罗如霏刻意让自己的步伐看着轻盈些。

她眼前再没有陆浑身影的那一刻，她不由得松了一口气，只剩下忽明忽暗的几盏路灯和寂静无人的小路。

只是她刚再走了两步，陆浑的声音就在她身后响起，沙哑异常。

"就这么走了？"

罗如霏不由得定住了脚步，犹豫了两三秒，还是回头看他。

陆诨的头发也是蓬乱的，本来有造型的刘海早就被他抓得乱七八糟。

罗如霏低了低头，看着自己的鞋和地上的影子。她的影子，被灯光拉得很长，覆盖在陆诨的膝盖上，甚至能看见她头发两侧茸茸的碎发。

她还是低低地应了一声。

陆诨把手里的烟头按在地上，看着她现在一副低眉顺眼的模样，叹了口气。

"你就这么怕我？"

罗如霏闻言有点疑惑地抬高了一点视线。

他笑了笑，笑容里尽是苦涩无奈，他笑起来牵扯到被罗如霏咬到的唇侧，罗如霏这才看到，那里已经肿起来了。

陆诨单手一撑站了起来，他起来以后，罗如霏就明显感觉到了压迫感，她平视只看见他的喉结。陆诨也没靠近她，伸了手，不算费力地把她手里拿的东西抢了过来。

"回去吧。你这么晚了没地方可去。"

陆诨自嘲地笑了笑。

"你放心，我今晚绝对不碰你，我去客厅睡沙发。"

Chapter 16　欲盖弥彰

罗如霏听完他语气自嘲地说完那句话。

这才明白过来他到底在说什么。

怪不得他说："就这么怕我吗？"

只不过，陆诨说完，就单手拿了她的包，转身去开铁栅栏上的小门，根本没打算跟她多说什么。

罗如霏看他穿着单薄的毛衣，那么高的个子，稍微弯了点腰，低着头去伸手开铁栓，竟然有些说不出的萧瑟和落寞。

他似乎也觉得尴尬，又或是笃定拿了罗如霏的包，她肯定会跟进来。陆诨开了栅栏门，就径直走进屋里，把大门半遮半掩地给她留着。

罗如霏有些愣在原地。

一阵寒风刮过，树影都在地上晃动不已。

她的影子，仍映在他原本坐的低矮路阶上，地上留着三个烟头。

像是仍有他留下来的余温。

但她的心底却有些泛酸，为他说的话。

陆诨从来都是肆意的张扬的，刚才在她面前那样，居然有些自嘲和小心翼翼。

两人如今到了这般尴尬境地，罗如霏仍觉得有些难以置信和可笑。

他居然以为她是害怕他才走的？

罗如霏刚刚在镜子里自然瞧见过，自己那副哭得残花败柳一般的姿容，

在没了气头上那种耻辱感以后,她甚至有些不好意思,也不知道陆诨刚刚怎么有的性致。

再说,就算陆诨真把她怎么了,两人同床了这些天,也不差这一次。

的确是她真惹恼了陆诨,报警,罗如霏苦笑,她记得她还说了那么伤人的话。

男人都是要面子的。

陆诨能退一步挽留她,她已经很意想不到了。

罗如霏叹了口气,走回房子里,把玄关的纸条皱巴巴地揉烂在手里。

客厅里不见陆诨的身影,依稀听见有淅淅沥沥的水声。罗如霏心想,他应该是为了避免和她接触的尴尬,去洗澡了。

她回到房间里,她的包被放在沙发上。

她垂了垂眸。

明明今天下午,一切都好好的,陆诨坐在这个沙发上,死皮赖脸要她坐他腿上。

再看床上,已经少了一个枕头。

罗如霏愣了愣,跑出去看,客厅沙发上的确放了那个原本在他们床上的枕头。

她微张了小嘴。

陆诨是真的打算睡外面。

罗如霏想起来下午茵茵姐说的话,家里还有折叠床,但被子不够。

那被子呢,他在沙发上要怎么睡。

让他在自己朋友家睡沙发,她自己睡床,她心里也过意不去。

罗如霏看着浴室里昏黄的灯光和毛玻璃透出来的雾气。

心道也只能等他洗澡出来,再同他说了。

陆诨从浴室出来,刻意看了一眼。

房间门关着,她的鞋在玄关处放着,他松了一口气,一边擦着头发一边往外走。

他多少是有些心虚的。

陆诨以往对各任女朋友，极少有服软的时候。要是小打小闹也就算了，他不是不会哄女人，反而往往哄得她们很高兴。但要是真有大争执，他脾气一上来直接甩脸，一般过了几天，女朋友就先低了头，柔柔顺顺地等他回心转意。

陆诨这坏毛病被惯了起来，耐心就差了，有时候甚至懒得哄，最直接的办法，毫无疑问是床头吵架床尾和，没有什么是一顿性事解决不了的，要是有，那就两顿。

这样对谁都可以，但千不该万不该这样对罗如霏，陆诨知道是自己混蛋。

明明她前几天刚经历过这样的事情，上一刻还哭得抽抽搭搭的在他怀里，那么委屈。他怎么就不能多给一点耐心，事关她的清白，她内心敏感些再正常不过。

哪怕是对她不甚了解，他也是心疼她的，那么倔强又那么娇软一个姑娘。

他烦躁地拿吹风机吹了吹头发，在一片嗡嗡声中低骂了几句。

陆诨不是不想低头，一来，他肆意地野蛮生长了这些年，有这个想法也拉不下脸来。二来，他苦笑了笑，怎么低头，再道歉一次？先前的道歉是为了第一次的胁迫，已经够惹恼她了，这一次再为了同样的事情，还是强迫，他还变本加厉试图靠男女力量的悬殊差距来制服她，他就算说得出口，她也不会相信他是诚心吧。

他看她吓得，直接拎了东西要收拾离开，宁愿面对未知的毫无去处的城市，也不愿意留在房子里，陆诨彻底觉得自己是个混蛋。

她一个女孩子，大晚上这样出去，会面对什么，她难道不害怕吗，只能是自己更可怖吧。

也罢了，待她明天回去，今后再不想见，就在她心里当个恶人吧。

反正他自认也不是什么好人。

陆诨的头发吹得半干不干，就已经口干舌燥，没了耐心继续吹下去。

一把抓起来桌子上的水壶，给自己倒了一杯，咕嘟咕嘟地灌下去。

但是可能水壶有些保温，喝下去一杯以后，陆诨更热。

室内的暖气温度也很高。

原本洗完澡身上就蒸腾着热气，他现在感觉自己几乎就要出汗了，一把把上衣扯下来。

陆诨刚才想着想着，先前被罗如霏勾起的火气，此刻又顺着他的燥热，有倒流的迹象。

他烦躁异常地拉开茶几抽屉，拿出赵昱成的 PS4，轻车熟路地连了电视。

干脆盘腿坐在地上，背抵着茶几，找了个最后生还者来玩。

连爆了几个头，总算压下去一些暴躁的情绪。

罗如霏踮着脚，趴在门上听。

原本听到浴室水声停了，她就想出去的。

结果她正内心斗争，吹风机的声音又响起来，罗如霏也觉得自己有些蠢，怎么就忘了他还要吹头发。

这一回，吹风机的声音静止了，她又仔细听了一小会儿，确定他没有在搞其他事情的动静，才深吸了几口气，开了门。

罗如霏没想到的是，陆诨居然光着膀子坐在地上看电视。

罗如霏很快就发现了，他不是在看电视。

因为他手里拿着一个白色的游戏手柄。

陆诨察觉到她的目光，抬了抬头，看了她一眼又低下去继续按手里的手柄。

这么一来，罗如霏又担心自己过去是不是会打扰他玩游戏。

这样犹豫着，她只能往洗手间走掩饰自己出门的举动。

她心里又埋怨陆诨，大晚上打什么游戏，要是他老老实实可怜巴巴地躺在窄小的沙发上，她不就可以非常自然地过去关爱一下，然后把他领回屋里吗。现在这样要她怎么说，别打游戏了，跟我回去睡觉？

罗如霏看了看镜子，理了理头发。

做好了心理建设才出了洗手间。

正要往客厅方向走，她突然发现，陆诨把上衣穿上了。

她顿时就有点尴尬。陆诨平时一身流氓劲儿，居然会因为她出来上个厕所把上衣穿回去，都是因为她今天过分的话语。

然而这样想着想着，不自觉地脚步就回到了房间门口。罗如霏简直想一头撞到墙上去，现在再出去显得很傻很奇怪吧。

她自我安慰了一下，反正陆诨现在在玩游戏，不如等会再假装出来上一趟厕所再叫他。

但很多事，就是这么与愿望背道而驰。

房间里是轻薄的纱帘，没有开窗，也没法无风自动。

似乎天气不算好，透过纱帘的光线，只是惨白的天光，没有柔和的阳光照耀。

瘫在床上的罗如霏是真的有点绝望，到底是怎么回事，自己原本想晚点再去叫陆诨一起睡觉，结果自己就这么一觉睡到了早上，而且也不早了，已经十点多了。

也不知道陆诨昨天在沙发上到底怎么睡的，有没有被子盖，罗如霏捂了捂脸，陆诨肯定觉得她又自私又小气吧。

单是陆诨也就算了，成哥和茵茵姐会怎么看她，他们肯定看到陆诨睡沙发了吧。

罗如霏再不好意思，也是要出门洗漱的。她又一次趴在门上听了听动静，才蹑手蹑脚出了房间门。

洗漱出来，茵茵姐居然就在客厅给水壶灌水，看到她，笑眯眯地跟她打招呼。

"霏霏，早呀。"

罗如霏心虚地回了个招呼。

"霏霏，来吃早餐吧，诨子说你是南方人，正好我今早煮了点皮蛋瘦肉

粥，你应该喜欢。"

罗如霏试探地问了问："他人呢？"

"他一大早去修车去了，他说有点小毛病。可能看你还睡着没跟你说吧，他跟我们说过别叫你，让你多睡一会的。"

罗如霏怔怔地接过碗，粥也入口无味，她想不到陆诨这么细心，给她留足了体面。

只是他为了她的面子，本来沙发就狭窄没被子，不知道他就睡了几个小时，还能一大早不被茵茵姐他们看出异样出了门。

罗如霏内疚不已。

茵茵姐还在接着说："你们等会要看球吧，诨子说他可能修完车直接去了，让你成哥送你去呗。"

罗如霏更是怔忪，她下意识答了："不用了茵茵姐，我一会儿自己去吧。"

茵茵姐还在说着让她别客气，让成哥送她的话。

罗如霏已经什么都听不进去了。

她明白陆诨这是什么意思。

陆诨真是体贴得过分了。他一大早出去了，就是给罗如霏留了体面和余地，她要是想走，直接和成哥茵茵姐说自己去看球，他们俩可以毫不尴尬不用碰面地分别。

可以说，昨晚和他在过道对视的那一眼，已经是他们的最后一面了。

罗如霏自从露营酒店出来，本就该回去，她不知不觉中偏离了预定轨道，如今一切该回到正轨了，她反倒心里难受得紧。

和昨晚那种不得不走无地自容的心情不一样，今天的离开，是陆诨给她留足了空间，她可以优雅从容地离开，选择权一切在她。

不，其实陆诨今早对她的避而不见，她已经是别无选择了。

罗如霏回到房间，这回庆幸昨晚收拾好了东西。

想了想昨天丢下的陆诨送她的化妆品，她还是拿了个袋子，一起装好，

116

放在自己包的旁边。

就坐在床边发了发呆。

只是下一秒,她就知道自己想错了。

床头柜上,安安静静地躺着一张球票。

时间:3 月 31 日 12:30 PM。

罗如霏打了个激灵,她早上起来的时候怎么就没看床头柜,这么说,陆诨早上起来,还进过房间里看过她。

他这是什么意思,还邀请她同去看球赛吗?

他昨天不是还尴尬地穿了上衣,今天一早就避了她出去,难道没生她的气吗?

罗如霏难以置信地把球票拿起来在手里看了看。

背面是红色的曼联标志。

陆诨是真的,给了她两个选择。

她也来不及纠结那么多,刚才吃过早餐又收拾了一番,已经十一点了。

罗如霏是知道曼联球场的,老特拉福德球场。

她查了查,打 Uber 过去要 20 分钟。

她还是飞快地去洗手间,照着镜子,全副武装上了个妆,又拿茵茵姐的卷发棒,把发梢卷了卷,她的头发只是过肩一些,卷了个内扣。她自己也觉得足够娇俏可爱,才风风火火地回房间拿了东西出门。

罗如霏一边心急如焚地等 Uber,一边想只要自己上了车,就不会再这么纠结了吧,必去不可。

然而待她走进球场入场通道,看见不远处坐的陆诨时候,她还是紧张地缩了一下脑袋,又回到了过道里。

陆诨在人群中还是分外抢眼,不知道是不是因为看双红会,他穿了件暗红色的连帽卫衣,坐在那里低头拿着手机摆弄。罗如霏熟悉他的小动作,其实他这个动作,根本就不在玩手机,只是出于无聊,捏着手机中间,在手里转过来转过去。

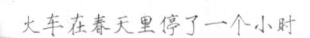

不过和周围携家带口的球迷不一样，他旁边的位子，空荡荡的。

罗如霏不知道自己过去了，怎么解释自己的行为。

怕球票浪费？先前答应了他？自己也想看？

还是说错了话对不起他。

她犹在心理建设，没想到陆浑起了身，顺着台阶往下走。

罗如霏又慌乱不已，想也不想就继续往里面退，一转身进了纪念品商店。

看到陆浑是往洗手间的方向去。

罗如霏跺了跺脚，趁这个机会，三步并作两步，跑到了陆浑刚刚坐的位置旁边，坐了下来。

心跳咚咚地停不下来。

她想了想，又自作聪明地挪去坐了陆浑的位置，这样陆浑就不会知道她怂得要命，是趁他上厕所的时候偷溜过来的了吧。

罗如霏点了点头，陆浑肯定会觉得她就是这么巧这个时间进来，毕竟她都坐到了他位置上，肯定不知道他之前坐哪儿。

陆浑的座位还有他的余温，罗如霏更觉得燥热。

罗如霏趁陆浑还未回来，赶紧拿手机出来看了看自己的妆容和头发，就低了头做玩手机的样子，装模作样地做起了曼联功课。

她这一看，才发现，原来他们的位置在西看台，就是球员通道侧边靠近球门的一侧，一般是红魔死忠喜欢坐的座位。

罗如霏看着看着手机，她往下的视线，就看到了陆浑那双她见过很多次的驼色沙漠靴，和他松垮垮的裤子，修长的腿。

罗如霏保持着低着头的姿势，觉得脖子都要僵硬了，一边手下动作不停地刷手机。

她有些奇怪，陆浑怎么不走到她里面那个位置坐下来，她收了腿，他完全过得去呀。

这样想着，陆浑熟悉的声音，就在她头顶传来。

"你坐了我的位置。"

她抬头仰视他,这才发现,他穿的哪里是普通卫衣,上面印着曼联标志,大概是刚在纪念品商店买的。

他下巴一圈胡碴有些明显,她这个距离,还看得到他眼底的青色。

只是罗如霏本来就心虚,他这么一说,她也不打算让开这个位置。

"我怎么知道是你的位置。"她轻轻撅了撅下巴看他,理直气壮。

陆诨突然就俯下身,罗如霏吓了一跳,才发现他弯腰把她脚下的一个麦当劳的纸袋拿了起来,才跨过去,在她旁边落了座。

罗如霏无语。

她的脸色已经爆红了,她刚才太紧张,根本就没看见陆诨座位下居然还有一个纸袋,她怎么就这样坐了下来,简直是欲盖弥彰。

陆诨还不放过她,他声音里带着淡淡的笑意。

"你那张票上,也有写座位号。"

Chapter 17　折柳不成

罗如霏恨不得找个地缝钻进去。

她到底为什么要自作聪明地坐到陆诨的座位上，简直傻到家了。

没想到，陆诨拿起了麦当劳纸袋，又轻轻搁在了她腿上。

"不过你也没坐错，这个本来就是给你的。"

但两人之间那份尴尬还未缓和，她又一向脸皮薄，哪怕陆诨有逗她的意思，罗如霏也不好意思，只红了脸轻轻说了声谢谢，坐在座位上不看他。

还好很快，球员就入场了，人群一阵躁动。

她看到陆诨也跟着噙着笑鼓掌。

罗如霏回想了一下，刚刚没有听到陆诨有什么鼻音，他昨晚在沙发上睡应该没有感冒。只是他眼底的青色难掩，她心里还是愧疚不已。

她想了想，他刚刚声音里还有笑意，应该没有再生她气了吧？

只是两人之间还是气氛僵硬。

以往全是陆诨在插科打诨逗她，他不开口，罗如霏也不知道该说什么。

曼联主场状态不是一般的好，很快，第14分钟时候，就进了第一球。

守门员狠一脚球过了大半场，轻松突破了对方防线，几个传带就进了球。

西看台几乎都是曼联死忠，周围的人都激动地站起来呼喊。罗如霏余光看到陆诨也站了起来，嘴里喊着守门员名字"德赫亚"，甚至和旁边陌生的球迷击了掌。

她当然也看得出这个球十分轻松，而且曼联局势大好。她想，陆诨作为曼联球迷，应该很高兴吧。

　　果然，陆诨心情大好，坐下来以后，低声跟她说："你是不是平时不看曼联，我最喜欢的就是德赫亚，他是英超这个赛季失球最少的守门员，中国球迷都喜欢叫他鸭爸爸。"

　　罗如霏还是不好意思看他，细声细气地回他："这个我听过。"

　　陆诨又问她："你不看英超，平时看什么比赛？"

　　罗如霏可以说是很业余了，有些赧然："我其实就主要看一下世界杯，然后有时候看一下喜欢的球员。我比较水。"

　　陆诨低低地笑了："你喜欢谁？"

　　罗如霏不知道为什么，总觉得他这句话别有含义。

　　"克洛泽。"

　　"因为长得帅？他退役了吧。"

　　罗如霏耳朵红了红，她强迫自己不去看陆诨。

　　虽然这个是主要原因，但罗如霏还是咬着牙。

　　"他专一。"

　　陆诨意味深长地哦了一声，没再讲话。

　　罗如霏也有些捉摸不透他的态度，这样算什么，两个人和好了？

　　却又远远回不到陆诨之前到哪儿都想占她便宜逗她玩的状态。

　　但两个人都绝口不提昨晚的事情，她也不敢说这算不算过去了。

　　曼联在上半场又进了一个球，不知道是不是因为陆诨太喜欢曼联太过于兴奋，他又有一搭没一搭地跟罗如霏讲起来。

　　罗如霏趁机问了他喜欢曼联的原因。

　　陆诨笑着拨了拨刘海。

　　"有一段时间吧，我被人带入坑赌球，开始还有输有赢，结果后来连输几次，都要倾家荡产了。我就想赌一把直接猜比分，就最后一把，大不了吃一个月土，结果曼联直接让我满血复活了。"

121

罗如霏偷偷瞄他,他讲这个的时候,一点没有赌球赌输的狼狈。罗如霏看球这么久,一直胆小,从来不碰这些。陆诨神采飞扬的样子,她是真羡慕,他好像一直这么神采飞扬,无论输赢,永远不会有狼狈的时候,似乎昨天那个自嘲的他是罗如霏的错觉。

不管怎么说,好歹他们关系,在往好的方向修复。

然而中场休息时候,又一次把他们的关系拉回到冰点。

他们下一排的座位,有一对中国情侣,正拿着自拍杆自拍,想拍全后面的球场,又十分费劲,那个男生看到陆诨和罗如霏眼前一亮。

请陆诨帮他们拍照,他们摆了好几个姿势,甚至拍了一张拥吻的照片,陆诨都一一耐心地按他们要求拍了。

那对情侣很不好意思,连说了几声谢谢。

那个女生反应很快,热情地说:"我也帮你们拍几张吧。就刚才那个角度,拍照片特别好看,我拍照技术很好的。"

陆诨闻言低头看了看安安静静坐在那里的罗如霏,婉言拒绝:"没事,谢谢你们啦。"

那个男生推了推陆诨,还故意压低了声音:"哥们儿别害羞,是不是惹女朋友生气了,赶紧哄一下。"

他还给她女朋友使了个眼色。

那个女生跑上来拉罗如霏。

罗如霏甚是尴尬地站在陆诨旁边,他们俩从来就没有拍过合影,连自拍都没有。

两个人犹在半冷战状态被赶鸭子上架,罗如霏说不出来的不自在。

陆诨已经把手机递了过去。

哪怕再不想照,罗如霏也还是伸手拢了拢耳侧的头发。

她有点紧张。

刚摆好表情,没想到陆诨的手突然搭到了她的肩上。

罗如霏也不知道自己怎么搞的,是不是神经过度紧绷,还是因为两人有些尴尬的关系,她没想到陆诨突然搂住了她,她不由得轻轻颤了颤,打了个激灵。

陆诨察觉到她的瑟缩,手马上就松开了和她的直接接触,只虚搂着她。

他用只有两人能听见的声音在她耳侧说了一句。

"对不起。"

罗如霏更加浑身僵硬,她根本不是这个意思。

她也后悔不已,自己这么紧张干什么,陆诨也不是第一次搂她,眼看两个人关系都要缓和了,她看似嫌弃地这么一颤,全都颤没了。

陆诨甚至还跟她说了对不起。

她怎么就这么不争气。

她都要给自己气哭了,当着那一对情侣的面,她又不好解释。

罗如霏几乎是强撑着笑容拍完了几张照,在这对热心的情侣的动作指导下,她根本不知道自己都摆了什么姿势,就浑浑噩噩地回到了座位上。

罗如霏偷偷看了看陆诨的脸色,虽然不是生人勿近,但又透出一股,昨天那样的颓废感,他嘴角似有似无的笑意也不见了踪影。

他原本高高的身子伏低了,下巴搁在双手交叉的手背上,在腿上撑着。他半低着头,刘海垂下来挡住了他的眼眸。

罗如霏看不清他的眼神。

但他浑身的低气压,罗如霏欲言又止了几次,还是不知道要怎么开口解释。

仍在犹豫着,下半场就开始了。

罗如霏看他微微抬了头,专注地往下方球场看。

她又不敢打扰他的专心致志。

英国的天,说变就变。

就像罗如霏和陆诨一天内跌宕起伏的关系。

其实早上就不见阳光,多少有些阴沉沉,现在直接下起了小雨。

球员也习惯了,还照样在球场里奔跑。

好在他们坐的西看台，有顶棚遮挡，倒是没有受这个影响。

过了不久，曼联居然踢了个乌龙球进自家球门。

罗如霏瞧着陆浑脸色更加阴沉，她更加不敢开口，老老实实坐着看球。

期间前面那对和他们互相拍照的情侣还偷偷转了过来看他们，罗如霏好不尴尬。然而她就是这么怂，一直到结束，她也没找到什么转机，解释自己的行为，缓和他们俩关系。

人们渐渐互相簇拥着往外走，罗如霏也只能顺势站起来，否则堵着里面坐着的人。下楼梯的时候，罗如霏被人挤了一下，她感觉到陆浑还伸了手，替她隔挡了一下对她拥挤的力量，但她抬眼看他，他又垂着手，神色淡淡地在她旁边，也没有刻意看她。

到了转角又一下，罗如霏明显感觉到陆浑撑了她一下，免得她被人挤到角落，但他马上就收了手。

罗如霏低着头跟他说了声谢谢。

人多嘈杂，罗如霏的声音显得格外的小，她也不知道他听到没有。

人群渐渐分流了，外国人基本上都是不打伞的，冒着雨冲出去的比比皆是。

他们现在在一条长廊的屋檐下，再往前走，就要淋雨了。

陆浑看了看她："在这等着。"

说完他就头也不回地冲进雨里。

不多时，他那辆越野车开到长廊附近，打着双闪。

罗如霏小跑着上前坐了上去。

陆浑的头发已经湿透了，显得比平时柔软些，他身上的衣服也有或深或浅的印子。

罗如霏又低低地说了一次谢谢。

过了几秒，她几乎以为陆浑不会回答了。

他苦笑："其实你不用跟我说谢谢，也不用这么怕我。"

罗如霏急忙否认："我没有。"

她忽然就想起来,平时陆浑对她的照顾,替她拎包,夹菜。他们关系尚好时,罗如霏当然不跟他客气,反而是陆浑,会鼓一鼓腮帮子,示意她亲一口。

她虽然一边笑骂他不要脸,也最终会嘟着唇凑过去。

这样一想,她那些解释的话,更说不出口。

罗如霏眼睁睁看着路边的景物飞速倒退,最终车停在了火车站门口。

罗如霏呆了两秒,恨自己怎么就连着做蠢事,又怂又拉不下脸解释。

事到如今,她只能拿着包和袋子,手抠在车门上。

她有些垂头丧气,也不敢回头看陆浑,纤细的手指不安地在车门上轻轻抠了抠。

犹豫了一下还是说了出口。

"那,我走了。"

陆浑的声音在她身后传来。

"嗯,"他又补充了一句,"小心点。"

罗如霏再无选择地拉开车门下了车。

没想到的是,陆浑也下了车,绕到了她这一侧。

大概,是想送她吧。

果然,陆浑微微摊开了手。

"不抱一个再走?"

他虽然说着这样的话,他的神色却无比严肃。

待罗如霏凑近了,他也只礼貌克制地把手搭在她背上,身体和她保持了一定距离。

罗如霏把下巴轻轻搁在他肩上,却忍不住泪水往下流。

陆浑很快就松开了她。

罗如霏怕他发现,匆匆忙忙拿手背拭了泪,就低了头转身就走。

她发觉每走一步,眼泪就越抑制不住地往下淌。

她想她后悔极了,她之前没想过分别的场景,但绝不是这样的,两个人

之间一堆误会没有说清。

哪怕是今后不会再见，也不该这样收场。

她此刻特别想知道陆诨是什么表情，是不是和她一样难过。但她又不敢回头，怕叫陆诨看见她的软弱，更怕回头看不见陆诨。

这样泪眼模糊地走着，还是到了火车站售票厅。

她下了决心，看一眼，就回头看一眼。

陆诨还站在她下车的那一侧，几乎没动过位置，他的身上被雨晕开的地方更多了。

而且他一直都在往这个方向看，罗如霏几乎是一回头，就和他的视线交缠在一起。

他察觉到罗如霏的目光，冲她远远地挥了挥手，就转身走向车头，消失在车的另一侧。

罗如霏看不见他身影的那一刻，再也忍不住，她做了大胆得让她自己都难以置信的举动。

她生怕那辆车也消失在视野里，疯了一样在雨里狂奔，气喘吁吁地拉开了副驾驶的门。

她那双湿漉漉的眼里犹是眼泪，她也不怕被陆诨看见，抬起头和陆诨直视。

她看见他眼底的惊讶，和那丝不知道是不是她臆想出来的喜悦，冲他扬起了笑容。

陆诨的声音，像是患了迟来的感冒，既沙哑又浑浊，却带着一丝枯木逢春的喜悦。

"上了车，可就不能后悔了。"

Chapter 18　雨雪霏霏

罗如霏 10 岁左右时候的暑假，看了一个纪录片，突然就对刻章感兴趣了。想学一学怎么选料，怎么选篆刻字体和怎么篆刻，央求父亲给她找了一套书回来看，立志要在假期结束前自己动手刻一枚汉白文印的私章。

然而她一个暑假，总觉得时间漫长，迟迟没动静。罗父当她孩子心性，毕竟对 10 岁的孩子，要静下心来花时间去篆刻也是有些为难了，安慰她做不完也不要紧。

没想到假期最后两天，罗如霏把自己闷在房间里足不出户，废了几个广西冻石，最后在她最喜欢的萧山红上刻好自己的名字。

罗父看过她这枚对初学者来说相当完美的私章，原先以为她完不成时只宽慰她，反而她完成了，被叫去书房谈了话。

罗父极其语重心长，说她是有做学术的心，但未免有些拖沓怠慢的坏毛病，以后要注意，不可浪费了这颗能沉浸学术的心。

罗如霏那会儿尚懵懵懂懂，后来发现，父亲这句话，几乎贯穿了她的整个学术生涯，偏偏她就是改不了。

她明明不是拖延到后面纯粹为了完成任务的类型，她也是沉得下心吃得了苦的，但她总思虑过多，又怕失败和走弯路，往往没有十足成熟的想法，绝不动手。

大学里跟了几个去评全国奖的课题，和同组的人从头到尾的认真不一样，她却非要磨蹭到晚上才去实验室，或者每次最后那一两天几乎都泡在实验室，多少能做出些成绩，倒也没人说她。

毫无疑问，罗如霏这个毛病简直如附骨之疽，如影随形地伴她左右。

罗如霏自上了车，就在想，该怎么解释她和陆诨之间的误会。

她想告诉他那天都是她说错了话，也没有怕他的意思。

她和陆诨自吵过架，从未单独在这样密闭的空间近距离待过，陆诨不说话的时候，总给她一种压迫感，她觉得空气都凝固了不少。待想了一番措辞，她又有些不敢打破车里的沉默，想等找个更合适的契机再说。

又自我安慰陆诨好像没有怪她的意思，张了几次口，还是委委屈屈地闭上了。

罗如霏说不出来解释的话，干脆气鼓鼓地往后一倒，拿了帽子压低帽檐挡住自己脸，闭上眼睛休息。

没看到陆诨在她倒在座椅靠背上以后嘴角扬起的弧度。

待罗如霏再睁开眼，呆滞了片刻。

漫天的纷纷扬扬雪花，冲着前面的挡风玻璃争先恐后地飘过来。

虽然天色不算黑，但是灰沉沉的，他们还在车上，前方道路都有了一层薄薄的积雪，隐约还能看见下面黑灰色的公路。

陆诨的声音在旁边响起："醒了？"

罗如霏嗯了一声，又觉得自己刚睡醒的声音有些慵懒和撒娇的意味，清了清嗓子。

"我们这是到哪儿了？怎么就下雪了？"

陆诨唔了一下："怎么说呢，具体的位置你应该也不知道，现在应该快进苏格兰了。刚过了湖区不久，就开始下雪了。可能是苏格兰温度要低一些，你看，仪表盘显示的是外面3度。"

陆诨拿手指了指仪表盘上的温度显示给她看。

但是因为车里开着暖气，罗如霏睡得脸红扑扑的，也没感觉到温度变冷。

她想了想，又有些担忧："那我们还要开多远？下雪不影响交通吗？"

英国人是出了名的懒，2月底才下了一场大雪，说大其实也不然，主要是英国不怎么采取除雪措施。罗如霏在的地方，是英国西南部，靠近海边，降水量丰富，虽然只冷了那么一两天下了几场雪，火车几乎全cancel了，而且出门连的士都打不着了。

她不禁担心地补充："我们要不要找地方停了？上个月那场雪西南交通都瘫痪了。"

陆浑摇了摇头："罗蒙湖国家公园，大概还要两个小时吧。不要紧，苏格兰一直很能下雪，和英格兰不一样，我上次去的时候，整个苏格兰都有机械除雪，扫雪车在道路上来回开的。"

罗如霏放下心来，这回醒了，也不睡了。

下雪天路况总是要复杂一些，她也睁大眼睛坐在旁边想帮陆浑看路，看着看着又走了神，注意力跑到漫天飞舞的雪花上来。

她想问一问陆浑开车这么久累不累，想了想，即使累了她也不能换陆浑。英国都是右舵车她是不敢开的，还不如趁着天光还不错，让他一口气开到目的地。

归于机械除雪的功劳，一路上开得也还算顺利，快到罗蒙湖的时候，下了M6高速进入了普通的道路，这里经过的车极少，路边隔一段距离有几幢乡村小洋房。

然而出问题的不是路况，车里突然哔哔地叫了几声，还在托腮看雪的罗如霏吓了一跳，才发现中间显示屏出现了整个车的图示，左前方的轮胎被标了红色，正在一闪一闪地跳动，屏幕上还写了大大的warning。

陆浑也注意到了，眉头皱了皱。

罗如霏被这个提醒弄得心惊胆战："这是怎么回事？"

陆浑仔细看了看仪表盘上的符号，想了想："可能是胎压不稳，是那个备胎。毕竟备胎不能长期使用，我本来以为它撑完这几天没问题的，反正是租来的车。"

罗如霏这才想起来，之前他为了拖住那个老变态，把左前胎扎了钉子换

了备胎。她也听说过备胎不能长期使用，而且这还是因为她出的毛病。

她声音就弱了几分："那怎么办啊？要不要停下来检查一下。"

陆诨摇了摇头："检查也没用，留意一下前面有没有修车的地方吧。"

只不过这一路，那个中间的显示屏不断地反复提示warning，还时不时哔哔叫上几声。罗如霏看着心里发慌，看陆诨也是皱着眉一脸不耐。

而且半天也没出现一家修车店。

罗如霏着急，就拿手机查了查，跟陆诨说了查到的结果："好像网上有人说开了时间过久也会这样，要不我们停一下？"

陆诨被这警告声弄得心烦意乱，心里也有下去检查检查的想法。

待开了一阵，前面靠近山窝的地方出现了一个应急停车带，陆诨就把车开了下去，有一个小斜坡，不过下面似乎没铲过雪，开得极其颠簸。

陆诨下了车，踢了踢左前轮，倒是没有发现明显的漏气或者轮胎发瘪的现象。

上了车，陆诨一边哈气一边跟罗如霏说："似乎没什么问题，我怀疑是这里天气冷，刚刚又压了几块碎冰，影响了车胎性能。先坚持一下，开到住宿的地方再说吧，我订的景区附近，应该有修车的。"

罗如霏点了点头。

然而，等到他们从应急停车带想开回道路上的时候，到了斜坡上，突然就打了滑，车不受控制地往后面退。

罗如霏吓得惊叫了一声。

很快车就止住了后退的趋势。

陆诨安慰她："没事，大概是有些冰面，打滑了。"

结果连试了几次，也幸亏后面没有障碍物，都卡在小斜坡的坡底上不去。

陆诨气得捶了一下方向盘，嘴里还骂了一句，连喇叭都被他捶得短促地响了一声。

罗如霏轻轻拿手抓了他袖口："别急，我下去看看。"

说完她就下了车，她穿得不厚，被寒风吹得打了个寒颤。

发现的确是坡面上有一层薄薄的冰面，或许是因为温度并不够冷，先前有车也开进来过，压碎了雪，融了，又凝成了冰。

除非敲碎这一层冰，否则上不去。

陆浑跟着她后面就下来了，他显然也发现了这个问题。

替罗如霏掸了掸发顶落的雪，跟她说："我记得来得路上，好像我们不久前经过了一户人家，顶多一公里的样子，我去借个雪铲吧，应该就能上去了。"

他这么一说，罗如霏也有印象。

她点了点头，正要说我也跟你去的时候，陆浑就揉了揉她的头发。

"你在这儿待着吧，这路不好走，你看着车子。"

他转身就走了。

罗如霏看他的身影一点点在公路尽头变小，她的发顶似乎还残留着他手掌的温度，这似乎是他们冷战以来，最亲昵的举动。

只是这点温情，并不足以支撑罗如霏在车里焦躁地等了近半个小时。

她试图给他发微信，不回。

她又直接拨了语音聊天，还是无人接听。

她才真正有些慌了起来。

罗如霏仔细回忆了一下，又开始怀疑印象中经过的那户人家到底有多远。

她又担心陆浑一个人沿着无人公路走，会不会遇到什么危险，一公里的路不至于半个小时也回不来，更重要的是根本就联系不上他。

罗如霏急了，她看着被白雪覆盖的山，上面尽是黑黢黢又光秃秃的树，空无一人，心下也有些害怕。

她想万一陆浑迟迟还不回来该怎么办，到底出了什么事，会不会把她一个人留在这个荒无人烟的地方。

罗如霏思前想后，熄了火拔了钥匙。

虽然是有机械除雪,但公路边缘根本没有铲到,罗如霏深一脚浅一脚,慢慢沿着陆诨走的方向走过去。

不一会儿她就冻得脸颊都红了,裹紧了外套,心下却在想也不知道陆诨这一路冷不冷。

罗如霏往前方的路张望,希望能看到陆诨回来的身影,没有留意脚下的路。突然她不小心绊到雪下覆着的一块小石头,猛地失去了平衡,一下子跪在了地上,幸好胳膊肘撑了一下,没有把脸也栽进雪里。

忍着疼痛爬起来,罗如霏眼睛都有些发涩,膝盖沾了雪,很快就化了,刺骨的寒冷。

罗如霏在摔下去的时候,心里就在想,她刚走了没多一会儿,就摔了一跤,这样的路,下面覆了不知多少小石块,一着急起来摔下去是必然的事情,陆诨没准就是因为路难走,才回来得慢。

这样一来,她心里的不安感倒是减轻了不少。她也不想继续走这样的路,再说,万一陆诨走了哪个岔路找了人家借雪铲,错过了该怎么办。

她就一瘸一拐地回到了车上。

蔫儿巴巴地趴在车窗看,玻璃甚至给她呵出了一团白气,她又用手指把那团气胡乱抹掉,循环往复。

罗如霏想,等他回来,一定要给他一个大大的拥抱。

这样,两个人就能和好了吧。

在她觉得天色都暗了一些的时候,终于看见公路尽头有一个人影。

她连忙擦了擦玻璃贴上去看,待他走近了一些,的确是陆诨那件暗红色的卫衣,在一片白茫茫的路上分外醒目。

他手里拿的铲子还随着他走不平坦的路而一晃一晃。

陆诨远远地就看见罗如霏站在车前等他,只是他注意到,她原本穿的黑色窄脚裤,这会儿裤腿上有一条白道子。

待他刚走下那一个滑坡,罗如霏就猛地扎进了他怀里。陆诨本来站的地方就不平,差点没撑住她,赶紧松手扔了手里的铁铲,双手抱住了她。

陆诨知道让她等得太久了，也不知道她害不害怕。

果然，罗如霏仰着头问他："你怎么这么久才回来？"

陆诨苦笑："我估计错了，起码走了有快两公里。"

陆诨摸了摸她柔软的头发："而且那个房主，不肯借我铲子，他说他们也是每天都要用，要是我借走了不还他们就trouble了。我去得着急什么都没带，最后好说歹说，把我的手表押那儿了才借出来。"

罗如霏这么一听，也觉得过程十分不容易，但还是撅着嘴问他："那你怎么不回我微信？我还给你打了好几次语音。"

陆诨松开了她一点，摸了手机给她看，根本按不亮屏幕："我走了一小段本来想再开导航看看，结果这破手机，太冷了一下就没了电，自动关机了。"

罗如霏又想起来他这一路，不仅路不好走，还很冷，借铁铲的过程又极其艰辛，她也有些不好意思，埋了头在他肩上。

陆诨反倒推了推她："你的裤子，怎么回事？"

罗如霏一听，更不好意思，不去看他："我看你半天不回来，本来想去找你，结果不小心绊了一下。"

陆诨忙把她从怀里捞出来，问她："摔得严重吗？"

他俯下身探手摸了摸，她的裤子都是湿漉漉的，手摸着都觉得冷。

他面色严肃了起来："胡闹。"

一边开了后座的门，一把抱了罗如霏扔到了后座，把她裤子扣解开了，一把扯到脚踝，发现她除了膝盖冻得有些红，倒没有擦伤，这才去车尾箱翻了条自己的裤子扔给她。

看罗如霏已经把鞋脱了，就这么抱着膝坐在后座上，陆诨知道她没事以后，心放了下来，这会儿看得眼睛有些发直。

陆诨这才想起来，他这一番动作，虽然事出有因，但是罗如霏没有丝毫反抗，乖乖地任由他把裤子扯了下来。

他这两天没碰罗如霏，此时被眼前活色生香的画面勾得心猿意马，也不知道她是不是态度松弛了一些。

陆诨面上不动声色,坐进了后座关了车门,把罗如霏的小腿扯到自己腿上,用手心的温度替她捂了捂冰凉的膝盖,细腻光滑的手感让陆诨更加燥热,恨不得汲取一丝温润的寒意,又不敢轻举妄动。

但陆诨要是真能忍,也不是陆诨了。

他的喉结上下滚动了几下,还是忍不住试探她的态度。

他的声音在安静的车厢里显得格外突兀。

"我还是下去铲雪吧。"

但他说完,也不拿开仍搁在她腿上的手。

看她脸色微红,低着头不做声,陆诨叹了口气,正要拉开车门。

他的袖子就被一个轻得不能再轻的力道拉住了,却拉得他丝毫都动不得。

罗如霏声音很细,说的却是看似无关紧要的事。

"我那天,不是那个意思。"

她抬眼看了看他,眼波里有水汽氤氲,波光粼粼。

"你别下去。"

Chapter 19　一片荒芜

罗如霏也没想到她一个拥抱带来的求和效应这么彻底。

陆诨低头，他的声音沉沉的："错的是我，宝贝，对不起。我就是一想到你遇上别人我就要发疯。"

说完，他攀到前面座位去，调高了暖气，又把风口对着玻璃。

很快，车内的温度节节攀升。罗如霏被陆诨吻得晕晕乎乎透不过气来，她再一睁眼，所有的玻璃因为室内外巨大的温差，已经蒙了一层茫茫白雾。

罗如霏有些茫然，好像偌大的一方天地，突然就为他们辟了一片空间。

她反应了一小会儿，才撅着嘴不满地揪住陆诨的衣领。

"你怎么这么熟练。"

只是陆诨根本没回答她的话，甚至把她这句话的尾音也卷入唇舌。

罗如霏被溺在他这样缱绻的目光中，渐渐忘了自己最初的问题。只是在最后看着玻璃上的白雾，在颤动中把自己的手印在上面，被陆诨发现了，抓了她的手拧在身后。

"专心点。"

罗如霏在一波一波的冲击中想的是，就这样吧。

只有几天的相处，就算她再放纵又能如何。在自我情绪上，她从来不钻牛角尖，当年母亲抛弃家庭她尚没有怨恨，左右不过是一段露水情缘，既然已相遇了，何不让自己痛痛快快一场。

事实上，人世间很多的意难平，都来自被迫的断舍离吧。

因为在那样的时刻，内心的感受被无限放大，已经掩住双眼，再看不见他处，过后也只会将那时的苦楚铭刻在心难以忘怀，而全然忘却所得的好处。

当罗如霏在贝尔法斯特的街头酒吧里的时候，这样的感受尤为强烈。

这么顺其自然地过了这些天，每天都玩得很尽兴。到了最后一晚，她已经没了患得患失的心情，更没有戛然而止的遗憾感，反倒是旅途的疲惫感让她有些想明日的归途了。

这是他们这些天的最后一站了，陆诨早说过的终点，北爱尔兰的贝尔法斯特。

这里有玄武岩的奇特景观，也是泰坦尼克号的出生地。

甚至连罗如霏现在手里的酒，也有极其浪漫的名字，Gin & Titanic。

她主动举杯碰了碰陆诨的酒杯。

"谢谢你带我玩了这么多地方，我都没来过。"

她说的是真心话，来英国这些年，她还真未好好游玩过。只象征性地去了伦敦，去了伯明翰的游乐场和朝圣了哈利波特拍摄地。

陆诨嘲笑她："你平时得多无趣。"

罗如霏挑了挑眉，眼波流转："总去巴黎才无趣吧。"

"就你识趣。"

罗如霏得意洋洋地邀功："那你可再找不到像我这么识趣的人。"

说实话，陆诨走的路线的确太过小众，她以前甚至不知道英国这些国家公园也能当作景点，哪怕还算景点的北爱尔兰，交通都极其不方便，他们坐了渡轮才过来的，极少有人愿意浪费这么久时间，还不如去欧洲扫荡德意法。

但罗如霏玩得挺高兴，尤其是和陆诨相处起来确实愉快。这一路不算特别辛苦，一路都是陆诨在开车，免得跟团奔波之苦，而且吃住她也全不用操心，陆诨攻略做得极好。

她只管敞开了放飞地玩，那天在尼斯湖，碰到有带团的导游穿着特色的苏格兰裙，她还逼陆诨也穿了苏格兰裙给他拍了好几张照片，罗如霏最后蹲在地上笑成一团。

虽然是最后一天晚上，他们并不着急回去。

在陌生的街道，罗如霏挽着他的胳膊，他搂着她的腰，他们就像普通的情侣只为压马路一样从一条巷子从头走到尾。

当经过了一辆红色的双层巴士的时候，罗如霏突然眼前一亮，去晃他的胳膊。

"我还没坐过观光巴士，我们去坐一下好不好。你看这个上面还是露天的。"

陆诨吐槽："冷死了。"

罗如霏摇头："我不怕。"

陆诨还是拗不过她，上了车。这个时间点，乘客寥寥无几，更别说愿意在上面那层迎着冷风瑟瑟发抖的人了。

只有他们两个人坐在上面一层。

既没有灯，凳子还凉飕飕的。

但陆诨看她趴在挡到胸口那么高的玻璃上，认认真真地往下看城市风景，还是耐心陪她，看她冻得吸了吸鼻子，陆诨从她背后把自己外套敞开，把她整个身体裹了进去，又抓了她的手捂在自己手里。

罗如霏笑嘻嘻地回头夸他："我发现，你有时候还挺有人性的嘛。"

陆诨不满："你这话说得，我什么时候没有人性。"

谁知罗如霏只是咬了咬唇，那双杏眼带着促狭地笑看他。

但她就是不回答。

陆诨没想到自己也有被她开荤腔的一天，有些哭笑不得。

其实她一直待在他怀里，陆诨的下巴轻轻搁在她的发顶，淡淡的幽香不停地往他鼻子里钻，陆诨哪能不蠢蠢欲动。

他把两人贴近的地方用了用劲，把她被风吹起来的一缕头发别到耳后，顺便捏了捏她小巧柔嫩的耳垂，压低了声音。

"你这么勾我,不想看夜景了?"

罗如霏咯咯地笑,脸红扑扑的,也不知道是被风吹的还是因为先前那杯松子酒。

"我想,换一辆车看夜景。"

陆浑想不到她在夜色中这般大胆撩人,哪怕身边呼啸的是肆意刺骨的寒风,他仍觉得浑身燥热,仿佛怀里抱着滚烫的火炉。

车正好稳稳地停下到了站,他们疯狂地从窄小的楼梯上一路跌跌撞撞拉着手奔下来,一边对司机大喊:"Please wait."

在的士车上,罗如霏仰头看他,她的眼睛里划过一盏盏经过的路灯,显得流光溢彩。她的脸上光影一明一暗交错跳动,是比往日更甚几分的妩媚和艳丽。

陆浑已经忍不住把她压到车窗上热吻,他的手也在摩挲不止。

司机大概是见怪不怪,甚至吹了一声口哨。

陆浑几乎是把她一把扛到肩上回到的酒店房间,他把她摔在床上的时候只有一个念头,今晚不管怎么样,也不能输给突然开了窍以后像个妖精一样的罗如霏。

然而杀敌一千,自损八百,不是没有道理的。

从贝尔法斯特回英国南部,足足要十几个小时,中间还要倒几次车。

他们之前说好了要早起,挣扎着从床上爬起来的时候,陆浑一阵腰酸。他眯着眼睛想了想,自食髓知味以后,他多久没被掏得这么空了。

罗如霏也好不到哪里去,她眼底尽是淡淡的青色,她弯腰去捡地上皱巴巴的那条红裙的时候,几乎腿酸得要栽到地上。

她埋怨地瞪了一眼陆浑:"都是你,我就剩这一条裙子,其他都是脏衣服,还这么皱。"

这还是他们前几天在商场买的,罗如霏根本就没带衣服,陆浑一眼就看中这条天鹅绒的酒红色裙子,罗如霏本来嫌颜色太鲜艳了,穿上以后又舍不得脱下来,照相也很好看。但总是有些冷,再臭美她也套了加绒的袜子穿。

现在在镜子前看着这皱巴巴的裙子，明显没有之前好看，罗如霏皱了皱眉，虽然她也疑心自己的脸色给裙子起了减分作用。

陆浑本来想劝她不着急，大不了再在格拉斯哥中转的时候，住上一晚。

罗如霏却接了个电话，她前段时间申请的兼职总算下来了，学校通知她这两天赶紧把护照和银行卡复印件交一下。

她摇了摇头，跟陆浑说："我老板催我回去。"

陆浑只能揉了揉蓬乱的头发，一边套上了裤子。

英国的火车，大概是从来没有抢票的说法。

他们到了火车站才从从容容地买票，陆浑跟她在窗口前排队的时候就问她："你回 Taunton？"

罗如霏点了点头。

她这会儿心里无比庆幸当时说的是 Taunton，到了 Taunton 只要再补两站票就回去了。

陆浑拿手机查了查路线，这会儿后悔不已，怎么就说了自己在南安普顿，如果去南安普顿，到了一个叫 Wolverhampton 的地方他就要转车去其他地方，和他要回的地方完全是不同路线。

反倒是罗如霏的 Taunton，回他自己的地方还算顺路。

他想了想，跟罗如霏说："我正好去那边有点事，大概是要跟你同路一段了。"

正好排到他们，陆浑就递了自己的 Young person card，直接说两张去 Taunton 的票。

罗如霏有点目瞪口呆地看他拿着两张橙白相间的票出来，问他："你到底是去哪儿啊，怎么也买 Taunton 的票。"

"你看，到了都快晚上 10 点了。我起码把你安全送到家吧，然后我再坐车去找我一哥们儿，反正我一男的也不危险。"

罗如霏无语。

陆浑看着罗如霏一脸惊讶和欲言又止，心里却有恶作剧的爽快。他想，

到时候她要真不让他送下车，他也不强求，毕竟他是真的顺路也不耽误他。

但他心有逗弄之意，偏不现在告诉罗如霏。

罗如霏上火车前，随手从架子上抄了一份报纸。

上了火车，就趴在桌子上做报纸中版的数独。

"你还有这个爱好呢？"

"你没发现这些英国人很喜欢这样吗？手机信号太差了好吗。"

陆诨点头，这倒是很地道的当地习惯，周围的人几乎也都拿着书和报纸。

他想起来问她："你看了《东方快车谋杀案》吗？"

罗如霏又填了两个空，头也不抬，"当然了，不过那个侦探比利时口音听得超费劲。"

陆诨给她指了指："这里填7。"

罗如霏并没有理他，明显打算自己做完，说实话她做的速度挺快的，几乎十秒就填一个空，陆诨感觉要是由自己做速度不如她。

陆诨笑了笑："你知道我看的时候什么感受吗？"他也不管罗如霏有没有专心听他讲，自顾自地说："这居然是前往伦敦的火车，简直太假了。"

罗如霏噗嗤一声。

"的确啊，要是这破火车也有那么漂亮，就算慢我也忍了。"

虽说电影里看的复古的蒸汽火车很有情怀，当英国火车的发展速度停滞不前的时候，又会痛恨这里交通的不便。

而且也完全没有蒸汽火车的漂亮和精致。

所以当这样的火车开起来以后，摇摇晃晃，无法不让人昏昏欲睡。

陆诨看罗如霏还在填第三个高级难度的数独，他自己先瞌睡起来。过了一会，迷迷糊糊中感觉到罗如霏也靠到他怀里来了，她还找了个舒服的姿势。

两个人昨天都累极了，互相靠着睡得昏昏沉沉。

到了转车的地方，还是罗如霏先醒了，听到广播把他也晃醒，两个人飞奔着下了车去其他站台中转，而且中转时间还很短暂。

陆诨自己拿了个箱子，罗如霏前几天嫌她的东西乱，干脆去商场买了个比较大的双肩包背着，这会儿被陆诨拉着跑也不觉得费劲。

在格拉斯哥中转以后，还要坐三四个小时才到下一个中转站，他们随便在火车上买了些东西吃，就又一个哈欠接着一个。

陆诨为了让她睡得舒服些，自己坐得倍儿直，把她搂在怀里，让她的头枕着自己的肩，他的头也靠着她发顶。

只是陆诨醒来的时候，发现罗如霏不见了，怀里空空如也，火车也停了。

陆诨想了想，他记得先前罗如霏还晃醒过他，去过洗手间，后来她回来之后就坐在外侧了。

这是又去洗手间了？

陆诨看了看时间，睡了将近两个小时。

这次醒来也没这么困了，索性看了看窗外，他这才察觉出来不对。

车上的人几乎少了一大半，而站台上站了一堆人。

过去好几分钟，火车也不开动。

陆诨猜，大概是火车故障了，毕竟这种情况在英国挺常见的，包括地铁也经常临时检修。

陆诨看对面坐了个英国女人，干脆问了问她怎么回事。

英国女人十分有耐心地给他解释了一下，刚才广播播过，苏格兰为了独立，开始了罢工运动，这一会儿正好在罢工时间表上，大概过一个小时，火车就能重新开了。

陆诨点了点头，英国人就是这么有意思，他以前也遇上过英国老师为了涨养老金罢课，非常有组织，说是罢课吧，人家严格遵守时间表来罢课，不在罢课时间表上的时候居然还正常工作。

陆诨又拿出手机查了查，发现新闻里的确也有说这回事，再说苏格兰闹独立也不是一天两天了，主要也不是什么恐怖事件，陆诨放下心来。

陆诨放下手机以后觉得不对劲，这么久过去，罗如霏还不回来？

他睡了一路，身子都僵了，起来伸了个懒腰，听见脊椎骨一节一节地发出轻响。

他又甩了甩胳膊，才往洗手间走。

然而车厢前后两头的厕所，全是没人的。

陆诨皱着眉回到座位，试探地问了一下那个英国女人。

那个女人说，他女朋友好像下车去转转了，问他要不要下去找女朋友。

陆诨愣住了。

罗如霏怎么自己下去了没有跟他说一声？

陆诨一边往车窗外张望一边给罗如霏拨了语音，没人接。

陆诨心里就预感不好。

他这会儿是再也坐不住了，下了车把这一趟火车所在的站台从头到尾走了一遍，也没看见。

他安慰自己，没准罗如霏嫌这里挤，去其他站台转了转，毕竟只有两三趟开往英格兰的列车停了，其他站台的人并没有这么多。

其实这个站并不大，总共就六个站台，其中2和3，4和5都是连起来的，分成了两边而已。

所以总共就只有四个平台，陆诨挨个找遍了，都是沿着站台头走到尾，看到亚洲面孔他都要多看几眼，甚至把车站里的咖啡店和小超市都去过了。

也没看到罗如霏的身影。

掏出来手机罗如霏还是没有任何回复。

陆诨抱着最后的希望，安慰自己，可能她又回去火车上也不一定。

看着还是空空如也的座位，陆诨低骂了一声。

又烦躁地踢了踢椅背。

他这个粗暴的举动，惹来对面那个原本一脸优雅的英国女人的白眼，陆诨告诉自己，最后再去洗手间看一次。

从洗手间出来，陆诨干脆站在两节车厢中间。

他身后靠着狭窄的过道墙，陆诨摸了一根烟出来，想了想这是车厢里，又没有点燃，只咬在嘴里。

　　一边心不在焉地去按两节车厢中间的门。

　　一会儿按 open，一会儿按 close，陆诨脑子里跟团糨糊一样，罗如霏为什么好端端地下了车，她这是不告而别了吗？

　　陆诨显然没注意到正在往过道走的乘务人员。

　　一按 close 差点夹到穿绿色工作服的人，乘务人员多看了他几眼。

　　警告他不能乱按开门破坏车厢秩序，车厢里也不允许抽烟。

　　陆诨一脸不爽，都罢工了还有什么狗屁秩序。

　　站台上已经没有座位了，人们几乎都是站着的，还有人坐在行李箱上。

　　或许是因为车厢里太闷了，多数都是车里出来透气的。

　　陆诨最后只能半蹲着在电线杆下把烟点燃了，深吸了一口。

　　闻到新鲜空气，陆诨这会儿脑子也清楚了些，隐隐冒出来一个刚才一直不愿意相信的猜测，罗如霏是真跑了。

　　如果不是出了站台，就是坐了其他没有罢工的列车走了。

　　至于原因，陆诨想起来罗如霏看他也买到去 Taunton 的火车票时候的表情，心中几分了然。

　　有可能罗如霏根本就不在 Taunton，当初和他一样，随意搪塞了一个地方。又或者她真在 Taunton，怕他跟着去，知道她真实的地址，就趁着这站跑了。

　　毕竟她所有的东西，就只有随身的一个双肩包。

　　如果真是这样，那么她只不过是，早跑和晚跑的问题吧。

　　这趟开往英格兰的火车正好罢工一个小时，她可能不想浪费时间在这里等待。

　　他看了看表，离罢工结束还有不到 20 分钟。

　　要是她真的没有回来……

　　陆诨又深吸了一口烟，只觉得烟味到嘴里都苦得发闷。

火车在春天里停了一个小时

他看着熙熙攘攘的站台,心里一片荒芜。

Chapter 20　载我远去

陆诨在心里算了算，20分钟，也就两根烟的工夫。

待烟头都短得烫了一下他的手指，陆诨才惊觉，扔了手头的烟蒂。

陆诨又点了一支新的，闷闷地吐了一口浊气。

透过烟雾，他看到不远处有一对情侣如胶似漆地坐在长椅上拥吻，那个男人原本戴着头戴式的耳机，随着他低头吻他女人的动作，滑到额前。

显得有几分滑稽，但陆诨笑不出来。

陆诨扭头往另一侧看去，一个中年男人，和他一样蹲在地上，不过他怀里是他的小女儿。

小姑娘嗲声嗲气："Daddy, can you sing a song?"（爸比，你能唱首歌吗？）

中年男人一脸耐心："Which song?"（什么歌？）

小姑娘眼睛溜圆，是漂亮的蓝色眼珠，歪着头看她爸爸："Can it about train?"（和火车有关的可以吗？）

她一边伸了胖嘟嘟的手指指了指眼前罢工的火车。

她爸爸极其温柔地跟她说，要听好，这是你妈妈当年最喜欢的歌，《五百英里》。

If you miss the train I'm on.（若你错过了我搭乘的那班列车。）

You will know that I am gone.（那就是我已独自黯然离去。）

You can hear the whistle blow a hundred miles.（你听那绵延百里的汽笛。）

A hundred miles A hundred miles.（一百里又一百里载我远去。）

A hundred miles A hundred miles.（一百里又一百里再也不回。）

……

陆诨回过神来，才发现，他听到的是自己的声音。

原本那对父女所在的地方已经空无一人了。

人们排着队陆陆续续地已经在上火车了。

工作人员在嘈杂的站台费力地嘶喊，还有五分钟开车，原本这趟列车的乘客请尽快上车回到座位。

陆诨意犹未尽，忍不住自己还在哼唱。

Lord I'm one Lord I'm two.（一百里两百里渐渐远去。）

Lord I'm three Lord I'm one.（三百里四百里再回不去。）

Lord I'm five hundred miles away from home.（不知不觉我便已离家五百余里。）

罗如霏现在，会不会已经在另一列火车上了？

她离他有多远了？

陆诨不明白她怎么就非要这样不告而别，昨晚她主动得根本不像她，是为了今天的不告而别的愧疚？

她到底为什么戒备心这么重，虽然他仍对自己趁火打劫的行为有些心虚，但陆诨自问相处了这么多天，他是愿意把自己真实信息坦然告知的，甚至愿意告别以后还保持联系，不然他当初也不会主动去加她微信了。

罗如霏哪怕直接明说希望保护她个人隐私，他也不会强人所难。

当初他对她戒心重重，陆诨不禁想这是不是因果循环，他现在对她全然信任，没想到罗如霏宁愿自己偷跑，也不愿意告知实情。

而且她居然藏得这么好，这些天她的戒备被她瞒得滴水不漏。

排队的人渐渐都上了车，工作人员看到仍半蹲在地上的陆诨。

提醒他赶快上车，马上开动了。

火车已经打了两声铃，发出准备关车门的信号。

陆浑在跨进车门的时候,哼完了最后两句歌。

"我已背井离乡,不见归期。

那绵延百里的汽笛,一如我的叹息。"

他坐回原位,手撑在膝盖上,把头深深地埋了下去,揪了揪自己的头发。

陆浑也不知道自己心里怎么这么难受,说实话,哪怕没有这一出,他们不过几个小时以后,也要分道扬镳了吧。

不过是提前了些的分别。

陆浑脑海里,突然浮现了那天他们吵过架后,他坐在路边抽烟,看罗如霏拎着自己东西从屋子里走出来。如果那时候他不拦着,她也走了吧。

陆浑心里暗骂,她还真是一如既往的没良心。

他慢慢想明白自己怎么这般难受了,他平时自问还算洒脱,绝不是这么叽叽歪歪的像个娘们儿一样的作风。

这趟旅游,他本以为要自己玩到底,遇上了还算对他胃口的罗如霏,他甚至昨晚还在想,罗如霏陪了他整程,让他比想象中玩得尽兴许多,真的挺完美的。

陆浑想,他难受的是,他早就对罗如霏心生怜惜之心,尽量照顾她。以往凡是分了手的女朋友,怨是怨他,但没有不夸他恋爱时候会疼人的。

他对罗如霏,绝对是热恋期对女朋友的宠爱程度。只是换不来她的信任,反倒把他当居心叵测的人一样来防。

就算陆浑先前有不对,那时候谁了解谁啊,他不是也道过歉了吗。

可两个人实实在在地同床了这么些天,陆浑那些挥洒的汗水也不是假的。

陆浑一想到他对她柔情蜜意的时候,罗如霏还在暗戳戳地防备他,他就觉得自己是个不折不扣的傻逼,心里一阵窝火。

这会儿火气上来,把那种娘们儿唧唧的情绪压下去了。

陆浑咬牙切齿地想,算她狠。就算是他,因为平时对他示好的女人多,他多少会真心实意地同人家处上一阵再分手,也没罗如霏这么下了床就翻脸不认人吧。

尤其是想到她昨天在床上勾他的那股劲。

陆诨都要气爆肝了,根本就是耍他吧。

要是下次再给他碰见她,绝对把她干得下不来床也骗不了人。

这样想着的时候,他们这节车厢的过道门开了。

陆诨几乎以为自己生着气出现了幻觉。

罗如霏正笑吟吟地朝他走过来,因为火车晃动,她走得有些跌跌撞撞。

到了前两排座位,她还撑了一下座椅顶端,她手里还拎了个碍事的袋子磕在座椅上。

陆诨坐在靠过道的位置,她到了陆诨面前站定。

"幸好你没换座位,我给你发微信你怎么不回呢?"

她察觉到陆诨有些不对劲,把手伸出来在他面前挥了挥。

"怎么啦?"

陆诨一把捏住了她的手腕,力道大得惊人。

"你去哪儿了?"

罗如霏甩了两下手腕甩不开他的钳制。

"我刚才不是给你发了微信吗?我之前没听到你给我打电话,我看还有一个小时,就想出去逛逛,后来差点赶不上,就从前面车厢先上了火车,再一节一节地走回来呀。"

罗如霏本来还挺高兴的,她手里提的纸袋,正是给陆诨买的礼物。

她一向浅眠,在车里广播罢工通知的时候,她就醒了,跟着往车厢下走的人一起下去了。她原本只打算活动活动腿,听旁边有人问了工作人员,可以出站转转,她干脆也出了站。

不远处就有商场,她想起来一路上陆诨也没让她花过钱,包括最后赔租车公司对轮胎的损坏,虽然没有想象中多,但是她多少也有些不好意思。她提过给陆诨转账,陆诨也不收。

进了商场，她算了算银行卡里的余额，决定忍痛给他买一条 Burburry 的格纹围巾，多少表达一下自己的谢意。结果自己试了一下也挺好看的，又割肉一样买了一男一女两个差不多款式的。

她走的时候想着给陆浑一个惊喜，就没有给他发微信。

等一路狂奔回火车站的时候，她才急匆匆地给他发了微信让他别急。

此刻罗如霏感觉到陆浑捏她的手格外大力，他的脸色也阴沉沉的。

罗如霏不禁试探地问了一下："你不会，以为我自己走了吧？"

陆浑手下力度加重，几乎一字一顿："你说呢？"

罗如霏赶紧掏出手机给他看："你看，我真的给你发了微信。"

然后她也愣住了，她匆匆忙忙边跑边发，估计是火车站信号不好，根本没有发出去，上面一个红色感叹号。

罗如霏吞了吞口水："我错了，你先放开我好不好。"

陆浑眼中漆黑如墨，看得罗如霏有点害怕。

他就这么定定地看着她，突然他猛地站起来，一拽罗如霏。

罗如霏本来手里提的袋子也掉到座位上。

陆浑已经一股大力把她半拉半扯地抱在怀里往车厢尾部走。

罗如霏猛地被一股力道推着往前走，火车本来就一晃一晃，她脚下绊了好几下，都被陆浑撑住了。

周围都是人，她低声问他："你干吗呀？"

陆浑推着她，声音低沉地在她身后响起，给了她一个非常标准的答案。

罗如霏无语。

她是真没想到陆浑在火车上也能发起情来。

而且还是这么窄小的洗手间。

她心里对刚才的事情也有些不好意思，而且想着这怎么样都是最后一次了，她也就把背包挂在挂钩上，由得他来。

陆浑已经一把把她压在洗手台上。

陆浑以为自己多少也是个讲究的人。

但是面对狭小的洗手间，逼仄的空间，湿乎乎的洗手台，马桶里还飘着一张未冲下去的纸巾，完全打破了他对自己的认知。

他看着镜子里，罗如霏娇滴滴红彤彤的脸颊，仔细去辨认她双眼迷离间脸上的一丝一毫的表情变化。

他想，要是他没瞎，他是真的没有从她脸上看到半分他先前所以为的虚情假意，她也是真投入在他们共攀的巫山之巅。

陆诨先前的火气慢慢就下去了。

他突然在想，那她到底愿不愿意，让他送她回家，以后还同他再见面呢。

在站台以为她不会回来的心情，犹让他心中难受得如同被活生生剐走了一块血肉，陆诨再也不想有这么失控的时候了。

他是只和她相处了几天，甚至也不甚了解，但罗如霏，是真的挺对他胃口的。

起码从他最心底的情绪反应来看，是这样的。

失而复得，也让他内心雀跃不已。

他们在身体上，更是契合不已。

陆诨心里有什么东西，似乎也冲破了。

他突然就有了个想法。

反正他也是自由身。

干吗不把她名正言顺地归为己有呢，反正Taunton离他在的地方，也不远啊。

起码现阶段，他是真的乐意跟她待在一起，逗一逗她，看她红着脸嗔他，看她一脸崇拜地听他讲星星分布，看她撒娇说不想起床，看她傻乎乎地坐到他的凳子上还试图掩饰，哪怕看她趴在那里填数独也觉得挺可爱的。

哪怕罗如霏跟他以往的女朋友比，没有让人过目不忘的美艳，但她娇俏可爱，实际又独立有主见，这一点很惹他喜爱。

"当我女朋友，好不好？"

罗如霏难以置信地回头看了看他。

陆诨眼角还有一丝饕足，他眼梢含笑地抱着她。

"宝贝，我发现，我挺喜欢你的。"

罗如霏一瞬间，如坠冰窟。

Chapter 21　拂晓未至

罗如霏僵硬着脖子转回去，也没法逃开他的视线。

他们两人都能在镜子里看到彼此。

陆浑的眼神灼热，罗如霏的眼神闪躲。

一目了然。

罗如霏也不知道陆浑怎么就抽风了，居然能对她说出来喜欢她这种话。

说实话，要当他女朋友，罗如霏实在是敬谢不敏，平时生活中，她对于陆浑这样吊儿郎当的花花公子，一向是要多远离多远。

她是真的不喜欢这样的做派，虽然他一点也不直男，比起那些木讷普通的给女朋友送礼物买巧克力、相册或者热水魔术杯的直男们相处起来愉快得多，但是他对谁都是这般，你根本看不见他的真心。

罗如霏勉强扯了个笑容："别开玩笑啦！"

她极少有面临被当面告白的时刻，她所接触的男生，大多温和内敛，毫无侵略性。

她记得最让她哭笑不得的一次，一个男生在他们专业教室自习时候，每次偷偷往她抽屉里塞纸条，罗如霏根本没看见，还是过去了快一个星期，那个男生的好哥们儿看不下去，帮着传了一下话让她看抽屉。

所以哪怕知道陆浑不是真心的，罗如霏还是觉得尴尬难堪，不知道如何轻轻松松地回绝。

陆浑自当她在矜持。

"我哪有开玩笑，宝贝，不信你看我眼睛，多真诚，答应我好不好。"

"别逗啦。喜欢你的女人得排到伦敦去了吧。"

"那又怎么样，我就喜欢你啊。"

又绕回了这句话。

罗如霏听得耳朵都有点发红。

她张了张嘴，又不知道该怎么说。

脑子里只有标准答案，对不起，我有喜欢的人了。

但是两个人刚刚才结束了一场性事，罗如霏怎么说得出口。

说别的，又怕惹得他不高兴，他先前以为她自己跑了的时候脸色就阴沉得可怕，两个人分手在即，她不想闹得不欢而散。

陆诨看罗如霏小巧的耳垂都爬上了一抹绯色。

只当她矜持又害羞。

他是没怎么把她的拒绝当一回事儿的。

他早看出来，罗如霏在那方面经验不是很丰富，说明她是个很认真的姑娘，对于这样的姑娘，征服了她的身体，就是征服了她的心了。

他抬手就捏了捏她的耳垂，还有些发热。

陆诨笑了笑，大度地说："是不是需要考虑一下？"

罗如霏如蒙大赦地点了点头。

只不过，下一秒，陆诨就凑得更近。

"下车前，能考虑好吗？"他的声音里极尽诱惑。

罗如霏摇了摇头。

"宝贝，那我送你回家好不好，你总要让我知道你住哪儿，我给你考虑时间，总要让我再见得到你吧。"

他语气上扬地嗯了一声，又问："你到底住哪儿？"

罗如霏脸色一僵："你是什么意思？你还想我们像现在这样见面？"

陆诨在她后颈吮了一口："是啊。"

罗如霏简直不能相信，他到底把她当什么人，心里有多轻贱她。

不仅在这样的地方表白，无半点庄重之意，而且给她考虑，居然还想见面，照他话里的意思，大概是像现在这样保持床上关系直到她考虑清楚。

罗如霏在想，是不是她顾着他的情绪，拒绝得太过于委婉，让他生出些，她是想同他继续发展的念头。

她不知道他以往对其他交往的女朋友是不是也是这个态度。

但她，如果陆诨认真地跟她表露心迹，她或许还会考虑一二，他这般随意的态度，罗如霏悲哀地想起来电话里对他低声下气请求复合的前女友。

罗如霏不禁冷笑，他大概对所有女人都是这样吧。

哦，她怎么忘了，哪怕他认真告白，她也不会考虑，作为旅伴，她可以原谅陆诨一功抵一过，但她的 soul mate，绝对不可能是个乘人之危的伪君子。她依然记得自己那天气急了时候的评价，虽然夸张，但结果一样，他到底是乘她之危，两人才走在一起。

罗如霏一想到这点，就忍不住提及，正好可以表明她拒绝的态度。

她反倒不怕同他直视了，在镜子里，她看着自己仰起头颅，坚决地看着他。

"如果先前我的态度让你有什么误会，我很抱歉。但是你凭什么认为我会喜欢一个乘人之危的人，还强迫过我。"

陆诨满脸暧昧之色："你听过斯德哥尔摩综合征吗，宝贝？再说了，要是同我在一起，我可不是乘人之危了，是对你负责到底。"

"你也承认你是犯罪者咯？"

"七宗罪里的 lust，我们可是一起犯了。"

罗如霏看他仍然插科打诨嬉皮笑脸，全然没有把她的话听进去。

她现在甚至后悔于几天前那次争吵，她这么轻易就放过了这个问题，他怕是觉得当初的事情已经全然翻篇，再提及也毫无波澜了吧。

罗如霏实在不想同他争执。

等罗如霏回到车厢里，看到他正支着下巴，看窗外飞速后退的景色。

他在等她。

和洗手间里逼仄得只充斥着荷尔蒙气息的空间不一样，车厢里更广阔，三五个乘客零星地坐着，姿态各不相同。

罗如霏忽而又意识到，他们也不过是本不相识的男女，旅途相遇，分别在即。

她何必对他如此苛责。

罗如霏坐下以后，平心静气，主动拉了他的手。

"你看过《日出之前》吗？"

陆浑没想到她怎么问了这个问题，皱了皱眉。

"它还有另外一个名字，《爱在黎明破晓前》。"

"看过。"

听到她说的这个名字，陆浑终于有了印象，似乎是几年前陪他堂姐在家看的，反正是情情爱爱的片儿，好像还是场艳遇，但他印象不深。

"怎么了？"

罗如霏深吸了一口气："其实吧，我一直更喜欢'日出之前'这个名字。我一直觉得男女主之间，在那一晚根本没有真正的爱情，纯粹是一种冲动。我还记得赛琳说的话，她说只有她了解一个人的一切，她才真正坠入爱河。包括他头发怎样分，哪天穿哪件衬衫，确切知道在某一场合他会讲哪个故事，才会真正爱上一个人。"

"我想我们也是一样的，这一路我们是相处得很愉快，但不代表因此会在一起。你看，我们根本不了解对方，甚至……"

罗如霏顿了顿："我连你叫什么名字都不知道，我也不知道你是做什么的，住在哪里。更不知道你喜欢什么，有什么习惯，不是吗？"

陆浑把她的手放在手里摩挲，听到她这话，他转过身，一只手跨过罗如霏，搭在另一侧扶手上，几乎把罗如霏整个人环在她的座位上。

"你想知道，我都可以告诉你，我不过是觉得这些都不重要。我叫陆……"

然而他只说了个姓，罗如霏就捂了他的嘴。

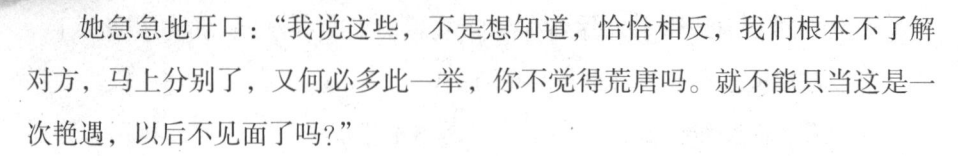

她急急地开口:"我说这些,不是想知道,恰恰相反,我们根本不了解对方,马上分别了,又何必多此一举,你不觉得荒唐吗。就不能只当这是一次艳遇,以后不见面了吗?"

罗如霏松了捂他嘴的手,她看他没继续开口,也松了口气。

"其实,你不过是想保持这种床上关系,但你身边,也不缺愿意和你这样的人吧。我真不合适。"

陆浑自被她捂住嘴,就开始面色铁青。

听完她这一通说辞,他算是明白了她的意思。

陆浑眯着眼,贴她更近。

"我怎么没发现你这么开放,你当我们这是什么,for one night?"

罗如霏看他脸色不好,低低地说:"可是你难道不是,在此之前也这么打算的吗?"

陆浑咬牙切齿:"我要是真这么打算,就不会加你微信。"

罗如霏仅剩的一只手掏了手机出来。

她在陆浑眼皮子底下,点开他的头像,删除好友。

"所以我们现在也不是微信好友了,可以毫无牵绊地做成年人的决定了,你要想当成 one night 也可以。"

陆浑也没想到她能这么狠。

"你非要把我想得这么龌龊,你对追求者都这么绝情吗?"

罗如霏看他越贴越近,脸色凶狠,不由得有些害怕,抬手推了他的胸膛。

"我不是这个意思,你可能只是一时冲动,但你根本不喜欢我,我们这样分开,不是很正常吗?既然不想保持这样关系,难道不应该不联系了吗?"

罗如霏想了想,又问他:"你喜欢我什么?"

陆浑被她这样堵了一通,此时看她也远不够先前可爱了。

他张了张嘴欲言又止,还是憋出来一句话。

"算了,是我自作多情了。"

他们僵持了几分钟，都不知道要对彼此说什么。

火车已经慢慢减速，车外的景致换得越来越慢。

陆诨在咣当咣当的火车与轨道摩擦发出的声音中问她。

"你这几天，不也过得很开心吗？我们在床上不是也很合拍吗？我以为你对我也是一样的感情。"

罗如霏揪了揪手指："其实吧，要是你真了解我。你就会知道，我这不过是……"

她想了想又不知道怎么表达了："破罐子破摔？"

火车渐渐停住了，最后咣的一声，座位一颤，彻底不动了。

陆诨突然倏地一下站起来，罗如霏本坐在外侧，被他猛地站起来吓了一跳。

"你干吗？"

陆诨从她腿上跨过去，把手撑在她座椅靠背上。

他的表情又恢复了潇洒不羁，似笑非笑地看她。

"宝贝，既然你不喜欢我，我就该走了呀。"

他又压低了身子，在她唇上印下一吻。

"霏霏，你自己想想，你够坦诚吗？你敢让我送你回家吗？我们相互不了解，不是因为你从头到尾的戒备心吗？"

罗如霏看着他嘴里仍在说着喜欢她，一边往车厢尾部走去，拿了行李架上的箱子。

就这么出了车厢。

待他走到站台上车厢中部的位置，他目光缱绻地和罗如霏对视，冲她做了个飞吻。

罗如霏这才猛地想起来，自己给他买的围巾还没给他。

等她急匆匆冲到门口的时候，车门已经滴滴滴地关了。

Chapter 22　乱我心者

罗如霏头脑发昏地转了几趟车，不知出于什么心理，还是在 Taunton 下了车。

回到英格兰西南部，的确比苏格兰要温暖许多。

晚风习习，她独自边走边气鼓鼓地踢着一块小石子。

脑海里还回荡着陆诨跟她说的话，不够坦诚。

她怎么就不敢让他送回家。

他倒是送啊。

保护隐私有错吗？罗如霏一向是那种上出租车都不跟司机尬聊的人。

再说她本来去那么远地方打工，就是为了逃避学生签证规定的一周 part-time 不能超过 20 小时的规定，又遇到这样的事情，倘若被人恶意利用能彻底毁了她的清誉和前途吧。

她干吗要跟陆诨这样完全不知根知底的人透露啊。

罗妈妈看着出现在门口的罗如霏，有些惊讶。

"你怎么这个时间来了？这么晚了，路上不安全呢。来之前也不跟妈妈说一声。"

罗如霏这才想起来，她听到 Taunton 就下了车，完全没给她妈妈打过电话。

她支吾了一下："最近学校放假，但我被导师留着做课题，今天才放我走，然后我出门前被室友叫去帮忙，才来晚了。"

还好灯光昏暗，她脸上心虚的表情也不甚明显。她上前挽了妈妈的手："别担心啦，我都来多少次了，不危险的。"

罗妈妈一边拉她进来，语气里还是责备："你一个姑娘家，晚上出门就是不安全。下次不准这样了，对了，你那个兼职呢，辞职了没有？"

罗如霏心里说不出来地难受了一下，还是笑着回答："辞了。"

她妈妈把门关上，一脸心疼："你也别给你爸省钱，不然他的那些工资，又投到他项目上了。"

罗如霏松了一口气。

她没敢接话。

她还能不知道妈妈的心结吗？

罗父就是这样一个人，父母之间的矛盾总少不了这个。

哪怕是离婚多年，早已能心平气和地打电话拜年时候，一提到这个问题总要争执。

大学教授的工资固然不低，但他不像别人实验室资金源源不断，他拉不下脸也不想同别人谈资金，经常还要补贴自己工资进项目。

罗如霏在英国读研的那一年，都是罗父供她，读完研后来在犹豫回国还是继续留下来陪妈妈的时候，正好毕业论文的导师建议她申请一下博士，表示愿意带她。

罗如霏就试着申请了一下，没想到还申请下来带奖学金的 PhD，她也不想增加父亲负担，平时兼职赚够生活费，基本上罗父只用赞助她极少一部分学费。

其实吧，罗如霏知道，父母之间的问题，也远不在金钱和物质上。

她妈妈年轻的时候，是那种特别典型的上海姑娘，娇滴滴的，一口吴侬软语。哪怕家里条件一般，也穿着时兴，爱打扮，喜欢浪漫的事物。

罗父年轻的时候，虽然是工科生，但自然是要比普通男青年肚子里要多些墨水的，长得又玉树临风，比起后者来对谈情说爱有耐心许多。

两个人约了几次电影，罗妈妈家里认为大学教授工作稳定可靠，都起了

推波助澜的作用，所以他们在还没十足了解对方的情况下，就结了婚。

婚后，罗妈妈向往的风花雪月，慢慢葬送在罗父对学术的痴迷和不问世事之上。

罗如霏犹记得，一次很激烈的矛盾爆发，是妈妈做了一桌子饭菜，罗父只匆匆吃了几口，就接了电话，实验室数据出了问题，不知何时才归。

她几乎都不敢去看妈妈的脸色，那天正是妈妈生日。

罗如霏也记不清父亲拒绝了多少次陪妈妈逛街的要求，也不记得多少次妈妈把她抱在怀里在沙发上看老旧的电影，一边看一边哭。

她后来甚至在想，妈妈选择婚内出轨，是不是一种报复。

罗如霏也知道父亲这方面诸多不足。

但罗父虽忙，却极其重视对她的教育，罗如霏为人儿女，倒是没有立场去抱怨。

只能说，还是不合适吧。

她也见过不少伉俪双方都是大学教授，比如她本科的导师，夫人是另一个院系的教授，两人遇到意见冲突，吵得不可开交，但一旦放下学术，比如师母提醒他该去吃饭了，两人放下恩怨携手去食堂，回来又接着继续争。有时候想不起来上一次争到哪里，还要问待在实验室的学生，弄得他们，一遇到老师师母吵架，就要出去避难。

但这样的争吵，是眼里有对方的。

吵完他们可以恩恩爱爱地一起攻克难题，一起在实验室打地铺。

罗如霏暗自叹息，总还是要遇到合适的人才能相携一生。

妈妈已经给她端了一碗小馄饨上来，还是熟悉的味道，上面漂着几片紫菜、香菜和星星点点的虾皮，还有几滴芝麻油在灯光下隐约可见。

罗如霏用力地吸了吸，满鼻子都是馄饨味儿，赶紧坐下来吃。

没想到妈妈现在的丈夫，凯里叔叔也穿着睡衣从阁楼上下来了。

凯里原本是做中英外贸的小商人，他中文说得极好，只带着些许外国人说中文的别扭口音，但其他方面已经非常流利且地道了。

"霏霏，好久不见。"

罗如霏想了想，上次来还是过年的时候，也快两个月了。

但她还是有些不好意思，这么晚了过来，显然是她欠考虑，看妈妈和叔叔这样，应该本来快休息了。

凯里只说了几句客套话，就把空间留给母女二人了。

妈妈早给她在客厅铺好了折叠床。

罗如霏洗完澡以后，一股疲惫感袭来。

她在镜子前站定，看着自己皮肤，虽然刚洗完澡，但不见得多水润。

脸也看着尖了一点，她原本有些婴儿肥，这样看着也没那么明显了。

她算了算，居然不知不觉，加上她先前兼职的两天，她已经在外十余天了。

人一旦松懈下来，只想好好休息。

只是她刚躺到折叠床上，还没来得及把整个人埋进被子里，何悦的视频就打进来了。

她睡在客厅，她妈妈和叔叔的房间在二层，叔叔家两个孩子虽然卧室在一楼，但门也关着，罗如霏心想，她要小声点，怕影响他们。

罗如霏把包翻了个底朝天总算找到了耳机，没想到何悦那边还没断。

"霏霏，睡了吗？"

罗如霏对着镜头给她翻了个白眼。

"我要是睡了你还打给我，坏不坏啊。"

"那我也不管，谁让我前几天打给你的时候你旁边有男人的声音呢，你给我老实交代。"

罗如霏脸都红了，前几天何悦给她打语音的时候，陆诨故意大声地说宝贝快来洗澡，结果被何悦听到了，罗如霏只能赶紧挂了电话，跟她发微信说回去再跟她细说。

没想到何悦这么心急，还没等她回去就打过来，还好她已经在妈妈家里了。

"就是，大悦，我之前不就跟你说过，我在一个山旮旯里做酒吧服务员来着嘛，然后那个老板时不时色眯眯盯着我。结果我上周申请下来了当助教不用再去那个兼职了，我就辞职，他就终于忍不住了要对我下手。"

罗如霏看着何悦在屏幕里眼睛都睁大了，还捂了嘴，自己反倒忍不住笑了。

"那你怎么样？"

"我当然没事，但是那里太村了，就他一个中国人，我就请他带我出去。他正好是一个人旅游，就带我一路玩了。"

"天哪，霏霏，你可真够可以的。我以前怎么没发现你这么大胆？"

"哪有，我真就想直接回家，因为各种原因反正就跟他一起了。"

"啧啧，睡了没有啊？"

罗如霏只游移了一下眼神，太了解她的何悦马上就对她挤眉弄眼。

"我就说嘛，你别总整得自己跟老处女一样。你自己想想，你那个书呆子前任之后，你都在英国这么开放的地方，还保守得跟什么似的，开窍啦？"

罗如霏也想起来，最后一晚，陆浑在她耳边说她开窍了像个小妖精。

不知道他们怎么都这么说。

何悦的脸在镜头前放大了一倍。

果然被她找到些蛛丝马迹，她指了指罗如霏。

"哎，你不说，我现在才发现，你那么明显一颗草莓。"

罗如霏洗完澡出来换了宽松的衣服，被何悦这么一提醒，这会儿庆幸在妈妈面前的时候穿的那条连衣裙有个小衬衫领。

其实脖子以下，她胸前更多点点红痕。

罗如霏也不记得这是昨天晚上的疯狂留下的痕迹，还是前几天的旧痕。

她对着屏幕自己辨认了一下，在颈侧，看着颜色鲜艳欲滴，竟像是火车上他在她脖子上刚吮出来的。

罗如霏只能清了清嗓子："就你眼尖。"

何悦还刻意压低了声音："怎么样，活儿好吗？"

罗如霏抬手挡了摄像头:"你看看你,现在整个一女流氓。"

"小霏霏,睡都睡了,还是艳遇,咱俩谁是女流氓?"

罗如霏松了手,还是承认了。

"是挺不错啦。"何悦看了看她身后:"你这是,在他家?我看也不像酒店啊?"

"我在我妈这儿呢,我已经回这边了呀。"

"那他呢?"

"他关我什么事嘛,各回各家呗。"

罗如霏说到这里,还顿了顿,才跟何悦低声抱怨。

"大悦,你知道吗,我都被吓到了。他在回来火车上还问我要不要当他女朋友来着。"

"那不是挺好?人家还负责。不是睡完就跑。"

"可是我给拒绝了,然后他一生气就直接下车了。也不是生气,走之前还亲了我,但是就直接下车了!"

何悦恨铁不成钢:"你是不是傻啊,你不是也觉得人家不错吗,为什么不开始一段新感情啊?"

"可是他那样,一看就跟很多女的纠缠不清,我们在路上他那个前女友还求复合呢。"

"那他怎么说。"

"没答应呗,我也不知道真的假的,不过之后没听他接过前女友电话。"

"那不就行了,他又不是拎不清的人,反正你谈恋爱又不是结婚怕什么啊。"

"反正还有一些原因吧,我也不知道怎么说。"

哪怕何悦关系再好,罗如霏也觉得自己的心路历程难以启齿,又心动又不愿意沦为他手上的戒指。

何悦隔空冲她勾了勾手指:"哎,我才想起来问你,帅不帅啊。有没有照片,给我看看。"

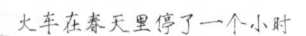

罗如霏勉强地点了点头："还行，就那样吧。"

她想了想，把曼联球赛时候拍的合照给她发过去。

其实那时候虽然照得僵硬不已，但好在他们颜值都出众，尤其是陆诨，痞痞地虚搂住她，还比她高了大半个头，看着自成风流。

身边杂乱的人群，尽是白种人的样貌，显得他们俩，有了一种说不出来的天然亲密感。

何悦那边已经倒吸一口冷气："这么极品你都能拒绝！霏霏，你是不是读书读得脑子瓦特（上海话，坏掉的意思）了，这样叫就那样吧？你不要放着我来啊。"

罗如霏才不信："你等着，我现在就给你男人发微信。"

罗如霏和何悦从高中同学到大学，一路看她和男朋友怎么过来的。何悦男朋友比她们稍大几岁，大学时候偶然认识了，就相互勾搭着在一起了。这么多年感情稳定，两人一起在上海找了稳定的工作，几乎可以谈婚论嫁了。

罗如霏开始技术性地转移话题："最近你跟你男人怎么样了啊？"

何悦笑她："霏霏啊，虽然我知道你是要转移话题，但是我不介意你给我一个秀恩爱的机会。我上次不是跟你说嘛，过年前他跟我回了老家，虽然我妈也不愿意我找外地的，但总算是我男人长得又帅又有能力，挨了我妈几天冷眼，也算过了关。超搞笑，他老家那边规矩超级多，感觉真要结婚起码明年呢。不过我也不急，现在快到那一步了，反而想多谈一段时间恋爱。"

何悦又问她："霏霏，你记不记得以前，我们每次在学校晚上门禁前在寝室门口舍不得分开，好几次我晚了进不来还要你下来领我。"

罗如霏也笑了："谁能不记得你这英勇事迹。我记得隔壁那个网红脸，每次和男朋友吵架都要说他不够耐心，尤其比不上何悦的男朋友，我们俩总笑得差点捶墙。"

何悦噗嗤一声笑了。

"我跟你说，就是这样。我们去年不是住一起？干家务做饭什么鸡毛蒜皮的小事，总少不了小吵。今年我不是调到另一个分部了，分开住。反而好像又回到大学时候，他每次送我到楼下还依依不舍。偶尔留他住一次，他能高兴半天，虽然第二天一早5点起来苦哈哈地赶地铁。"

"所以啊，霏霏，"何悦语重心长，"我知道你，绝对的新时代封建女性，但也别太拘着自己，谈恋爱真是件享受事。"

何悦话还没说完，罗如霏就瞪她："我哪里是！"

何悦哦了一声，神色暧昧地指了指自己脖子，正是罗如霏脖子上吻痕同一位置。

"我都忘了，你现在可是开窍了。但你也别指望非要谈恋爱就奔结婚去，你看你和你书呆子前任，不是够合适的，两个人性子都安静得我怀疑你们下一刻就能直接去当寺庙住持，还不是分了。谈恋爱嘛，不就是这个感觉，高兴就好了啊，真合适的话自然会走下去的。你看我和我家那个，吵吵闹闹还不是快结婚了。你就别总想那么多了，我是真难得见到还有能上得了你床的人，干吗不发展发展。哪怕不是他，你也该考虑考虑别人，我记得你上次不是说还有个师兄对你有点意思来着，别搞得自己七老八十了一样不动凡心呐。"

何悦又对她挤了挤眼："说真的，你主动勾搭勾搭呗，这个真的很优质，帅到原地爆炸。要我还是单身，就没你什么事儿了。"

罗如霏一脸生无可恋，倒回床上。

"大悦，我跟你说实话。我都根本不知道他叫什么，也没有联系方式。我还当着他面把他微信给删了。"

罗如霏看何悦要张嘴，马上举了一只手。

"打住，我知道你要说什么。别说我了，我好像被你给洗脑了，我原本觉得我做得挺对的，我就是想这样认识的也不靠谱，以后还联系更加怪怪的。现在我也后悔了，他的确人还不错，对我也挺好。你知道吗，我还发了一回烧，他一直照顾我。"

罗如霏恨恨地看着她："大悦，你就适合去给人洗脑。我现在脑子里全是他怎么怎么好，我怎么怎么蠢。"

何悦看她这么生无可恋也噗嗤笑了。

"看你这么难过,那我再给你洗洗脑,没准你们还有什么孽缘,你想你们本来就是艳遇嘛,那些小说男女主角,总要艳遇之后再见的。"

罗如霏这回可一点都不信她的洗脑了。

等她关了手机躺在床上,看着天花板上树影摩挲颤动的时候,罗如霏又静下来一些。

再做一次选择,可能还是这样最好吧。

且不说陆诨对她最初的胁迫,永远是横亘在两个人之间的一根刺,就单是陆诨的风流成性,也是她所接受不了的。

她又一次回想起,陆诨对她的表露心迹。

其实一点也不尊重她,显得轻浮而散漫。

只是她都没有细细地描述给大悦听。

她也一点都不想变成陆诨手机里的哀求复合的前女友。

罗如霏侧过身,看到她给他买的礼物,那条围巾的袋子,还放在沙发上。

在窗外透进来的些许夜光中,看到格纹的影子。

看吧,他就是这么不尊重她,根本没问她去干吗了,就怒气冲冲地捏她手腕把她拉走,礼物都没来得及送出去。

罗如霏又闭上眼,眼前还是他在洗手间里的横冲直撞的样子,还是他下火车前那副毫不在意的表情,还是他在站台上同她隔窗对望时的飞吻。

宝贝,我发现,我挺喜欢你的。

宝贝,你不喜欢我,我就该走了呀。

耳畔也全是他颇有磁性的声音,慵懒又诱惑,直白又洒脱。

罗如霏抱了被子捂住了耳朵。

心里默念,所谓乱我心者,今日之事多烦忧。

她安慰自己,明天就好了,一切都会回到正轨的。

Chapter 23　有匪君子

事实上，回到学校以后，罗如霏根本没那么多时间考虑这些事情。

罗如霏先去学院办公室交了护照和银行卡复印件，填了一堆资料。

她申请的 part-time 是研究生的习题课 tutorial，然而她才发现，分配给她的和她原本申请的根本不一样，她申请了教风险管理，结果给她分了衍生品定价。

罗如霏当时收到邮件和电话通知以后，人在外面，也没电脑，根本没仔细点进自己学生系统里面查看具体情况。

她研究生的专业是金融工程，主修金融建模，当然其他课程也有学。

不过博士阶段跟着导师的项目，自己的论文课题是导师项目下的一块，中小企业国际化投资风险的影响指标和风险识别及预警机制的建立。要是教风险管理，看看习题就可以直接去上课了。

但是关于衍生品，她两年没碰，几乎都要忘光了。

罗如霏赶紧问办公室的人，得知是申请的人多，能排到她就不错了，根本没办法更换。

当然是这样了，对于博士生来说，博一时候，基本上都在忙答辩，一旦不通过，直接发一个研究型硕士的学位就回国了。博二都在听各种讲座，跟导师的进度，再为自己的课题整理资料前期研究。

只有博三才能开始申请学校兼职，待遇最好的就是 tutorial，尤其是像商学院的，都是大课，一节课 400 余人，但是 tutorial 分成七八个班来上。罗如

霏一周上这七八节课薪水自然不会低，又不用往学校外面跑，很是轻松。

也就是因为学校今年调了一年三个学期，她才能在博二的夏季学期就开始申请。

估计是顶上的师兄师姐多，早有固定教的课程，所以轮不到她。

罗如霏一路往导师办公室走，一路还在回忆自己以前的教材都放在哪儿。一想到还要重新啃一遍教材和课件，她就心烦意乱。还好还有几天才开学，但她这一个星期，都要闭关复习了。

罗如霏一个假期没见导师，肯定要向导师报到的。

她十分庆幸本科的时候选了这个导师，是个勤奋的印度人，数学思维很好，对她启发颇多。重要的是，可以说是劳模了。基本上每次去办公室他都在，也愿意花大把时间指点他们。她有认识其他导师手下的博士，说要想找导师难上加难，邮件预约好几次，才能见上半个小时。

没想到去的时候，师兄陈修齐也在，罗如霏打了个招呼。

想起来昨晚大悦说的话，不禁有点脸红。上次打电话她就跟大悦提过，陈修齐很照顾她。导师手下，就他们两个中国人。她当时选题前就请教过他，选了和他一样的风险预警模型，不过是不同方面，但很多资料共通，有时候他图书馆借到什么书主动会给罗如霏送来，要是自己翻译资料，也会把罗如霏那一份翻译了一起传给她。

而且巧的是，他也是江浙一带的人，做了什么小点心，有时候叫罗如霏去吃，但每次不止他在场，还有他宿舍其他几个人，罗如霏对于家乡口味当然欣然前往。

大悦听完就说，陈修齐大概是对她有些意思。

罗如霏也不是天真烂漫什么都不懂的十几岁小姑娘，既然陈修齐不说破，她又没有什么不当的暧昧举动，暂时也不用多想。

罗如霏心想，人家这才是君子所为，举止得体，进退有度。

她导师看她来了，停下来和陈修齐的交谈，先问她假期里的研究进度。

罗如霏有点心虚，本来这假期，她是打算初步把程序框架搭出来以后，用三角模糊数互补矩阵算出来五个层次的所有风险因素的权重。

但是她只搭了框架,算了两个层次,后面就在外面跟陆诨玩了十余天。

还好导师没有怪她,反而笑着问她假期是不是出去玩了,说年轻人就是应该多出去玩玩。

导师说完这个,还是正了色。

让她开学好好准备,下个月雷丁大学那边邀请导师去开学术研讨会,导师决定让她和陈修齐一起去,展示一下他们的成果。

又笑着叮嘱她,不能给他丢脸。

罗如霏吓了一跳,以往这种学术研讨会,她都是在下面听的,上去汇报的也是博三几乎做得差不多,只在测试和完善阶段的师兄师姐了,就像陈修齐,如果不出意外,今年答辩完就可以毕业了。

但她连模型第一遍都没跑完,不过想想自己也快博三了,大概是导师想给她锻炼的机会,再说罗如霏一向严谨,很多师兄师姐的数据到了后面还要推翻重来,她却极少出现这样情况。

她也就应了下来。

同陈修齐一起从办公室出来,陈修齐已经看出来她的担忧。

"霏霏,是不是有点紧张?"

罗如霏点头。

"我以前还从来没在研讨会上展示过,一想到下面坐的很多都是学术大咖我就担心我那个模型有什么纰漏。"

陈修齐笑得很温和:"我第一次上的时候也很担心,后来越被怼越觉得是好事,帮我发现纰漏往往能省我很多步骤,再说了,你做的数据,导师一向夸你,你也别太担心了。"

罗如霏也知道道理是这么个道理。

陈修齐问她:"回宿舍吗?我送你。"

罗如霏摇摇头:"不用了师兄,我家里都要断粮了,打算去超市呢。"

"那这样更好了,一起吧,我还能帮你拎东西。"

路上他又想起来什么似的，问罗如霏："假期去哪儿玩了？"

"也没去哪儿，就是在英国境内，去了去国家公园，最后到北爱尔兰那边。"

"和你室友吗？"

"不是，和我一个新认识的朋友。"罗如霏只能含糊其辞。

还好陈修齐没有追问，只问她好玩吗。

罗如霏简单讲了讲，又礼貌性地问他："师兄你呢？假期出去玩了吗？"

"我可不敢出去玩了，9月份答辩，我想一次过，要是再改就麻烦了。"

其实一次通过挺厉害的，多数人都要二辩三辩，甚至运气不好的还要直接晚一年毕业。

罗如霏心中也暗想自己最好到时也能一次通过。

"对了霏霏，你毕业有什么打算？"

"大概不是去研究所就是去当大学老师吧，但是我爸爸好像更想让我当老师。"

"我也是这样想。我已经联系好了，所以才不想在这里耽搁，一毕业就去同大当老师，不过大概还是要象征性地做一小段时间助教，再升讲师。"

陈修齐偏过头看罗如霏："所以霏霏，我觉得你应该提前先联系学校，没毕业也可以先做助教，这样毕业以后比较省时间。"

罗如霏知道父亲从副教授评到教授花了多久，也知道大学老师的职称体系严格，都要一定的学术论文、学术水平和时间积累。

陈修齐说得很有道理。

"但是我人还在国外，可以当助教吗？"

"霏霏，你以后回上海吗？"

"当然了，我家就在那里。"

"如果你想的话，可以也来同大。我上次帮你问过，说我有个小学妹在国外还没毕业，教务处的人说，可以当一些课时短的选修课的助教，再说收改作业，完全可以用邮件，你跟老师协商一下，再抽两三个星期考试周回去

170

帮忙，不是问题的。"

　　罗如霏知道陈修齐做事一向周到体贴，没想到他还帮她问了，十分感动："那太好啦。谢谢你啊师兄，那我要投简历吗？"

　　陈修齐笑了："当然，我可不能帮你走关系。要正规流程投简历笔试面试，不过我相信你没问题就是了。"

　　罗如霏决定聊表诚意："师兄，我请你吃饭吧。"

　　接下来的几天，罗如霏都在家里闭门不出，花了几天时间，勉强把以前的书过了一遍，又认真备了第一节 tutorial 的课。

　　感觉自己都要不见天日了，快快地出来公共区域的沙发上看电视。

　　她室友这才发现她已经回来了，吓了一大跳。

　　罗如霏看到室友一脸惊恐，也忍不住笑了。

　　她们的宿舍都是独立房间，房间内有洗手间，只不过厨房在公共区域。

　　她室友 Jenny 是个美国人，吃饭时间和她不大一样，而且罗如霏那天在超市买的都是速食的意粉 Pizza，每次在厨房呆不到几分钟就回房间了。

　　还真一次都没有和她碰面。

　　Jenny 左看右看，得出了个结论。

　　"Rose，you look different."（你看起来有点不一样。）

　　罗如霏疑惑地看她。

　　"Ever prettier."（更漂亮了。）

　　Jenny 坏笑地问她是不是假期里遇见了什么帅哥。

　　罗如霏把头摇得跟拨浪鼓一样，一边庆幸脖子上的吻痕都消得差不多了。

　　Jenny 口中的帅哥陆诨，这几天被前女友赵小茜搞得烦不胜烦。

　　陆诨回来第二天，就去了健身房，挽救自己疏于运动了十几天变得有些岌岌可危的腹肌线条。

　　但他也不知道是不是那一晚太疯狂了，锻炼了一会就觉得累得不行。

　　看健身房里洗澡还要排队，索性把汗湿的上衣换了，就回了寝室。

陆诨回到寝室门口就黑了脸,赵小茜正在他寝室门口靠着门没骨头一样站着,见到他一下子扑到他怀里,被陆诨挡开了。

"你怎么在这里?"

"我自己进来的呀。"

陆诨皱眉,他住的 studio,所有都是独立的,像那种单身公寓,除了他自己的房门,只有楼下的大门,估计她是跟着别人进来的。

赵小茜看陆诨穿的运动短裤下面露出小腿漂亮的肌肉线条,知道他是健身回来。她也不嫌陆诨手臂上全是汗就挽上去,不停晃,胸口有意无意蹭着陆诨胳膊。

"Honey,你还生气吗?你这些天都去哪里了嘛?我再也不任性了好不好。"

陆诨听出来些不对劲:"那你怎么知道我回来了?"

赵小茜眼睛转了转:"人家每天都来啊,每天都来等你。"

陆诨似笑非笑:"那我昨天怎么没见你大驾光临。"

赵小茜嘟嘴:"就昨天而已嘛,我不舒服,你都不关心我。"

陆诨看她神情,心下了然。

今天他出门的时候忘带毛巾又忘带健身卡,来回开了两三次门,结果对面的西班牙人开了门和他打了个照面。

陆诨特别讨厌对面的西班牙人,说起来还是因为赵小茜。

他研究生就一年,才搬到这个宿舍,之前还和对面的没什么矛盾。有一次他和赵小茜从他这里出来,碰到对面的西班牙人,也不知道是不是因为西班牙人太过于奔放,觉得赵小茜很漂亮,问了她 WhatsApp 的账号,一副要挖墙脚的样子。

陆诨还生气赵小茜怎么能给他账号,赵小茜反而对他吃醋的样子很满意。

自此陆诨看对面的西班牙人,鼻子不是鼻子,眼睛不是眼睛。

看来,赵小茜是通过他知道的。

赵小茜从来就是娇滴滴特别会撒娇的那种女生，能用撒娇途径解决的问题，往往不会费更多力气。

在一起的时候，谁不愿意每天听女朋友酥到骨头软的声音，但是分了手，陆诨就觉得她这一点很讨厌，爱走捷径耍小聪明，甚至利用对自己有好感的人。

陆诨想了想，也是自己没说清楚。

上次说了分手，他就一个人旅游了，中途赵小茜发微信他嫌烦屏蔽了，后来自己也不知道哪根筋搭错了非要发个朋友圈刺激她一下，赵小茜给他打电话，他又没耐心，说了几句就把她电话都拉黑了。

陆诨这回耐下性子，推她站好。

"是我不对，之前没给你个正式的解释。小茜，我不是生你的气跟你闹别扭才提的分手，我是觉得在一起久了也挺没意思的，我烦了腻了，我们不合适。你以后肯定能找到比我脾气好很多的人，祝你幸福。"

赵小茜听他这么正式的说分手，眼泪都在眼眶里打转："我们不是挺好的吗？你肯定在说气话对不对。我们之前不是一直很开心吗？只不过因为我要去巴黎，我不去了啊，你想去哪里我都陪你去。"

陆诨身上的汗不断往下淌，他只想速战速决："不是这个问题，你想想我们一起，哪次不是叫外卖，要不就出去吃，你给我做过几次饭？我玩游戏你也不乐意，每次出去玩就知道自拍，没意思透了。"

赵小茜也气鼓鼓的："我是每次去拍照，可你对我有耐心吗？你甚至不肯跟我拍照，我的朋友都问我男朋友到底长什么样，为什么从来不发朋友圈。你做得对吗？"

陆诨抿嘴："所以，我们不合适。现在分手了，你大可以找一个愿意跟你天天秀恩爱对你倍儿有耐心的人。"

赵小茜慌了，想去拉他："可是我喜欢你呀，你不是也说你喜欢我吗？一直喜欢我吗？你说的这些我都可以改的。"

陆诨耐心耗尽，身上全是黏唧唧的汗，甩开她的手，一脸冷漠。

"男人在床上说的话你也信吗？别来找我了，我们真分手了。"

说完这句话，赵小茜的眼泪已经止不住地滚了下来。

陆诨转头没有看她，他拿钥匙开了门，急着进去洗澡。

没想到赵小茜还不死心，死皮赖脸地也挤了进来。

一只手卡在门缝里，他又不好强行关门，怕真夹到她。

陆诨没工夫管她，脱了上衣扔在地上就进了浴室，在门口警告她。

"我给你几分钟在我这整理一下，我希望我出来时候，你已经离开了。"

说完他就拴了浴室插销。

陆诨出来的时候，也不知道赵小茜怎么想的，居然直接扑上来吻他。

而且她居然只穿了 bra 和内裤，陆诨洗完澡就只穿了一条松垮垮的睡裤，上身裸着。

同她这样肌肤直接接触，很快就被撩起了火。

她穿成这样，他又不好伸手推。

最后伸手捞了浴巾往赵小茜身上一盖，才算分开。

"你是疯了吧。我们都分手了听不明白吗？是我的错行吗。"

赵小茜被他连头盖住有些懵，陆诨趁机拿了件外套和手机，就出了门。

出门前还听见赵小茜的哭声。

陆诨也知道自己这次做得不好。

他心里只觉无奈，但他脾气一向糟糕，火气上来又压不住。

早知道上次分手就再正式点，谁让他还存了些要是赵小茜妥协他也不用自己一个人去旅游的心思，多少留了些余地。

但谁知道她那么倔，过了好些天，他都出发了才反应过来。

他是绝对不敢再碰赵小茜了，她现在尚且这么难缠，要真碰了还得了，而且他也没这么人渣。以往女朋友，他要是想分手了，不动声色地冷一段时间，别人会了意，就先提分手，他再说些漂亮体面的话，给女方留足了颜面，也算和和气气。

陆诨头发没吹乱糟糟的，又穿着睡裤，只能窝了一肚子火，去楼下认识的兄弟宿舍敲门。

　　自然又被好一顿笑。

Chapter 24　别来无恙

接下来的两天，或许是赵小茜那天在他寝室受了打击，放弃了，没有再来寝室堵人。

陆诨松了口气，不过以防万一，他还是减少了出门，基本都窝在寝室打游戏。

他又管楼下那个兄弟借了哑铃放在宿舍。

这回也暂时不用出门锻炼了。

然而到了开学的那一天，他就知道自己想错了。

看着教室门口笑吟吟俏生生的赵小茜，陆诨当即想转身走人。

他怎么就忘了，上学期选课的时候，赵小茜全选得跟他一样，对他的课表也了如指掌。

显然，赵小茜既然出现在这里，已经做好了心理建设。

不管陆诨怎么黑着脸，怎么说刀子一样的话。

赵小茜非要跟着他，他坐哪里，她就坐哪里。

周围不是他们专业，就是相近专业的同一学院的人。

陆诨苦不堪言，既不敢大声呵斥，又不好揪她衣服把她赶走。

赵小茜一脸诚恳看着他："你给我机会改正嘛，我绝对不吵你，保证安安静静的。"

陆诨还能说什么，皱着眉让她在旁边坐下来。

陆诨上着上着课，就觉得不对劲。

赵小茜明显是有备而来。

现在还是春寒未暖时节，她穿着几乎到大腿根的短裤，下面是及膝的长靴。

但是她就坐在旁边，白花花的大腿，时不时从左腿压右腿又换成右腿压左腿，在陆诨面前晃来晃去。

她虽穿着外套，进了教室脱下来以后，腰间还露了一截肌肤。

她拿着题问陆诨的时候，几乎半个身子都贴过来。

陆诨忍到课间，说去洗手间，直接走人了。

所幸这第一节课他没打算怎么听课，只想听一下考核方式，除了手机身无旁物。

被他就这么溜了。

未来的几天里，陆诨课也不敢去上了。

还好研究生的课很宽松，尤其是商学院，四五百人一起上，大的阶梯教室才坐得下，老师哪里有工夫一个个学生点名签到。

再说陆诨从本科就出国了，这是第五年，早过了适应不了用英文 Essay 作答而担心挂科的阶段。平时考试他只考前才看看，索性不去上课也一样的。

唯一必须要去的，是 tutorial，签到计入出勤率。

85% 以下收到 warning，80% 以下直接签证作废遣送回国。

陆诨混了几年，早就掌握了微妙的界线，把出勤率正好卡在了 86%，既能逃几节课，也不会吃 warning 被找去谈话。

一般 tutorial 练习课，是把原本上大课的人分成七八个班，周一到周五大家时间各自不同。

陆诨暗暗地想，总不能这么巧，赵小茜也跟他分到一个班吧。

抱着侥幸心理，还有那么一丝丝的赵小茜已经偃旗息鼓的信念，陆诨踩着迟到 5 分钟的时间，抵达了教室门口。

赵小茜左顾右盼地守在门口。

陆诨心如死灰。

赵小茜小跑地过来挽住了他的手，制止了陆诨想转身的动作。

在教室门外，陆诨根本不敢大声说话。

"赵小茜，你到底要干什么？放过我好不好。分手了分手了你听不懂吗？"

"可是我也是这个时间上课呀。"

"你骗谁呢？"

"真的嘛。而且我不能重新追你吗？"

"不行，你给我回去。"

"那就算了。我上课总行吧，我真是这节课。"

陆诨还是有些狐疑。

但他想了想下周 tutorial 的时间，正好有球赛，他都想好了下周缺课看球赛直播了，今天他不管怎么样都要签到的。

跟赵小茜磨叽了半天她还死皮赖脸不肯走，陆诨本来就迟到了，更不想在门外耽搁。

陆诨把她揪到一边，压低声音警告她："赵小茜我告诉你，整这些都没用，我们分手了就是分手了，你上课可以，别整花样耍心眼，我不会给你任何希望。"

赵小茜好不容易逮住他，哪里会轻易放弃。

在进门那一刻，赵小茜还是半抓着他袖子，看着像挽着他一样，笃定了这么多人面前陆诨不好甩开她。

陆诨低了头，甩了一下甩不开，就放弃了。

迟到进来本来就不好看，他皱着眉猫着腰，和赵小茜心有灵犀地都爬到最后一排坐了下来。

坐下来以后，陆诨不耐烦地抽出了自己的手，看了看签到表好像没在前几排流传，心下烦躁，估计是已经传完一圈回讲台了，只能下课找老师要签到表了。

也不知道这个老师好不好说话。

陆诨一边刷手机一边抬眼看。

讲台上的老师还在背过去写板书。

不见正面，只闻其声。

倒是有把好声音，听得出刻意把声音压低放沉了，可还透着一股子娇软黏糯。

陆诨看了看，字也挺漂亮的。

但是这穿着打扮嘛，实在是，一看就是个无趣的老处女。

她扎着高高的马尾，穿着一条毫无特色的牛仔裤，唯一有点特色的是臀部挺翘。

上面套了一件灰色针织开衫，下面露出一截格子衬衫，脚上还着一双黑色帆布鞋。

陆诨早知道一般这些上课的老师都是同专业的博士生。

心里感叹又是一个被学术荼毒的灭绝师太。

只是不知道为什么，从声音到背影，包括那只写着板书白皙的手，都透着一股熟悉感。

陆诨有点奇怪。

待讲台上的人写完一个对冲交易的完整表格，终于转了回来。

她戴着圆圆的眼镜，露出光洁的额头，皮肤好得这么远看过去都是吹弹可破的样子。

陆诨咚的一声，手机脱手，直接砸到了地上。

他看到讲台上的人的那一刻，瞠目结舌，几乎以为是幻觉。

怎么会是罗如霏？

如果不是见过罗如霏娇滴滴的能软成一摊水的妩媚模样，陆诨打死也不会相信，眼前这样的人是罗如霏。

她和几天前相比，完全是换了一个人。

简直就是陆诨以往不会再看第二眼的老处女。

陆诨暗想，怪不得她说，不了解她。

他可真不了解，她居然是个女博士，还是他 tutorial 的助教老师。

不过深知罗如霏这副打扮下到底是副什么模样的陆诨，忍不住仔细打量，这么一看，又觉得她戴上眼镜以后，更显得脸圆而可爱。衬衫扣得严丝合缝，却掩不住鼓鼓的胸脯，别有一番禁欲感。

陆诨舔了舔嘴角，这种反差感，他可真喜欢。

罗如霏刚写完，转了过来，听到咚的一声什么东西掉在地上了。

她下意识看了过去。

一时间，四目相对。

罗如霏下一秒要讲的内容被堵在喉咙。

怎么会是他？

他不是说自己在哪里来着，南安普顿吧。

罗如霏看着陆诨，脑子里一片空白。

陆诨还对着她舔了舔嘴角，罗如霏更不知道自己讲到了哪里，脸一下涨红了。

她赶紧低下头，掩饰地看了看手里的教案。

尴尬地对着教案读答案，也没详细解释，就这样还磕磕绊绊。

罗如霏生怕被下面学生看出来不对劲，清了清嗓子，深吸了口气，硬着头皮继续讲。

待她生硬地讲完手里这道题，觉得状态实在不对，问了下面有没有做出来的同学愿意主动讲一下。

还真有人站起来了愿意讲，罗如霏逃也似的坐了下来，低头看教案，胸口起起伏伏，忍着不再往陆诨的方向看。

罗如霏后悔死了，也不知道自己怎么这么丢脸。

而且还穿得这么土。

虽然拒绝了陆诨，但哪个女生也不愿意在追求者面前跌份儿啊。

第一节课的时候，罗如霏超级紧张，打扮了一番才去讲课，全程尽量保持微笑授课，只想给学生们留个好印象。

大概是她太过和颜悦色，上课时候吵吵闹闹压不住，下了课中国学生有的就直接问她能不能补签到出勤，甚至还有男生问她微信。

罗如霏回去就请教了陈修齐，陈修齐建议她放平心态别紧张，对学生拿出老师的态度，严肃些，学生有其他要求就一律推给学校规定不允许。

罗如霏受教了，而且为了杜绝这样的情况，她还特意穿得更像无趣的女博士一些。

再加上陈修齐说的话，果然效果很好，罗如霏上课的时候没人乱看她，下课了也只用做习题答疑。

她怎么会想到碰到陆诨。

这个混蛋，居然也谎报了自己的地址。

罗如霏此刻想起来，大悦的乌鸦嘴真是开过光，什么叫孽缘。

这就是啊。

只不过她穿得这么土，被她拒绝过的陆诨身边还跟了个女生，两人看起来好不亲近，罗如霏心里有些不爽。

想到这里她忍不住又抬头看了看，陆诨正抬手揉了揉他旁边女生的头发，那个女生正嘟着唇晃他的胳膊。

跟对她时候的招数，如出一辙。

罗如霏撇了撇嘴，低下头继续看教案。

罗如霏看到的这一幕，当然是陆诨有意而为之。

陆诨看罗如霏见到他一脸惊慌，紧张得习题都讲不清楚，心下好笑。

他其实当时就问过罗如霏是不是 Exeter 的，罗如霏否认了。

离露营酒店最近的大城市只有 Exeter，附近也只有这么一所出名大学。

但是罗如霏说得含糊不清，陆诨以为她已经工作了，才信了她 Taunton 的说法。

他们四目相接火花四溅的时候，旁边赵小茜一直关注着他，第一时间就发现他的不对劲。

"你是不是看上她了？"赵小茜嘟着唇一脸不满，"她看着就很土，你别看她，看我嘛。"

陆诨皱了皱眉否认："别瞎说！"

赵小茜很快发现，不止陆诨不对劲，讲台上的罗如霏，也自从陆诨掉了手机开始，讲话磕巴，还红了脸。

不得不说女人的第六感就是这么准，嗅到了蛛丝马迹的赵小茜，有些难以置信地问他："陆诨，你给我说实话，你是不是跟她有一腿，你们到底怎么认识的，你是不是因为她不要我？"

陆诨看罗如霏虽然低头，但时不时忍不住地往他这儿瞧。

正好她抬眼，陆诨找了机会，十分不经意地抬手揉了揉赵小茜的头发。

"你自己看看，她哪有你好看？"

陆诨这话虽然说得心虚，但是看到罗如霏的目光，这一刻还是无比庆幸，赵小茜堵了他，并且他带她进来了。

好歹显得自己，不是被拒绝的那一个。

这样想着，他勾唇笑了笑，抬手勾了赵小茜的肩。

"看你这么好看，要不我就再考虑考虑？不过不是现在。"

赵小茜听到他说的话，满眼惊喜："真的吗？"

陆诨眯了眯眼："看你表现咯。"

赵小茜赶紧把红唇献了上去，陆诨下意识闪躲，她只在他侧脸轻轻蹭了一下。

陆诨皱了皱眉，想着赵小茜或许下几节课还有些作用，也就没给她甩脸色。

赵小茜刚开始还被陆诨松口的喜讯冲昏了头脑，冷静下来她就发现，陆诨对她，还是一副冷冰冰的模样。她再观察了一会儿陆诨和讲台上讲课明显不在状态的罗如霏，心中还是怀疑他们之间有猫腻。

赵小茜是那种有什么话都憋不过三分钟的人。

临近下课的时候，她看了看陆诨的脸色，还是忍不住问他。

"Honey，你真的不认识这个老师吗？人家总觉得你不对劲嘛。"

下了课，陆诨揪着她去了讲台。

他一手撑着讲台，俯身看罗如霏。

"签到表。"

罗如霏看到他走过来，心里一阵紧张。

她在课件里翻了好一会，才找出来混在里面的签到表，罗如霏拿给他的时候还看到他嘴角意味不明的笑意。

陆诨刷刷签完了，找了一圈没看到赵小茜的名字。

果然是骗他的。

他皱着眉看赵小茜。

"你不是说你也是这节课吗？"

赵小茜挽着他的手，低头认错："Honey，人家想跟你一起上课嘛。"

罗如霏在一旁当然听得见。

看到陆诨跟这个打扮得很 fashion 的姑娘挽着手，心里一阵腹诽。

这人可真是风流成性，四处勾搭。

不过佳人在旁，他一副不认识她的模样。

罗如霏低着头整理教案，心里既有点庆幸避免了一番尴尬，又有些说不出来的滋味。

没想到陆诨把签到表推回给她以后，冲旁边姑娘笑了笑。

"你不是总觉得我和这老师有一腿吗？"

他说的音量三个人都能听见，尴尬的不止罗如霏，赵小茜再任性也觉得这样不好，赶紧摇他的手："你瞎说什么啊。"

她一边歉意地看着罗如霏。

陆诨下一秒直接敲了敲讲台，铁质的讲台和他食指中指上的戒指相碰，发出沉闷的声响。

他似笑非笑地看着罗如霏："老师，我们认识吗？"

Chapter 25　狭路相逢

陆诨在寝室打游戏，连打赢了好几局以后，一想起来罗如霏的反应还是想笑。

刚才在教室里，他当着赵小茜的面问她，我们认识吗？

她第一反应是眼睛溜圆，把头摇得跟拨浪鼓一样。

"不认识。"

随后罗如霏低了低头，大概是觉得这样的回答作为老师不大合适。

很快她抬起头来，这次段位高了不止一星半点。

就像真的第一天见到陆诨一样，笑容无懈可击。

"以后就认识了，如果对课程有什么问题，随时可以找我。"

陆诨想到这个，打完了手里这一局，他们几个还在语音。

陆诨跟他们说，让他们先玩，自己下一局再来。

他挂了语音，就登录了学校系统。

他们所有课程的课件、学习资料全在网上自己下载。

点进衍生品定价，拉到课程介绍。

Module tutor：Luo Rufei

E-mail：rfl743XX@exeter.ac.uk

陆诨想起来她在曼彻斯特的时候，告诉过他们，她叫霏霏。

真的叫霏霏呀，陆诨失笑。

忍不住多念了几次，她的名字在他唇齿间，有些缱绻的味道。

陆诨又在想，她姓骆，还是罗？

陆诨回忆了一下，今天上课的时候还有没有熟悉的面孔，发了微信。

"哥们儿，你知不知道今天 tutorial 那个老师到底叫什么？"

"罗如霏吧好像。"

"你确定是这个发音？"

"是吧，她介绍自己中文名的时候说得很中文，估计就是说给咱们中国人听的，她还说了可以叫她 Rose，让外国人叫的吧。"

陆诨笑了笑，原来 Rose 也是真的。

与此同时，罗如霏也在做同样的事情。

她走到楼下办公室交签到表的时候，刚要交，就急急地说 Wait a moment，抽回了表。

她记得在火车上，被她堵住嘴之前，陆诨是想告诉她自己姓名的，她知道他姓陆。

那时候她不想知道他真实信息，不想在告别时多了不该有的羁绊。

现在重逢了，她却控制不住心里那只好奇地扒着门缝要往外瞧的瞄，她安慰自己，总要知道跟自己发生过关系的人到底叫什么吧。

陆诨签名的时候，她没好意思往他那看。

这回在表上扫了一遍，LU 开头的，有两个人，一个 Lu Cengqi，一个 Lu Hun。

前面那个名字后面标了 Female。

后面那个 Lu Hun，Male。

罗如霏突然想起来，在曼彻斯特的时候，成哥叫他诨子。

他是真的就叫 Hun 啊。

罗如霏哭笑不得，怎么有人名字就这么不正经。

不过也不知道他是哪个 Hun，总不能真叫陆混吧，可能是珲，还是诨？

走在校道上的罗如霏，说不出来自己的心情。

原先在火车上她所有的顾虑，包括对让一个乘人之危且知道她不堪之事

的男人走进她现实生活的恐惧，在见到他那一刻，都化为乌有。

不是她思想转变得快，而是对已经发生的事情来说，这些顾虑变得无丝毫用处。

同样消失的，是这些天在她脑海里反复重现的，陆诨下车前落在她唇上的吻和他窗外同她对望的目光。

曾经让她又难受又困惑。

她忍不住去想，那天她如果说了别的话，是不是他就不会这样下车了，两个人又会怎么样告别。

最后的最后，就会变成她一次次告诉自己，无论重来多少次，这样就是最好的。

别去后悔。

现在，罗如霏只庆幸那时候确实做了最正确的决定，陆诨显然是四处拈花惹草的人，大概是把她当作旅途无聊时的调味剂，罗如霏不答应，他自然有下家。

而且他居然是研究生，比她还小点吧，放着娇滴滴攀着他撒娇的摩登姑娘在侧，巴不得和她划清界限，看他今天态度就知道了。

今日重逢，不过是那天未完的告别。

罗如霏当然不知道她想错了。

此时此刻，陆诨正在编辑邮件，收件人正是她。

陆诨刚打了几句话，他们那个"京城第一大院"的群又邀请他进语音。

"诨子诨子，来了没有，我们上一把很快挂了，等你排下一局。"

陆诨想了想，干脆把打的字从头删到尾。

"来了来了。"

又打了几局，周扬加进来了。

"哥儿几个，我来晚了，刚刚加班来着。"

"周老板干吗自己给自己加班。"

"扬子，这都马上结婚了，还忙呢，我们院花在床上等急了吧。"

周扬笑骂:"滚犊子,我老婆哪有你那么饥渴。我这不就是快结婚了,每天都在把手里的事儿往前赶嘛。恬恬想到时候去希腊玩半个月,再去巴黎玩十天,我现在不加班,到时候桌上的文件还不得堆满了。"

"扬子最近生意不错啊,要不结婚把我份子钱免了。"

"你这孙子想得美,坚决不免。"

几人边扯淡边玩,突然有人感叹起来:"想当年就属诨子扬子和咱们院花玩得最好了吧,那时候他俩总把恬恬欺负哭,一眨眼,扬子恬恬居然都要结婚了,真是想不到。"

气氛一下就变得微妙了起来。

在场的人,虽然不清楚当年的事情,陆诨也从来没说过喜欢孙恬恬,但不少人是看得出来端倪的,不然怎么周扬和孙恬恬这头刚在一起,陆诨那头就出国了。

或许是过去了五年,陆诨从来没表现出来什么,对扬子也是一样态度,他放假回来两人也一起打游戏打球,有些人忘了这回事,但总有人记得。

安静了一两秒,很快有人接话:"这有什么,成哥和茵茵姐也快了吧,那时候他俩还不是一副看不对眼的模样。"

"我记得,成哥那时候说茵茵姐交了个老掉牙的对象,每天去酸茵茵姐。"

"成哥这龟孙,憋死他算了。"

"哎,成哥今天怎么没跟我们玩。"

陆诨接话:"成哥最近忙得很,他最近进了私募基金做事。"

"诨子你最近见成哥了?他们咋样?"

陆诨坏笑:"没几天前的事儿,茵茵姐气色不错,就是成哥一直摸他腰子来着。"

"噗。"

都是男人,笑声一片。

"成哥虚啊。"

"等会我们集资给成哥买点烤腰子。"

有人想起来问陆诨。

"诨子，你怎么样啊，最近没动静，单着呢？看你们铁三角，都成一对儿，你这样不行啊。"

再提起来，或许是两个当事人都没怎么样，倒没觉得那么尴尬。

说实话，陆诨几乎每一段都谈不了几个月就分，他没怎么发过朋友圈，他也很少在群里说自己感情状况。每次都是含糊其辞，这次他要再含糊其辞，感觉群里这帮孙子怕是要认为他还对孙恬恬念念不忘了。

陆诨磨了磨后槽牙，刚要说话。

有人接话："你还担心这个混子，从小就有小姑娘屁颠屁颠跟诨子后面递情书。我也是不懂了，怎么就都喜欢诨子这样的，一个又一个小姑娘上杆子送眼泪。"

陆诨笑骂："滚边儿去，喜欢我怎么了。我当然有妞儿来着啊，谁跟你们这群自撸党一样。"

陆诨少有地承认恋情。

即使是一帮老爷们儿也止不住好奇心。

全在吼照片，连周扬也开口了。

陆诨在手机里翻了翻，没翻几张，就是他跟罗如霏在曼联球场的照片。

他随手就把这张发出去了。

没想到一片嘘声。

"诨子这也太假了吧，搂都没真搂上，真是你妞儿？"

"而且不符合你审美啊，你不是一向喜欢妖艳贱货胸大无脑那号。"

陆诨咬牙："尽他妈逮着机会诋毁我。随便找路人照的技术太差，我没搂上他就拍了我有啥办法。"

群里这帮人也不是纯粹不信，就是想起哄，就像陆诨说的，逮着机会闹。

"起码来个吻照，谁信啊。"

"小学生才吻照，诨子起码来个十八禁吧，床照，必须床照。"

陆诨跟他们互损了一会儿，最后还是被嘲笑尺度太小，要求他必须发一张吻照才能服众。

周扬也憨坏，刻意强调："高清无码啊，不能发那种看不清谁是谁的。"

陆诨这会儿后悔死了，怎么不耐着性子翻前一点。

他是不喜欢照，可起码被赵小茜连哄带撒娇拍了几张亲密照。

他发都发了，现在换成赵小茜，更说不清楚怎么回事儿了。

陆诨嘴上是不能输的："行啊，你们等着。过一段时间，等小爷的吻照，闪瞎你们。"

"糊弄谁呢，还过一段时间，今晚，必须的，要不开个视频，让我们见嫂子。"

陆诨咬牙切齿，不就是想着过几天他们就忘了这回事吗？

他只能说："不是我不想，她最近去丹麦交流了，几个星期。哥儿几个缓一缓呗。"

好说歹说，群里的牲口总算放过他了。

陆诨松了口气。

大不了过一段时间，就说换了女朋友，再发赵小茜好了。

陆诨的拇指在手机底部的按键上摩挲了几圈。

为什么不再试试追罗如霏。

等到屏幕黑下去，他头疼地揉了揉头发。

算了吧，总不能先低头，再等等吧。

陆诨今天看到罗如霏看他身边的赵小茜那种微妙的眼神，就知道自己有戏。

女人嘛，都是骄傲的，绝不能忍受自己的追求者转向他人。

赵小茜这个助攻，再发挥几次作用，他就不信钓不上来罗如霏。

很快，陆诨就印证了自己猜测。

前几节课，他们都相安无事，陆诨除了第二节课逃了课，次次都由得赵

小茜陪他上课。罗如霏自从第一次见了他有些惊慌，第二次已经控制好自己的情绪，正常地在讲台上讲题了，神色无异，只尽量不往他那个方向看。下了课他搂着赵小茜从她身边经过，甚至引不来她一个目光。

这样的罗如霏，多少有些让陆浑忐忑。

不过罗如霏穿得不再像第一次那么土，换回她平时那样的穿着，算不上特别潮，她不会像那些女生一样露脚踝，或是早早地露腿露胸，她穿得只特别适合她，大方又俏丽。

陆浑仔细看了看，发现她是化了妆来上课的，又定了心。

所谓女为悦己者容，不是没有道理的。

终于在两人同在一间教室的第四节课，罗如霏下课前说了，请一些不在签到表上的同学回自己所在的时间上 tutorial，偶尔一两次可以在其他时间补签，次数多了，可能办公室负责录入的人会报告给学校，影响大家的考勤。

陆浑知道她说的是谁，赵小茜为了陪他，次次都缺了自己的那一节来上他这节。

陆浑勾了勾唇。

*　　　　　　　*

两人同在一间教室的第五节课，罗如霏这节课有点心绪不宁，她很明显地感觉到陆浑停留在她身上的视线。

罗如霏自和陆浑重逢，回去做了好一番心理建设。

第二节课的时候，她精心备了课。为了防止自己出现讲课结巴的情况，她连自己具体要怎么解释题目，都写了下来，大不了就照着读。

看着陆浑的小女朋友孤零零地坐在那里，丝毫不见陆浑身影。

罗如霏这一番精心准备，就像打在了棉花上的拳头。

顺顺当当地上完了一节课。

下了课，没想到陆浑的小女朋友走到讲台，给她道歉，说上次都是她跟陆浑瞎开玩笑，让罗如霏别放心上。

罗如霏心里其实搞不明白，怎么会总有人对陆浑这么死心塌地。

他那个前女友也是，这个不知道他怎么这么快勾搭上的也是，他都一副爱理不理不放心上的态度，偏偏眼前的姑娘就吃这套，提起陆浑满眼爱意。

罗如霏浑身不自在，她还能说什么，心虚地接受了道歉。

总不能告诉她，她确实和陆浑有一腿吧，想想那么多个晚上的抵足而眠，还不知道多少腿呢。

再上课，罗如霏见到陆浑，就淡定多了。

她每次迅速地瞄一眼他的座位在哪儿，然后全程尽量控制自己不往那个方向看，毫无波澜地讲完一节课。

她都想给自己鼓掌了。

但是这节课，陆浑抽什么风，她转过身都能感受到他灼灼的视线。

罗如霏恶向胆边生，狠狠地瞪了他一眼。

如同春风吹，战鼓擂。

短兵相接，陆浑回了她一个笑。

罗如霏看了看他旁边空空的座位，福至心灵。

该不是他跟小女朋友闹了别扭，又想起来她了吧。

罗如霏一阵鄙夷，朝三暮四，吃着碗里的，看着锅里的。

下了课，罗如霏没工夫想这么多，她一边答疑一边匆匆地收拾课件。

明天就是导师安排她去的雷丁大学学术研讨会了，她昨晚熬夜又检查了好几次所有影响因子的权重，没发现什么算法纰漏。

罗如霏看了看手机，陈修齐说他已经到商学院楼下等她了，陪她一起回去拿了行李，就赶火车去雷丁了。剩下两天的课，她都托给同一导师的朋友了。

罗如霏甩上书包，出了教室。

不算很意外地看到，门外立了一个吊儿郎当的身影，站也不好好站，偏偏靠着墙，把长腿往前面支，几乎挡住了教室门前不算宽的过道。

罗如霏揪着书包带子，抬眼瞧了瞧，好像陆浑只低着头玩手机，压根儿看都没往她这儿看。

正要迈过去。

"不记得我了?"

陆诨突然就站了起来,单手撑住对面的墙,拦住了她的路。

笑得一副痞子样。

Chapter 26　插科打诨

罗如霏心里笃定了陆诨同小女朋友闹了别扭才来找她，明明先前还装得不认识她一样，这会儿又贱兮兮地来堵她。

她冷了脸："让开。"

陆诨也不在意她没回答他的问题，凑近了她一步，气息全拂在她额头。

"你不是在 Taunton 吗？"

罗如霏瞪他一眼，亏他好意思说。

"你不是还在南安普顿吗？"

陆诨狭长的眼睛里尽是戏谑。

"哟，原来记得我啊。我还以为，你下了床，就不认识我了呢。"

罗如霏被他站得这么近距离地说浑话，忍不住脸红了红。

"你瞎说什么，你不是也不认识我吗？"

陆诨俯下身来，几乎同她鼻尖贴鼻尖，他暧昧地说："你穿上衣服，我可费了好一番劲才认出来。"

罗如霏不由得退了半步，不想同他瞎胡闹。

她正了色："我赶时间，你能让我先走吗？"

陆诨深深地看了她几秒钟，看得罗如霏都不想跟他对视，想移开目光的时候，他松了手，立在一边。

罗如霏看也不看他就往前走，他自然而然地跟上，走在旁边。

陆诨在一旁耸了耸肩："我是真没想到，我们这么有缘。"

罗如霏见他说话的态度正常，低低应了一声。

他们不是一般的有缘，谁也没想到，两人都对对方谎报了住址，最后却在同一个地方狭路相逢。

陆诨转头问她："其实你说，我们以前会不会也碰见过。"

罗如霏按下了电梯，白他一眼："不会。"

"为什么？"

"我以前见的人里，没你这么流氓的。"

陆诨低声笑了笑。

"谢谢夸奖。"

罗如霏从没想过，他们重逢后第一次只有两个人之间的对话，居然这么自然。

没有丝毫她想象中的尴尬不自在，反而似老友相逢，友好互损。

在电梯里，陆诨问她："你到底叫什么？"

"罗如霏。"

"那你知道我叫什么吗？"

"我干吗要知道。"

陆诨笑了："诚实点，你眼神告诉我，你是知道的。"

电梯里是一面镜子，镜子被擦得一尘不染，两个人都轻而易举地能从镜子里看见对方。

清清楚楚，一目了然。

眼神是做不得假的。

罗如霏被他看出来，干脆大大方方地承认。

"那你说吧，你到底哪个 Hun？"

陆诨赞许地揉了揉她的头发，被罗如霏躲了躲。

"插科打诨。"

罗如霏对着镜子冲他一笑："真符合你。"

陆诨不顾她躲闪，还是揉了上去，把她发顶揉得乱乱的。

"真了解我呢。"

罗如霏去楼下办公室交签到表，陆诨在门口等她。

陆诨问她："签到的生杀大权，都握你手上呢？"

罗如霏昂了下巴："那当然啊，所以别得罪我。"

陆诨笑嘻嘻的："那凭我们俩的关系，我下次逃课能不能也帮我签上去。"

"哟，瞧您这话说的，咱俩到底是什么关系？"

罗如霏偏头笑眯眯地看他。

商学院的墙都是玻璃，阳光照在他蓬松的头发上，显得温暖又柔软，他的瞳孔都是棕色的，看着有些人畜无害。

罗如霏想，或许不是他少了侵略性，是自己不再是纯粹被他牵着走的那个，回到了熟悉的地方，没了未知的不安感，露营酒店发生的狼狈的事情已经过去，她勉强算是他的老师。

这些种种，使得她在他们互相知道了姓名以后，也没有想象中的恐惧感。

罗如霏忽然就察觉到了自己的释然。

是在旅途中从未有过的轻松感。

就像她每开始一个课题之前，总是恐惧的，认为自己所学之浅薄，将会面对浩瀚无垠的知识面，将会面临案牍劳形之累，不知能将学术做到哪一步。

真正开始了，浸淫在文献里的时间足够了，就会发觉事情远没有她想象的望尘莫及。

陆诨凑近她："一日夫妻还百日恩呢，我少说也能逃一百节课了。"

"滚。"

罗如霏知道他的厚脸皮，抬脚要踹他，被陆诨躲过去了。

眼看快走到门口，陆诨问她："你要去哪儿，我送你吧。"

罗如霏还没来得及回答，早在商学院门口等他的陈修齐就冲她打招呼。

"霏霏。"

罗如霏有些歉然，陈修齐大概在门口等她一小会儿了，她应该下课马上跑下来的。

"师兄。"

罗如霏转头跟陆诨说："我还有事，那先走啦。"

陆诨等了这么久，心里说不憋得慌，那绝对是假的。

这剧情发展得和他想象中也太不一样了吧。

他还宁愿罗如霏像之前一样气鼓鼓的，像小仓鼠一样，幽怨又害羞地看他，还说明她在意他。没想到她真这么洒脱，就像他是和她没什么关系的路人甲乙丙，随意开开玩笑，就 say goodbye 了。

陆诨果断上手，扯住了罗如霏，一个大力，罗如霏几乎都要被扯进他怀里。

"你干吗？"

果不其然，终于看见罗如霏又娇羞又气鼓鼓的模样了。

陆诨也不知道自己要干吗。

"你就这么走了啊？"

罗如霏点点头："嗯，下节课见呗，不能逃课，你要是逃课我绝对不会帮你签到的。"

陈修齐已经不知道什么时候走近了他们。

"抱歉，"陈修齐的声音彬彬有礼，"同学，请放开霏霏。"

陆诨斜睨他。

陈修齐为人虽然儒雅温和，此刻也丝毫不退让。

"别欺负霏霏善良好说话，学校有规定，哪怕不是正式老师，研究生也不得以各种理由私下对教师造成教学以外的困扰。"

罗如霏一听这话，就知道陈修齐误会了，她尴尬得要命，又不好解释。

只能扯了扯自己被陆诨拉住的手。

她低声跟陆诨说："我真有事先走了，有什么事下周再说吧。"

说完，她就甩了甩因为陆浑扯她滑下来的书包，走到陈修齐身侧。

陆浑还听见她说："师兄，我们走吧。"

那步伐，要多轻盈有多轻盈。

他们迎着阳光并肩往商学院门外走，陆浑从他们身后看，就像看一幅剪影，也不知道是不是阳光刺眼，他太阳穴突突地跳个不止。

陆浑作为一个男人，当然看得出来，这个看着像谦谦君子一样的男人，百分之二百对罗如霏有意思。

看罗如霏今天的表现，居然喜欢是这种类型的？

看着就无趣透了好吗？

恨不得走一步路扶两次眼。

不对，罗如霏自己也是个女博士，搞不好就喜欢这样文绉绉的书呆子。

这才是罗如霏拒绝他的原因？

陆浑气得牙痒，恨不得揪一下罗如霏的头发，让她知道自己在想什么。

他这张帅脸，富有磁性的低音炮，还比不过无趣的小白脸吗？

从来只有陆浑拒绝别人的份儿，他的好胜心此刻熊熊燃烧，有烈火燎原之势。

陆浑想起来，罗如霏删了他好友，他还没删她啊。

翻出来罗如霏的微信，又按了一次申请。

等了半天没有回应，陆浑甩了手机去举铁。

罗如霏一想到明天的研讨会，就紧张不已。

他们到了雷丁，尽管天还亮着，却已经是夜晚时分了。

她同陈修齐的房间挨着，一起放了包，就找了家中餐馆吃饭。

陈修齐看她没什么胃口的样子，就知道她还在担忧。

不管陈修齐怎么宽慰她，罗如霏还是一遍遍问他，师兄，你说我的算法，没有问题吧？师兄，要不一会儿你去我房间，再看我演示一遍 PPT 吧？

陈修齐温和地笑了笑："霏霏，要不一会儿我们在大学里找一间还开着的教室练习一下，正好也当提前熟悉环境了。"

罗如霏这才反应过来,她怎么想的啊,孤男寡女,叫陈修齐去她房间。

还好陈修齐温和宽厚,思虑周全,没提她所说不妥之处。

罗如霏就在教室里一遍一遍来回练。

陈修齐坐在下面,没有给她一点压力。

等她每一遍说完,再温和地提出一些建议,让罗如霏对明天的研讨会有把握了一些,心头大定。

直到管理人员来清楼,罗如霏才连忙不好意思地收拾东西,把设备都关了。

教室外,走廊的灯光已经熄灭了。

有三两个人还在走廊那头,也正往外走,很快,旁边教室的灯光熄灭了,人们逐渐一一地消失在另外一侧楼梯口。

四周皆是一片黑暗,月光映在走廊的栏杆上,铁质的栏杆泛起一层幽幽冷光。

说不出的幽深。

地上突然多了一束光,是陈修齐开了手机上的电筒。

黑暗中他的声音给人一种安稳的力量。

"走吧。"

在下楼梯时,他的身子微微侧着,光束几乎偏向罗如霏那一侧的地上。

"霏霏,慢点。"

罗如霏有种回到了大学时候,那些无数个沈远陪她呆到实验室清楼,再送她回宿舍的夜晚。

她曾经是多喜欢这样踏实的陪伴感。

无论多晚,总有一束光,伴她到寝室。

无论她做什么,也总有一个温厚的声音,谆谆教诲,引她走得更远。

她一路没有说话,放纵自己沉浸在过去与现在,那样光影交错与时间扭曲的空间里。

陈修齐或许以为她还在担心明天的研讨会。

在楼道口问她："校园里走走？别紧张，明天肯定没问题的。"

罗如霏看了看时间，还不到 10 点。

他们住的地方就在离校园不远的地方。

雷丁大学的历史比他们学校悠久许多，只不过近年来，学术排名稍有下降。

城堡顶，钟楼，茂密的树林，卷了几道钩的昏黄的路灯。

校园一股古朴的气息，挟着沧桑感，在夜幕中扑面而来。

在这样的环境里，连陈修齐的声音，都透着一股不真实感。

"霏霏，以后有下午那样的事情，你别拒绝我帮忙。"

罗如霏愣了愣。

她有点没反应过来陈修齐说的话。

陈修齐笑了笑，看到前面有一张公园长椅，指了指。

"去坐坐？"

罗如霏点了点头。

他们在长椅上，隔了不到 30 厘米的距离。

罗如霏脑子里还在思考，陈修齐说的，是陆浑的事儿？

她没发现，一向君子之风的陈修齐，没有同她保持以往正常男女该保持的礼貌距离。

她在火车上，也不好意思细说，罗如霏先前同他说过，有男生下课了管她要微信，她知道陈修齐误会陆浑也是其中之一了。

只好跟陈修齐说，自己会处理的，让他下次不用帮她了。

陈修齐再提起来，罗如霏还是难以启齿，将这其中的弯弯道道讲给他听。

只能双手撑在椅子边缘上，晃了晃小腿。

"师兄，真不是，我……"罗如霏话音未落。

陈修齐就侧头看她，目光里有她熟悉的温柔，和不熟悉的熠熠光芒。

"霏霏，我想照顾你，我想帮你做很多事情，我想你不用这么独立。"

罗如霏又一次愣住了。

陈修齐叹了口气:"霏霏,你懂我说的话吗?"

不知不觉间,他的手搭在罗如霏背后的长椅上,似把她半圈在怀里。

他的气息慢慢靠近了,最终,在罗如霏的额头上落下了一个轻似羽毛的吻。

罗如霏终于知道,只要是男人,无论他再温和无害,也会有富有侵略性的一面。

"霏霏,我喜欢你。"

陈修齐的声音,从她发顶传来。

有着夜风也无法吹散的温暖和坚定。

Chapter 27　二月春风

花洒下，罗如霏被逐渐变热的水烫了一下，才发现自己自进了淋浴间，就一直任由从头淋下的水把她浇了个透，一直在发呆。

她赶紧避到一边，把水温调低了些。

把湿漉漉的头发散下来，伸手探了探水温。

浴室透明的玻璃门已经蒙了一层白雾，还有水滴在往下淌，罗如霏的身影变得影影绰绰。

烟雾缭绕，水汽蒸腾。

说实话，对于陈修齐的想照顾她的一番话，罗如霏并不意外，她之前就隐隐有察觉，同大悦说过以后，更是了然，那时候，她心里是不排斥的。

陈修齐为人宽厚，温文尔雅，知识渊博，很多时候对她照顾得滴水不漏，很难让人心生反感。

难得的是，这样类型的男人，多数是中央空调，陈修齐对罗如霏的特别，是独一无二的。他情商极高，愿意向他人施以援手，分寸拿捏得极好，不该帮的忙他不动声色地推了，叫人感激他的同时察觉不到一丝尴尬。

就像处理今晚的事，他看出来罗如霏的发懵和犹豫。

他嘴角噙着淡笑同罗如霏说，不要急于回答他，要不等春风过了再说。

罗如霏眼神疑惑地看他。

"二月春风似剪刀，霏霏，你可别对我太残忍了。"

罗如霏噗嗤笑了。

陈修齐才轻叹了一声，要是想不好，就别告诉他答案了。

一路上他很自然地同罗如霏说起了其他话题，等到回到房间门口，他们之间的气氛已经恢复如初了。在房间门口，自然而然地道了晚安。

罗如霏捧了一捧水，往自己脸上撩。

恐怕待春风过境，也不会有答案了。

她与陈修齐相处了这么久，绝对不少考虑的时间，她之前察觉到他的心思以后，就想过，他确实是她心中的理想型，从长时间发展来看，他甚至早早地定下来，以后会在上海工作。

罗如霏是想答应的，至少在陈修齐说想照顾她那一刻。

偏偏在陈修齐吻她额头的时候，她鬼使神差地走神了。

她脑子里思考的，全是连陈修齐这样让人如沐春风的男人，都会有这么有侵略性的一面。像什么呢，动物对自己领地的势在必得，侵城掠地地圈下自己的气息。

这么一想，陆浑才在她身上烙下的雄性气息，就在蠢蠢欲动地排斥着一切入侵者。

罗如霏突然发现，自己对陆浑提出的进一步发展的那一点儿恐惧，一部分来自陆浑侵略感十足的眼神，那样每次几乎都要扒下来她衣服看的眼神，那样眯着眼把她当成猎物的眼神。

可侵略感这个东西，当她发现人人皆有的时候，又觉得陆浑的眼神也没那么让她瑟缩。

相反，他表现得那么明目张胆，自信又无所畏惧的样子。

确实比陈修齐，更 man 更惹人心动。

罗如霏捂着脸不情不愿地在心里承认了。

她怏怏不乐地一头栽进床里，抓起手机来发现微信里多了一个红点。

正是前几天刚被她亲手删掉的陆浑。

陆浑居然把她帮他拍的那张，他坐在车顶，用于撩前女友的骚包照片当成了头像。

这种侵略感，有时候还是挺讨厌的。

罗如霏直接无视了。

罗如霏读博士以来，听的研讨会没有百场也有八十了，原本她已经习以为常，听到什么觉得有感悟就在笔记本上记上寥寥几笔关键词，毕竟回头还有电子版照着翻。

但第一次即将以演讲者的身份参加，她手中的笔刷刷地，不停地记要注意什么问题，下面的教授们又喜欢问什么问题，想起来什么又把自己的稿子翻出来，在旁边写写画画，再勾几个圈。

一个不小心，签字笔大力地一戳，就滚到了地上。

还好会议室里有地毯，没有发出声音。

陈修齐已经帮她拾了起来。

有些好笑地同她低声耳语："别太紧张了。"

罗如霏不自在地把额前一缕碎发拢到耳后。

知道他是在会议时控制音量，罗如霏还是暗暗提醒自己，不能给他错误的暗示。

以至于会议结束，陈修齐要帮她拎电脑包，罗如霏下意识用了用力攥在手里，而后又有些尴尬地放开，掩饰地笑了笑。

陈修齐无奈地笑笑："霏霏，你真不适合演戏。"

罗如霏一直都特别不擅长处理这样的关系，每次对着被她拒绝过的曾向她表达爱意的人，她都恨不得落荒而逃，尴尬不已。

以前的室友，还能同拒绝过的追求者一起吃饭，她艳羡她的那份坦然。

陈修齐毕竟不一样，除去这一层，对她亦师亦友，她不想两个人就此陌路。

她靠着火车车窗，陈修齐坐在对面，她手里的书迟迟未翻一页。

旁边走过一对吵吵闹闹的情侣，女生经过他们时候还在说："Leave me alone."（让我一个人待着。）高大的金发男子一把扯过女友，传来一声整个车厢都能听见的啵的一声。

罗如霏不合时宜地低声笑了。

强取豪夺这回事，真是不分国界的。

罗如霏几乎看见了那天火车上的自己，陆诨以为她下车跑了，见她回来，把她一路跌跌撞撞地扯到车厢尾去，不知道其他人是怎么看他们俩的。

她怎么就忘了，陆诨同她也示了爱。

不同的是，罗如霏那时候不算很尴尬，甚至连羞涩也说不上多少。

因为他那根本不是认认真真地示爱，对她而言，更像一种愚蠢的过度自信的逗弄。远没有给她带来什么压力，只有意想不到，和掺杂在其中的丝丝怒意。

在平心静气以后，她还同他讨论起了《爱在黎明破晓前》对于他们关系的启示。

大概陆诨真是一个不循规蹈矩的人，同样面对他时，打破了她为人处世的种种禁锢。

罗如霏周一的 tutorial，明明不是他那一节，一出门就又看到了陆诨那个吊儿郎当的身影。

这几天稍微回暖了些，学校里暖气却没有停，他似乎是热了，把外套挂在胳膊上，就穿了一件深蓝色的修身短袖，他穿得紧绷绷的，显得他身材肩阔腰窄。

陆诨总闲不下来，这次手里拿的不是手机，是银色的打火机，被他单手抛起来，又接住。

罗如霏真担心打火机被他给摔到地上去。

罗如霏也生出一丝逗弄的心思，今天上课的教室，有两侧门，相隔不远。不同的是，另一侧门出去，有一个小转角，可以遮蔽身形，悄无声息地溜走。

罗如霏轻手轻脚地退回了教室，刚开了另一侧门，要探头张望。

陆诨在门外，叉着手看她。

"想跑？"

罗如霏无语。

罗如霏说:"我只不过是想检查一下这边门,有学生跟我说好像坏了。"

"你是说,你看见我在那边门了是吧。"

罗如霏无语。

她瞟了他一眼,她今天没戴框架眼镜,一双杏眼顾盼生灵。

"找我什么事。"

他们已经自然而然地,又一同往外走了。

"我说,既然都碰到了,我们不至于老死不相往来吧。"

罗如霏嗯了一声。

"所以呢?"

"你是不是该把我微信加回来。"

"行。"

陆诨伸了手:"给我,我帮你改备注。"

"为什么"

"因为我上次骗你的,我不是那个诨。"

"那是哪个?"

陆诨勾了勾指头:"给我,特别难找,是个古音。"

罗如霏把手机放到他手里时候,他还用粗粝的手指在罗如霏手背上磨了一下。

陆诨迅速扫视了一下罗如霏的聊天记录都是些谁,看着没有特别暧昧的备注,放下心来。

罗如霏看他捣鼓了一下:"还没好?"

"我这字特别难找。"

结果陆诨的手机响起来,他得意洋洋地晃了晃自己手机。

"宝贝儿,想我可以给我打电话。"

罗如霏才明白他为什么非要拿她手机,哭笑不得。

"这么老的套路你都用。"

陆诨在自己手机上飞快地打了什么，收回口袋里。

"管用就行。"

罗如霏问他："那你到底是哪个字？"

陆诨勾唇笑了一笑："你回去自己看呀。"

见罗如霏要点开来看，他一只手揽着她，另一只大手覆在她的手背上，阻止了她的动作。

"你现在看，我会害羞的。"

罗如霏甩开他："无聊。"

她晃了晃手机："你不怕我把你删了？"

陆诨眼角含笑："不怕。"

他顿了顿，知道罗如霏在等他的后半句，他比罗如霏走快了半步，回头看她，眼神又笃定又暧昧，还带了一丝哄骗的意味，语气温柔得像唇齿间的棉花糖。

"你不会的。"

罗如霏定定地看着他，总觉得有一阵春风，从他眼底，吹进了她心底。

她启了唇，又说不出来拒绝的话。

"找个地方坐坐？"陆诨乘胜追击。

在国外，最不缺的就是咖啡厅。

"霏霏，你骗了我。"陆诨温柔说话的声音，真是要人命。

他唇边还有一层奶沫，他舔了舔。

"我那天回去，又重新看了一遍《爱在黎明破晓前》，但我还看了《爱在黄昏日落时》。"陆诨的眸子里早已看不见丝毫的不正经之色。

"那不是 for one night，事实上，杰西和赛琳，都后悔错过了九年，九年后意外重逢以后，就真正在一起了。"

罗如霏抵嘴："我知道你说的意思。我不同意，倘若他们半年后遵守了约定，再续前缘，其实不就等于约炮了？爱情是需要时间沉淀的，不是一时的心灵相通，一时被荷尔蒙冲昏头脑下的冲动就代表能永远在一起。"

"永远在一起？宝贝，那不是恋爱，永远在一起，是责任义务所有综合因素都起作用的结果。"

"不是永远在一起，但是最起码，在一起的时候，是希望同对方长期发展下去，而不是他们九年前那样，只约定半年后再见一面。爱是朝朝暮暮的事儿。"

陆诨此刻，真的正儿八经同她讨论了起来："宝贝，我不这样认为。如果两个人都对对方有感觉，和时间无关，时间能沉淀的只是感情，爱是一瞬间的事儿。如果连心动都没有，却能相濡以沫，那不是自欺欺人吗？我承认我对你的感觉，是出于一瞬之间，但我确确实实，是心动了。你为什么不愿意给我机会？"

"所以这才是你今天的目的？"

陆诨笑了笑："不是，我们回到电影，好吗？且不说时间与空间和爱情的关系，错过这件事，本来就很令人难过。我记得电影里有句话，过去是美好的，但是你要让过去都成为过去。"

*　　　　　　*

罗如霏坐在陆诨的床上，看着厚重的窗帘透着白昼的光，只露了那么一条缝，就显示出房间里的漆黑，和外界格格不入了。

她是怎么也想不通，怎么就因为争执不下电影台词到底出现在哪里，就答应陆诨到他宿舍来把电影重温一遍。

宿舍能有多大的地方，况且还只有一把转椅。

陆诨把电脑开了放在桌子上，两个人只能坐在床边上看。

罗如霏心里知道，这是个圈套。从陆诨等她下课，还不到两个小时，两个人就坐在他宿舍的床上，单独相处。

可是他设计得太巧秒了，一环扣一环，严丝合缝，罗如霏根本说不出来是哪个环节出了问题。

或者干脆说从陆诨在门外等她的那一刻起，这个局就已经开始了。

罗如霏察觉到陆诨的段位之高，她甚至还没有全然看明白，就已经入

了局。

然而陆浑请她入了局,他自己只津津有味地看电影,同她讨论剧情。

好像一切都是罗如霏的错觉。

既来之则安之,罗如霏安慰自己。

她也把心绪投入电影。

看到赛琳笑得一脸苦涩,还故作轻松地说:"所以九年不见,我们两个都成了变态是吗?"

两个深爱的人在对方面前提起来,对方不在的时间里的性经历和感受,是不是格外难受,赛琳提的友人做的性\爱癖好调查问卷里,关于变态的一项。

罗如霏上一次看电影的时候,根本没有这一处的泪点。

在这一个月里,她经历了她以前从未想过的事情,听到这儿眼泪刷地就下来了。

陆浑已经把她搂在怀里了,这么一段时间过去,说久不久,罗如霏虽然是被戳了泪点,也没有爆发情绪声嘶力竭地哭。

只是被剧情带得,落了几行泪,察觉到陆浑的亲密,在止了眼泪以后罗如霏也好像回到两人相伴的时候,下意识地往陆浑怀里找了个更舒服的姿势窝着。

陆浑苦笑:"别撩我行不行?宝贝,你知道我的想法。"

他在罗如霏额头吻了一口就把她推开了。

"你觉得我不认真,只出于头脑冲动。我用行动告诉你,怎么样?在你同意之前,我不会这样对你。"

罗如霏意外,难道真不是他一步步引她入瓮带她回宿舍,伺机而动?

"你居然会这么想?"

"当然,这是对我喜欢女生的尊重。"

黑暗中,罗如霏也能看得到他的目光不似作假,他确确实实离她有了一定安全距离。

"真的？"

陆诨应了一声，自己在心里补充了一句，是对她这种看似一本正经，内心又文艺又多戏还非要一生一世的女生，不得不这样。

他看到她的眼神里有惊讶有赞许。

陆诨觉得自己走对了一步棋。

Chapter 28　功亏一篑

"宝贝，我还想知道，你拒绝的原因。我知道你在火车上说的，是觉得我们不过是一场艳遇，根本不了解对方。可你看，我们现在，大把时间和机会去了解对方，我们就住在同一个城市，就在同一所学校。如果你愿意，每天都可以共度，去图书馆，去散步，去看电影。"

罗如霏想了想，认真回答他："其实还有个原因，你最开始见面那时候……"

她顿了顿。

陆诨已经猜到了："那时候我帮了你，却占了你便宜，对吗？"

罗如霏点头。

"这件事情，我早就后悔了，你看，我在曼城就道过歉了，你到现在，还是不原谅我吗？"

罗如霏咬了咬唇："也不是，如果是作为朋友立场，我早原谅了。但我想情侣之间这样的事情，只会成为一根刺。你明白吗，我会想，那么你之前遇到的女人，如果也有这样的情况，你是不是会做同样的事情，那你遇见谁不是一样的吗？"

陆诨笑了笑："有时候我真搞不懂你们女人的脑回路，总是要做一些假设来徒增烦恼，事实上哪有那么多这么巧的事情，只会遇见你，不会遇见别人。"

然而他自己绝口不提，在曼城的时候，他自己先做了假设，要是罗如霏遇上别人求救，是否照样献身。罗如霏没有揭穿他。

其实假设这回事，不分男女，所以人在自己在意的事情面前都一样。

陆诨今天格外认真，他想了想："你肯定不同意我这种假设无用论，对吧，毕竟万事皆有可能。"

罗如霏忍不住笑了，假设无用论，她第一次听到一个男生总结出来这样的词汇。

陆诨接着说："但我记得，我看过一句话。无论我们多成熟，在爱面前，永远像个孩子。我遇到不喜欢的人，就会有该有的理智和正义。"

陆诨在黑暗中注视着她。

"你能理解我作为孩子犯的错吗？"

罗如霏心头不亚于经历了一场地震。

他是在说，爱，是吗？

她从未见过有人把爱说得这么直白又这么委婉。

委婉到他只字不提，直白到让她几乎热泪盈眶。

她不知道自己这一刻是真的不在意了，还是仅仅被陆诨暂时说服了。

但她确确实实说不来责备的话了。

"除了这个，我不能接受，伴侣是个同别人暧昧不清的人。"

陆诨自认真思考过，罗如霏究竟是个什么样的女人以后，就知道自己拿赵小茜来刺激她的行为大错特错了，陆诨聪明得没有提自己刺激她这回事儿。

"宝贝，我的错，那个是我前女友。我从来没答应同她复合，她每节课都缠着我，我会处理。"

"不止这个啊，你大概是前女友成群的人，你有真付出感情吗？我无法接受这么花心的人。"

陆诨笑了，他声音里又有些暧昧："宝贝，我是花心。我喜欢你很多副面孔，你一本正经的样子我也喜欢，你上课的样子我也喜欢，我还喜欢你在我面前最放开自己的模样。"

陆诨止住了笑意："我不是想说下流话，是真的，你给自己太多的束缚，

想法太多。我承认我以前有些女友我根本就不怎么喜欢,但是我也不是纯粹的傻子,我分得清楚什么是喜欢什么是玩。你怎么知道我对你就不是真心的呢?"

"你怕是对每一个人都是这样说的吧,然后我也变成你众多的前女友中一个?"

陆浑摇头:"她们才没你这么难搞。我说什么你都不会信,你为什么不相信你就是独一无二的,把我迷得五迷三道。亲自试一试,你就知道了。我知道,你要说,明知道结果的事情,为什么要尝试,连这样有未来可能性的事情都会不愿意尝试,那这样,假设无用论岂不是板上钉钉了,因为你假设的就是过去的事情。"

罗如霏哑口无言。

她从未想过,她有一天会跟一个异性这么大张旗鼓地谈论起彼此的爱情观,不是从前与沈远恋爱时两人一起说的那些山盟海誓的爱情观,更像是一种辩论和碰撞。

这场辩论的结果,是罗如霏第二次的哑口无言,让她知道自己在这方面的想法,原来也是浅薄的,无知的,会被人说服的。

她才意识到自己根本就没有什么经验。自那一次以为是天长地久的初恋,无疾而终以后,再无后续,直到遇到陆浑。

她不是个没主见的人,至少她从来都这么认为,可是爱情这件事,没有经验,是无法闭门造车的。

他太过经验丰富,四两拨千斤地把她的疑虑抚平,起码是暂时的,在这样的气氛和此时此刻,她的顾虑,都被他轻易地勾起,抛之脑后。

陆浑乘胜追击:"宝贝,你说了这么多你接受不了我的地方,却没有说恋爱中最重要的因素,其实你承认吧,你对我有感觉,是吗?"

陆浑刻意用了这个字眼,怕逼她太急:"你好好想想,好好问问你自己,抛开你给爱情限制的这么多条条框框,你是不是想过接受我?否则你根本不会去考虑这些合适与不合适。你大可以再抛开你所希望的爱是永远,我们都知道这些是无法预测的事情，但我能保证，想和你在一起是出于喜欢，绝不是别的，喜欢你多久就在一起多久，爱情是件很简单的事情，你不要把它复杂化。"

陆诨坐在离她半米的距离，纹丝不动。

罗如霏就是觉得周遭的空气都在挤压着他们之间的距离，逼出来她心底的想法。

陆诨的那些话，也像攀着她的藤蔓，一点一点，要从她的心里钓出来答案。

罗如霏把腿也蜷缩了上床，抱了膝。

他的情场阅历，使他分外通达透彻，在他面前，她就像个懵懂的孩童，被他一眼看穿了，捏了七寸，无从反驳。

她甚至在受到了一定程度上的冲击。

在他看来，自己对爱情瞻前顾后思虑过重是吗？

罗如霏一直以为，她是这样虔诚地等待爱情，等待良人，等待彼此都身心契合的感情。

如果爱情观也能被称作一种信仰，那么此刻她的信仰已经根基破碎，信念摇摆，在他的言语攻势下，她只能一退再退，最后无路可退。

罗如霏一瞬间甚至听见了是自己内心的建筑倒塌的声音。

再仔细听了，原来是陆诨的手指在一下一下地散漫地敲着木质的床沿。

他言以至此，就像已经射出箭镞，游刃有余地等待命中靶心。

她此刻就像已经信仰一地粉碎的人，急匆匆地想寻一根救命稻草，讷讷地想问他。

"你教教我，要怎么区分。那你以往是出于什么理由在一起？"

她像自言自语一样地说："我真的不明白，我能理解一个人一直不为爱而爱，我也能理解一个人只为爱而爱。我听过一句话，除了她谁都可以，和除了她谁都不可以，本质上是一样的。可你怎么做得到，怎么向我保证，你想爱就爱，想不爱就能洒洒脱脱地谈一场不爱的恋爱呢？"

罗如霏被他说得心里惆怅与迷惘交织："我怎么就是个不纯粹恋爱的人呢，我一直以为我是啊？我怎么会给爱情加这么多束缚呢？"

陆诨叹了口气，罗如霏或许是先前情绪波动过，他不是第一天认识她，他察觉到她身上有一种很奇特的平衡点，使得偏执的理性主义和偏执的感性主义，都在她身上体现得淋漓尽致。

先前她同他争论电影，就能头脑发热被他带回宿舍，是她感性的一面在作怪。

他收了混不吝的模样，她就会同他认真讨论，某种程度上来说，被说服的人，绝对是理性的人，她能听得进去他说的话，也不意气用事胡搅蛮缠，她词穷了想不出来了，就虚心低了头，向他寻个答案。

她偏偏要弄懂，偏偏要思考，偏偏要给自己重新定性。

陆诨说不出来的心疼。

"每个人都不纯粹，我说的也不尽然。是我在偷换概念，不纯粹不代表不是爱，就像被世俗棒打鸳鸯的人，他们不爱吗？真正有勇气私奔的人又有多少。可我们不需要面对这些，我们之前没有那么多障碍，你说的障碍，都在你心里，你只要知道我对你，和以前那样莺莺燕燕不一样，我喜欢你，就够了。"

罗如霏茫然中好像抓住了点什么。

"你是说，你以前那些女朋友，你都不够喜欢，是吗？"

"是，男人就是这样，有时候出于无聊，有时候想证明一下自己的魅力，有时候我自己也说不清楚。但你不一样，我最喜欢你，我只纯粹喜欢你。"

"好，我可以相信我不一样，你最喜欢我吗？前所未有的喜欢？"

"是。"

陆诨几乎看得到，罗如霏是在他身上寻找信心，给自己答应的理由。

他按捺着，等她的答案。

罗如霏总觉得有什么细若游丝的事物从眼前划过，她隐隐看见了，又看不清。

她把他们的对话从头到尾回想了一遍。

假设他说的恋爱纯粹论成立，她的那些顾虑确实可消。

可倘若他根本就不纯粹呢。

她突然站起来，刷地一下扯开了窗帘。

窗外明晃晃的光线一下充斥着整个房间，原先那些在黑暗中氤氲着的暧昧的，让人头脑发昏的空气，碎成粉末，化作尘埃，在阳光里打着转飘落下来。

突如而来的强光，让两个人都眯了眼睛。

罗如霏忍着刺眼的光线直视他："我想起来一件事，不知道当不当问。你以前那个那么喜欢的姑娘，为什么你就放弃了？"

陆诨揉了揉眉心："因为我那个不仗义的哥们儿，已经捷足先登，他们手拉着手你要我怎么办？"

"陆诨，你看着我，你的爱纯粹吗？"

"纯粹。"

罗如霏突然间笑了："答错了。你今天进门就给我一种暗示，给我打了个标签，下了一个定义，把我拖进了这场到底爱纯不纯粹的讨论，以为说服我，我就会答应跟你在一起。可是我为什么要同意你这样的定义，我爱不爱，不由纯不纯粹决定，这些顾虑，也不能说明不纯粹。"

陆诨皱着眉看她。

罗如霏已经从彷徨和困惑中恢复了神采。

"你看，你的爱都建立在自己的骄傲和自尊之上，你太好胜了。假如是双方博弈，你一定要当胜者。假如是三方博弈，你一旦输了，你就假装自己不在意，不屑于去争抢，你真爱过她吗？还是更爱自己？你兄弟为什么做得出来这样的事情，因为他爱，他不怕违反规则，他不怕你嘲笑，他只怕失去心爱的人。"

罗如霏深吸了一口气："你的追求，到底是出于我拒绝你而激起的好胜心，还是见到我师兄你被激起的好胜心？"

对于罗如霏来说，在最后时刻抓住机会反败为胜，是家常便饭。

但她此刻一点没有胜利的喜悦，她甚至宁愿，自己刚才是一败涂地的，索性就糊里糊涂被他说服了。

校道边上，有些不知名的花开了。

罗如霏独自一人走着，却无心观赏。

她拿起来手机，终于看到了陆诨给自己的备注。

承认你爱我。

那一瞬间她几乎要把手机摔到地上去。

原来真是，他从头到尾设计好的，引她一步步走进他的圈套。

如果不出意外，她会被说服，那些心结会被他解开。

她回去以后再看到这句话，只会有感动和甜蜜。

可惜，结局不是这样。

罗如霏想，她没说错，他就是一个极端好胜分子，骄傲又自负。提前改了她的手机里自己的备注，她能预想的，当尘埃落定的时候，待她看见备注，他那样得意洋洋的心情。

她鼓了鼓腮帮子。

把他的备注改了。

争强好胜的混蛋。

Chapter 29　无限眷恋

陆诨回过神来，房间里已经空荡荡了。

事情怎么就发展成了这样，前面一切按他想的那样进行，后面怎么就背道而驰了呢。

陆诨烦躁地把自己头发揉成一团乱糟糟的。

试图跟女博士讲道理就是个错误，根本就把自己辩论得绕进去了。

气氛好成这样，他诚意也十足，一般小姑娘不都感动得投怀送抱了吗？

陆诨在群里呼了一通，问有没有人打游戏，现在正是国内晚上，一喊好几个都有空。

陆诨今天打得格外差，一通瞎打。

看到有人冒头就冲上去打，根本什么都不管。

一局开不了多久，他们就挂了，连着几局都这样。

哥儿几个不乐意了，问他到底怎么了。

陆诨随便编了个理由，打球扭到手腕了。

行吧，不能欺负病号。

又继续来了几局，他们发现陆诨今天纯粹是憋了火，操作也不慢，就是自杀式打法。

都不愿意惹他，纷纷说自己有事，不玩了。

周扬也想撤，陆诨想到今天罗如霏提起来孙恬恬那件事，一阵火大，说什么都不让他走。

"扬子，是兄弟就陪我玩一会儿。"

周扬苦笑："诨子，你今天有啥气啊？跟女朋友吵架了？"

陆诨不爽："你才跟恬恬吵架了呢。"

周扬说："好吧好吧，要不我拿小号陪你玩，不然我的胜率都低得看不下去了。等我一下。"

陆诨哼了一声。

过了一会儿，周扬问他："诨子，我那小号，太久没用了，要验证邮箱，你帮我收一下邮件哈。"

陆诨奇怪："关我什么事儿。"

周扬说："你忘啦，上次在你家我注册的小号，你不是拿你学校邮箱注册的吗，我就借了你国内的邮箱。"

陆诨这才想起来："我那个都几百年不用了，我把账号密码给你，你自己搞吧，我先去玩儿了，你快点。"

周扬登了陆诨邮箱，无聊地等验证邮件发过来，不知道是不是网卡，半天收不到。

他随便看了看，这一看，居然发现就在最近的日期，几封广告邮件里，夹着一封邮件，他几乎以为自己看错了。

发件人，糖甜甜。

主题，诨子亲启。

状态，未读。

糖甜甜正是孙恬恬，她从 10 岁开始，用了这么多年的网名，周扬作为她未婚夫还不清楚吗？

她到底给诨子发了什么，结婚请柬？

周扬心虚了这么多年，无时无刻不在防着陆诨，他知道诨子从小就骄傲，他和恬恬木已成舟诨子不会跟他争，可不怕一万就怕万一。

他又看了一遍主题，隐隐地嗅出不同寻常的内容在里面。

周扬的光标在上面转了几圈，还是犹豫了一下。

这封邮件是未读,如果陆诨知道这回事……

周扬让自己平静下来,问陆诨:"诨子,你多久没用邮箱啦?"

陆诨不耐烦:"都跟你说了百八十年了嘛,怎么了?登上不去?"

周扬语气如常:"没什么,你里面一堆垃圾邮件,看得我都烦。"

陆诨笑了:"滚,爱用不用,少给我磨叽。哎,是不是有性感荷官在线发牌的这种邮件啊?"

"差不多了,我顺手给你删了行不行?"

"删呗,哎,老周,我还没发现你这么矫情呢,强迫症啊。删完快点来。"

周扬点开了邮件,里面没有文字,只有一段视频。

他现在已经可以肯定其中有问题了。

他把门关上,颤抖着点开了视频。

孙恬恬怀里抱了一把吉他,正坐在木地板上,背后是落地窗,洒了一地的阳光。

是周扬熟悉的背景,确切地来说,是他的公寓里,他们马上结婚了,长辈们都睁一只眼闭一只眼。

孙恬恬一周只去几天舞蹈学院当老师,其余时间都待在周扬这儿,等着结婚了再搬去新房。

她今年剪了短发,烫了卷,蓬松地过了下巴。

视频里,她扎了个半丸子头,戴了夸张的耳环,化着浓妆,红唇艳艳。她还穿着破了洞的红色毛衣和短到腿根的牛仔短裤,手上戴着乱七八糟的黑色手环。

像个叛逆的少女,狡黠一笑,整个人说不出来的轻松娇俏。

孙恬恬从来都是优雅的恬静的模样,周扬从来没见过她这样。

她随手拨了拨琴弦,对着镜头笑。

"诨子,我今天是来跟你告别的,其实是少女恬恬和少年诨子的告别。你知道,我要结婚了,和扬子,现在我很爱他。所以我想把少女时代的那些

小心思，找个安放之处，能让我不留遗憾。"

孙恬恬说完这句话，顿了顿，好像花了莫大的勇气才继续说。

"浑子，你还记得我这身衣服吗？这是我第一次对你动心时候穿的，还在高二，我讨厌死爸妈非要我学芭蕾舞，我想学街舞，在后街偷偷练的时候被你撞见了。我特别担心你告状，嘲笑我，你没有，你鼓励我追求自己喜欢的事情，你说不要让别人左右我的想法，有时候坏一点能让自己高兴有什么不好。你看我还是一副做错事儿怕被发现的模样，在我面前抽了烟，说你看，不是只有你叛逆。"

孙恬恬对着镜头笑了。

"浑子你知道吗，你对我吹了一口烟雾的样子，实在是太帅了。"

孙恬恬好像眼底里都是回忆。

"大院里的那群男孩子都坏都调皮，可你比他们都坏，还坏得不一样。又坏又目中无人，好像什么事情都不放在眼里一样。我以为天都要塌了的小叛逆，在你看来什么都不算，你偷偷带我去了酒吧，帮我联系了演出。"

周扬看到这里，指甲已经深深地陷到了肉里。

孙恬恬明明笑得一脸灿烂，却在说着对他而言残忍至极的话。

"浑子，上次聚会喝醉了，我就告诉过你，我曾经很爱你。你不相信，跟我说别发迟到的安慰奖。不是安慰奖，我那时候特别恨你怎么就不肯先向我表白。我知道你太骄傲，等着我也低头，现在回想起来，就是你这么骄傲，什么都不放在眼里，我那时才会那么爱你。"

孙恬恬说着说着，几乎忍不住眼眶就红了。

她自嘲："说好了高高兴兴告别的，还是忍不住。我那时候特别恨我没有早一点、自信一点地跟你表白，直到你出了国我才知道你也喜欢我。可现在我挺好的，扬子很好，他喜欢我优雅地翩翩起舞的样子，喜欢我像小公主一样，他适合细水长流地过日子，把我照顾得很周全。我想我要是选择了你，肯定要多流很多眼泪，记得从小你就伤了很多女孩子的心。"

她擦了眼泪，又对镜头笑了笑。

"诨子，其实不知道你什么时候能看到邮件，能不能看到邮件，都没有关系。我就是想埋葬少女恬恬的心思，等你回国，我们就是老朋友。我送你一首歌，是你喜欢的陈绮贞的歌，也是你出国以后我一直想唱给你听的歌，你听好了。"

孙恬恬低头弹吉他，红唇轻启，神色轻松，娓娓唱道。

"你收了行李下个星期要去英国，

遥远的故事记得带回来给我，

我知道我想要，却又不敢对你说，

因为我已改变太多。"

她一边唱眼里一边有泪光闪烁。

"你改了一个名字也准备换工作，

你开始了新的恋情有一些困惑，

我知道你想要，却又不敢对我说，

因为你已改变太多。"

弦音未止，歌已罢。

孙恬恬眼里隔着无限眷恋："少年时的诨子，我曾经的英雄，再见了。"

周扬把这份视频，拷到电脑里一份。

颤抖着手把这封邮件删除，又彻底清空了垃圾箱。

陆诨发来语音，还是他一贯的痞子样。

"扬哥啊，你有完没完了，真去找性感荷官啦？"

周扬自小听惯了，此刻却觉得格外刺耳。

他还是忍不住怒意，对着桌子狠狠地捶了下去。

桌面上的杯子被他捶到地上，四分五裂。

孙恬恬听到响动，温柔地敲了敲门，进来问他怎么了。

看到周扬眼睛都充血了一样的红，全身上下散发着暴戾气息，孙恬恬在门口瑟缩了一下。

周扬看她穿着湖蓝色的睡衣，温婉可人，眼神里尽是关心之色，周扬真

想问问，视频里那个人到底是不是她，哪个才是真正的她？

然而他只深吸了口气，挤了个很勉强的笑容。

"没什么，跟诨子打游戏，碰到两个人骂我们。"

孙恬恬进来替他打扫了房间，又重新倒了杯茶。

她温柔地笑了："你别跟诨子一样臭脾气，打游戏动这么大火气，我继续练舞去啦。"

周扬眼底一片阴沉。

周扬回了陆诨语音："来诨子，开打吧。"

Chapter 30　空谷幽兰

春天的天么，像婴儿的脸，说变就变。

稍不注意，柳枝就抽了新芽。

明明几天前还阴雨绵绵无绝期的意思，这几日一放了晴，温度就上来了，连风也变得和煦了。

姑娘们的裙子是最好的温度计。

走在校道上看，很多姑娘已经换上春装穿上裙子了，更不用说外人，穿得更加清凉。

不只是穿着，春天刚露出点迹象，他们就三五成群的在草坪上晒太阳，做游戏，还有放风筝的，好不热闹。

罗如霏这天进了教室，陆浑就不由得缩了缩瞳孔。

她上面还穿着毛衣，蓝色的 V 领毛衣，颜色很温婉，领口不算暴露，但是露出脖子姣好的曲线和细腻的胸口上方的肌肤，锁骨上还坠了一个天鹅，随着她的步伐跃动。

下半身，穿了蓝灰色纱质的长裙，裙裾飘飘，像个小仙女。

她步履轻盈，白皙的脚踝在裙下若隐若现。

气若幽兰。

教室里不少女生都穿得更少更凉快，陆浑就是觉得她这样最好看。

他忍不住多看了几眼。

罗如霏现在每次进教室第一件事，就是迅速找到他坐在哪里，然后避开往那个方向看，怎么会察觉不到他停留在她身上的目光，她转身擦白板的时候勾唇笑了。

她想起来大悦给她的建议，要收服陆诨这样的花花公子，不能急，总要等他真正喜欢上你觉得你谁都无法取代，才能不在恋爱中低到尘埃里。尤其是陆诨这样，在男女关系中习惯占主导地位带节奏的人。

但是嘛，也不能把姿态放得太高，时不时总要撩一把，让他碰不着。

罗如霏新买的裙子，心情极好，连她写完板书转回来，都能感受到裙摆飞扬。

她自那天被陆诨勾出来心里蠢蠢欲动的喜欢他的话，虽止在了唇边，但让她如释重负，承认喜欢一个人，比想象中要容易。

大悦也劝她，别拘着自己，等他再有诚意一点，不妨答应他。

至于他没显露出诚意的这段时间，可劲儿晾他。

她想起来那天陆诨孤零零地去上课，打扮入时的姑娘不在身侧，罗如霏还是那样根本不往他那儿瞧。

他也下了课照例在走廊堵她，说送她回宿舍。

罗如霏只让他送到教学楼旁边的办公室，她说去找导师，没走几步路就到了，她神色自若地同陆诨说再见。

陆诨欲言又止，望而却步。

罗如霏感觉到他似乎那天，被她说得有些怵了。

至少是个好的开始。

罗如霏想到这里，裙摆转得更欢。

讲台比平地略高了一个台阶，白板在平地上，投影在讲台上。

罗如霏对着投影屏讲完，正准备下去白板上写板书。

她的裙摆长及脚踝，左腿已经落地，右腿半屈着要下台阶，一下踩到了因为屈腿已经拖地的裙摆，身体就要失去平衡。

罗如霏急忙抓住了讲台的一角，想往后退。

向前的惯性和她用力往后的劲儿，角力之下，她向后倒去。

还好讲台上放着凳子，她在这股力道下，侧着落到凳子上。

罗如霏松了口气。

为自己失礼，连忙冲学生们说了声 Sorry。

她想起来，刚站起来一点，却发现起不来了。

似乎是毛衣被什么勾住了。

罗如霏尴尬地笑了笑，赶紧打开了 word 文档，把原本要写的板书，打下来讲解。

还好这节课的计算题已经讲完了，这样讲也不费劲。

罗如霏刚才刚坐下的时候，没觉得哪里疼，现在发觉小腹疼，她抬手揉了揉。

她一边讲课，一边偷偷往下瞄，原来是侧着坐下来的时候，撞到了讲台柜子的把手，而她的毛衣，被挂在开了一条缝的铁柜门上，罗如霏轻轻拽了拽，拽不出来。

新买的衣服她也不敢大力扯。

有点委屈地撇撇嘴。

陆诨课是不认真听的，静了音，在用手机看球赛。

但不妨碍他一直关注着罗如霏，他看到她差点被裙子绊了一下，她没摔下去，他松了一口气。

可他很快发现，罗如霏居然一直坐着。

她上课的时候一向很勤快，能用板书写的绝对不用电脑偷懒。

而且她刚刚不止一次，咬了咬左侧的唇，这是罗如霏感觉到疼痛时候的小动作。

每次他前戏做得不够，进得急了，罗如霏就会一边拧他胳膊一边咬唇，眼睛水汪汪的。

她发烧的时候，也会这样下意识地咬唇，只咬左侧的。

陆诨皱了皱，她是不是崴了脚？

下课了，罗如霏还是坐在那里回答问题，陆诨就知道她一定是哪里不对。

等最后一个问问题的人离开教室，罗如霏低下头试图把自己的毛衣救出来。

下一秒，眼前就出现陆诨的鞋，浅灰色的麂皮牛津鞋，这双鞋她是见过的。

罗如霏只能抬起头："怎么，有题目要问吗？"

陆诨看她现在还一副若无其事的样子，冷了脸。

"Forward 的 call option value 公式为什么是 lend money？"

罗如霏刚回答了两句，陆诨就瞪她一眼："还装？"

罗如霏愣住了。

眼神疑惑又无辜地看他，陆诨这么近才发现，她今天的唇色，似乎是他送她的其中一支口红色号。

陆诨叹了口气："你摔到哪了？"

罗如霏知道他平时上课都在玩手机，没想到他也看见了，顿时有些窘迫。

声音弱了几分："没有。"

陆诨在她面前蹲了下来，作势就要撩她的裙子查看她的脚踝。

罗如霏吓得缩了腿，按紧了裙子，她梗着脖子："真没有！"

陆诨站起来，皱眉："那你怎么站不起来？"

罗如霏尴尬极了。

她还没有时间细细地把毛衣解下来，他就过来了。

罗如霏暗想，早知道刚才给几分钟讨论时间，她怎么都把毛衣解下来了。

罗如霏的毛衣是松松垮垮的落肩款，被勾住的地方在臀侧，她不好意思地指给他看。

没想到陆诨俯了身，低头看她被勾住的地方。

他凑得离她极近，他头顶蓬松的发，几乎要蹭到罗如霏的胸口，她往后缩了缩，又怕扯坏毛衣。

罗如霏甚至屏住了呼吸，她发现她清浅的鼻息，抚动了陆诨头发，那一撮发在颤动。

罗如霏不奇怪，他的头发是男生中少有的蓬松柔软，他虽然讲究打扮，但不愿意往头发上抹乱七八糟的东西。

陆诨看了才发现，她的毛衣卡的地方十分诡异。

正好挂在那个打开的柜子里面的钉子上，钉子凸出来而且弯了，钉子头顺着毛衣上细密的孔穿了过去，却难以抽出来。

再加上罗如霏心疼衣服不敢轻举妄动。

幸好没有刮到她一身细肉。

陆诨记得她中途咬唇的动作。

"真的没撞到哪里？"

"没有。"罗如霏眨了眨眼睛，看他追究的眼神还是指了指圆圆的柜子把手。

"只是不小心碰了一下这个，没什么事了。"

陆诨哦了一声，笑眯眯地看她。

"行，那我先走了。"

罗如霏眼睛瞪得溜圆，难以置信地看着他的身影就这样消失在教室门口。

他就这样，走了？

她本来以为他俯了身，是来帮她把毛衣解下来的。

他怎么能这样？

是不是故意逗她来看她笑话。

但他刚刚语气里的关心不似作假啊。

罗如霏把毛衣解救出来以后更生气，尽管她小心翼翼，还是勾了一点丝，心疼不已。

一想到自己刚刚丢人的模样，全被陆浑看在眼里，就有一腔怨气，全怪陆浑。

她牙齿紧紧地咬着唇。

别让她逮住他出丑的机会。

只不过，罗如霏也没想到，这个机会来得这么快。

周末是固定的囤货时间，像罗如霏这样家境一般的留学生，能自己做饭，还是尽量自己做的。

毕竟英国的中餐厅价格高昂。

她不忙的时候，周末都去超市把一个星期的菜买好，本地超市和几个中国超市去一遍，菜篮就填满了，是那种买菜的小推车。

罗如霏住的地方，要上一个坡，等她拖上来小车，额边的碎发已经濡湿了，贴着她的脸侧，她的脸颊也有些微红。

她刚上了坡，就听见："Hey, Rose, come on."（霏霏，快过来。）

罗如霏看过去，正是室友Jenny，她盘腿坐在篮球场不远的地方，她冲罗如霏挥着手招呼她过去。

罗如霏无奈，来自美国的Jenny就是很活跃很爱运动，她们宿舍楼下的篮球场能打半场，时不时有人在下面打球。Jenny有时候就凑热闹下来看，看得激动了就手痒地下场过过瘾，她自己说过高中时候是女子篮球队的。

不用说，她今天又被别人打球给吸引下来了。

罗如霏是真对这个没兴趣，Jenny经常叫她一起下来看，罗如霏脸皮薄不好意思次次拒绝。

她把小推车推到Jenny旁边站定，跟她说自己要回去放东西。

Jenny一脸激动，说你看，这是你们中国人吧，第一次见这么帅的中国人。

中国人来打球也不奇怪啊，包括她们这栋楼都住了不少中国人。

罗如霏往场上看去。

除了一个黑人，其他几个都是亚洲面孔。

有个人正撩起来短袖擦脸上的汗,露出线条流畅而匀称的腹肌。

Jenny还兴奋地呼了一声,推她看。

等他把衣服放下来,罗如霏就傻了眼,陆诨冲着有尖叫声的地方看了一眼,正好和站在Jenny旁边的罗如霏对视。

他冲罗如霏挑了挑眉,又继续打球,他脖子上都淌着汗,在阳光下泛着光。

姿势好不潇洒。

罗如霏下意识地低了低头。

他到底有没有看见她?

她看了看自己,出了一身汗,头发也有点乱,还拖了个买菜的推车。

她也不管陆诨有没有看到她,她都不想再待在这儿了。

低头跟Jenny说了一声,她就上去了。

只不过走之前,Jenny让她务必给她带瓶水下来。

Jenny双手合十可怜巴巴地看着她:"Please,I am thirsty."(求你了,我好渴。)

罗如霏被她逗笑答应下来。

罗如霏再下来的时候,被眼前的场景惊住了。

她的室友Jenny在另外一个中国人后面站着,气势汹汹地指着黑人骂。

而那个黑人,被陆诨和比他矮一些的中国人拦着,他一边比中指一边对Jenny说"Fuck you,bitch"之类的话。

陆诨和其他几个中国人在劝他:"Calm down,guys."(冷静点。)

几个人推推搡搡,对骂越来越冲。

虽然黑人又高又壮,几个中国人也不矮,被拦着不得过去。

他气得粗口狂飙,骂拦在最前面的陆诨:"China dog! Chink!"(中国佬,中国狗!)

陆诨眼神狠戾,一把抓住他的衣领,凑近了怒吼:"Shut up, It's your mistake."(闭嘴,这本来就是你的错。)

黑人被激怒了，嘴里骂骂咧咧，一拳打在陆诨脸上。

陆诨被他这一下打得身子都歪了。

罗如霏下意识捂住嘴不让自己叫出来。

再看陆诨抬起头，鼻子里涌出猩红的液体。

陆诨用手背擦了擦，反而冲黑人笑了。

猛地扣住他脖子，腿下一勾，他旁边的朋友看他动作帮他一起把黑人放倒了。

Chapter 31　情迷意乱

　　罗如霏一下楼就见到场面一片混乱，她根本没有反应过来，这一系列变故不过是电光火石间几十秒的事儿。

　　等陆诨被黑人打了一拳，他也把黑人放倒在地上的时候，罗如霏刚跑到Jenny身边问她到底怎么回事。

　　Jenny语气激动，一脸愤然，原来是她帮他们捡球，递给黑人的时候，大概是她先前看球时欢呼呐喊，让他有什么错觉，居然捏了一把Jenny的翘臀。

　　Jenny气得下意识就甩了个巴掌回去。黑人人高马大，捏了她手腕就要动粗。

　　陆诨他们几个看不过他欺负女人，过来制止，就发展成这样的局面了。

　　罗如霏虽然很感激他帮了室友Jenny，但她还是对他时有时无的正义感感到腹诽不已。而且还这么冲动好胜，因为黑人的挑衅非要把事闹大。

　　罗如霏真担心他们几个血气方刚的男人把黑人打伤闹出什么事来，她低声劝了几句Jenny，把她往宿舍拽。

　　其实她们公寓的门就在球场边上，没走两步就到了，罗如霏把Jenny推进去。

　　她赶紧跟他们几个说，别打了，否则她马上叫security。

　　几个男人都在摁着黑人哪里听她的。

　　她不敢走过去，扬了声连喊了几声陆诨的名字。

陆诨抬头看她，罗如霏怕他听不见，双手比作喇叭状，陆诨莫名地想笑。

他一不留神，又被黑人挣扎着一拳打在他脸侧。

陆诨已经听见了罗如霏的尖叫声。

没想到她跑过来了。

罗如霏是真不理解打架斗殴时的男人们的理智。

她在离他们三四米的地方又大喊了一遍说她会找 security。

几个男人都看向她。

罗如霏用中文跟他们几个人说："放开他吧，别闹出事情来。"

又冲地下的黑人说，刚才的女孩已经上楼了，也不计较了，打下去没有意义。

黑人往这边看了看，的确不见 Jenny 身影，骂了一声。

他自己主动摊了双手："Guys，can we stop?"（我们能不能停下来？）

罗如霏看他们冷静下来，她小跑着回了门口，她还在担心 Jenny 气不过跑出来。

只不过走到门口的时候回了头，陆诨居高临下地跟黑人说"Apologise to Chinese."（给中国人道歉。）

罗如霏哭笑不得，她怎么不知道他还这么爱国呢？

看着场面控制下来了，她赶忙拉扯着 Jenny 回了房间。

罗如霏多少有些放心不下，回去安抚好 Jenny，就兀自趴在窗边往下看。

这几个人坐在球场边上，陆诨往自己脑门儿上放了一瓶矿泉水，他仰着头拿手举着。

其他几个人拿了毛巾在擦汗。

但是问题是，那个黑人也坐在他们旁边，似乎几个人还在讲话。

罗如霏也有点奇怪，他们这是什么情况，突然友好和平了，还是在进行无硝烟的战争？

她还是担心这几个人会打起来，趴在窗边观察了一会。

然而她发现他们几个好像真的和好了，有说有笑，还互相友好地拍了拍肩膀。

好像刚才的一场打架是罗如霏的幻觉。

陆诨的鼻血早止住了，他把矿泉水从额头上拿下来，就着水洗了脸。

很快没几分钟，他们收好了东西，就告别了。

只不过陆诨没走，独自一人坐在操场边上抽烟。

罗如霏撇嘴，这是什么坏习惯，运动完就抽烟。

陆诨突然往上看。

罗如霏吓得赶紧猫了身趴低了。

要是他已经看见她了，岂不是觉得她趴下来更可笑？

反正只是担心他们打起来。

罗如霏直起腰，陆诨果然定定地朝她这儿看，看她露脸，又冲她笑了笑。

罗如霏一看就知道他在嘲笑她，干脆拿出手机给他发了个条微信。

Rose 霏霏：没事了吧？

陆诨：这么关心我，怎么不下来看看？

Rose 霏霏：我只是怕你们打架看一看，免得牵扯到我朋友。

陆诨：我这么维护你朋友，是不是得表示一下感激？

Rose 霏霏：你这是鲁莽行事好吗？

陆诨好一会才回她，你的房间号？

罗如霏觉得汗毛都竖起来了。

Rose 霏霏：你干吗？

然后陆诨就不回复了。

罗如霏心里有种不好的预感，她又趴到窗户上看了看，下面的球场空荡荡的，了无一人。

陆诨是走了？

还是上来找她？

他能看得出来她的房间号吗？

楼下还有门禁，他进不来吧。

罗如霏坐在床边心咚咚地跳。

要是他真来敲门怎么办，给他开吗？

然而她根本没来得及想这么多，门铃就响了。

罗如霏冲出去看了看猫眼，陆诨站在门口，还拿着毛巾在擦头发。

罗如霏背靠着门心如擂鼓。

Jenny已经在房间里问她是谁了。

罗如霏只能喊my friend。

她怕再不开门，Jenny就出来了，说不清楚为什么陆诨要上来，明明在球场的时候，罗如霏就一副不认识他的模样。

她深吸一口气，打算把陆诨劝回去。

刚打开门，就看到陆诨懒洋洋地背靠着走廊的墙，毛巾挂在脖子上，笑眯眯地看她。

罗如霏问他："你来干什么？"

陆诨指了指自己的嘴角："伤员不能被照顾一下？你有药吗？"

罗如霏这才看到，他嘴角有点微肿。

刚才打架打的吧，活该。

陆诨看她不回答，扬眉："不让我进去？"

罗如霏同他对视了几秒，错开身子，让他进来。

罗如霏刚转了身要进去给他拿药，听见了身后传来的关门声，下一秒，她就被拦腰抱住。

罗如霏感觉一阵天旋地转，她都没搞清楚怎么回事，就被陆诨抱起来转了个圈，按在门板上，她的腿被他架起来了，她只能下意识勾着陆诨的脖子，免得自己掉下去。

她甚至都来不及说话，就被陆诨气势汹汹地吻了上来。他的唇舌堵得她根本说不出来话，他侵占了她所有的呼吸。

很快,她被吻得使不上劲,任他肆意妄为。

陆诨松开了她的唇,在她细嫩的脖子上蜿蜒下滑,吮得罗如霏又痒又疼,一路留下玫瑰色的印记。

她喘着气更加无力地挂在陆诨脖子上,他的脖子上还是黏黏的汗,他身上也有一股汗味,男人的气息比往日浓厚,罗如霏被这样的气息笼罩着,眩晕不已。

罗如霏瑟缩了一下,神志清醒了一些。

她勾着他脖子央求他:"别在这里,我室友还在。"

陆诨继续贴着她通红的耳垂,声音蛊惑:"你的房间是哪个?"

罗如霏无力地朝后面抬了抬手指:"里面那间。"

陆诨也不放她下来,就这样抱着她直接往里走,罗如霏怕掉下来,双腿勾进他的腰。

她一只手揪着他的衣领,陆诨的衣服都是湿的,罗如霏也不知道是自己手心冒汗濡湿的,还是他打球浑身湿透。

陆诨把她丢在床上,把自己湿乎乎的衣服脱了下来随手扔在地上。

罗如霏在床上蜷着腿看他,他运动完的肌肉线条分明,身上还有未擦干的汗珠顺着他的腹肌往下淌,她抬了手指想接住那滴汗。

她如白葱的食指刚伸出来,就被陆诨抓住含在嘴里舔了一口。

罗如霏脸色更红。

陆诨已经把她推倒了。

罗如霏从来不知道,自己的床是这么软,她陷在里面,看着陆诨眼神里的那簇火,看着天花板上斑驳的阳光,再也无力挣扎。

罗如霏再也分不出来,他们身上濡湿的黏糊糊的汗液到底是谁的。

她好像回到了外婆家,童年对水乡的印象就是潮湿的闷热的,空气中扑面而来的热浪都让人窒息,那只喜欢在门口趴着乘凉的小猫,最喜欢被她伸手抚弄毛发,舒服得眼睛都眯起来。

她那时候就在想,那只猫到底有多舒服。

此时此刻,她就是那只猫。

她被太阳晒化了,化作一摊水在床上,从陆诨眼里看见自己的影,妩媚得像猫一样,连叫声也像猫,又似猫一样渴望被抚摸,从发顶摸到尾椎骨,还不够。

陆诨看她的脚趾都蜷缩了起来,坏心眼地挠了挠。

罗如霏只向他求饶。

陆诨笑了笑,把她揽在怀里,罗如霏还在喘息,胸口起起伏伏。

床单都是湿的。

陆诨把她捞起来去洗澡。

两个人再躺回床上的时候,清爽了许多。

罗如霏绝望地闭了闭眼,怎么又莫名其妙滚到床上来了。

让她更绝望的是,陆诨捏了捏她的耳垂,声音低哑含笑。

"你这是答应我了?"

Chapter 32　行色匆匆

罗如霏被陆诨从背后搂在怀里，他的手犹抚在她琵琶骨上，她瞬间感觉被浇了一通冷水从头到尾，再无一丝夏日的绵热。

陆诨是觉得，他这样突如其来的亲热，罗如霏无法拒绝，就是答应他在一起了吗？

她早该防备陆诨的。

他哪里是循规蹈矩的人。

只是陆诨吻技过人，对她身体的撩拨又炉火纯青。

罗如霏哪里是他的对手。

三两下就浑身绵软无力，情迷意乱了。

罗如霏后悔不迭。

她的背部瘦削，他的手抚着，就忍不住吻了下来。

罗如霏用指甲抠了抠自己的手心。

清醒一点。

"我没有这个意思。"

陆诨捏在她腰间的手紧了紧。

他的声音听着漫不经心："那你是什么意思？"

罗如霏想了想，这才开口。

"陆诨，你不要把我想得很随便，我只谈过一次恋爱。"

陆诨笑了笑："那我就岂不是赚到了？"

他对着她雪白的后颈吹了一口气，看她起了一层小疙瘩。

罗如霏缩了缩脖子。

"我也不想讲那天那些争论的话，我只是很认真，我们不合适，我没信心走下去。你别来招惹我了，行吗？"

陆诨看她像只鹌鹑一样缩着脖子，低着头，语气挣扎。

"其实你想和我在一起，是为了光明正大随时同我上床吗？"

陆诨皱了眉，一个两个，都在说他不认真，赵昱成说她是个好姑娘，好姑娘说他不认真。

他怎么就十恶不赦了？

"在你心里我怎么这么龌龊？就为了这个事？"

陆诨扳着她的肩让她转过来。

罗如霏垂了眼，扇子一样的睫毛在眼下投了一片阴影，忽闪了几下。

"难道不是吗？"

陆诨捏了她的下巴迫使她同他直视。

"你看着我，就回答我一个问题。"

他们的眼底都是对方裸露的躯体，不知道这样的对话，会不会更坦诚一些。

"你到底喜不喜欢我？"

罗如霏被他捏着下巴看着他，他的眉目清朗，五官轮廓硬朗，嘴角还有淡淡的淤青和红肿。

她讷讷地说不出来话。

陆诨盯着她看了几秒，松了手。

直接起了身，从地上捞起来衣服穿。

他叹了口气。

"我从来没见过你这么别扭的女人。喜欢不肯在一起就算了，连喜欢也不敢承认，我都不知道该做什么好。"

陆诨把湿乎乎的短袖随便往身上一套，腰间还没扯好，露出一截腹肌。

他转身收东西，罗如霏还看得见他腰窝上纹的 sweet。

"你既然没想好，干吗让我上了你的床？"

罗如霏瞪圆了眼睛。

这是她能反抗得了的吗？

他怎么不说，他也不问她的意愿就突袭呢？

陆诨把自己在地上散落的东西三两下收到运动包里甩到单肩上挂着。

走到门口回头眯着眼睛看她。

"我再给你几天考虑，我耐心有限，你可想好了，下一次我未必还会这么上赶子追你。"

他随手在门上叩了叩。

"走了。"

陆诨糙惯了，家里哪里有跌打损伤的药，只从冰箱里扣了几块碎冰出来敷着。

敷了一回，也懒得再敷了。

好在几天过去，淤青自动散了。

陆诨一大早被连环 call 吵起来，恨不得砸了手机，看了看是赵昱成，总算没发火。

"诨子，出大事儿了。"

"成哥，你最好给我说件大事。"

赵昱成声音里透着焦急："你是不是最近撩拨孙恬恬来着？"

陆诨困得眼皮都睁不开。

"你一大早就为了八卦这个？我几百年没联系过她了。"

"不是不是，真出大事儿了。扬子在群里发了个视频，是恬恬发给你的，扬子气坏了，还把她吉他给砸了，反正动静特别大。周叔和孙叔都知道了，我估计你爸妈也知道了。"

陆诨还是一头雾水："什么乱七八糟的？什么视频？"

"跟你说不清楚，你先看群里就知道了，等会你再给我打吧。"

陆诨挂了电话又差点睡着。

还是一激灵起来看了手机。

他翻了翻群里，乱七八糟的。

有的劝扬子这没什么，马上结婚了别较真。

有的说真相了。

有的逗周扬，要想生活过得去，头上就得带点绿。

有女生就说恬恬明明什么都没说，别瞎说她。

陆诨一口气翻到前面，果然看到了视频。

他哈欠连天地按了播放。

看到孙恬恬出镜时候穿的那一身衣服，他就愣住了。

他记得那个在后街练舞被他撞见吓得瑟瑟发抖的孙恬恬。

男人都是视觉动物，这句话一点不差。

孙恬恬长得好看，从小在他面前晃来晃去，就喜欢了。

逗她笑逗她哭，都那么好看。

那次其实她学叛逆女孩化的妆丑极了，但和好看不好看无关，陆诨第一次就只想单纯地抱抱她安慰她。

陆诨看完了以后，说实话，除了有些吃惊，没什么特别的感觉。

男人都更重视结果，错过了就是错过了，也没什么可说的。

他早知道孙恬恬多少有点喜欢他，她看他的时候眼里的星星亮他还看不出来吗。

但他第一次表白总想轰轰烈烈与众不同，也不想输给周扬，好让孙恬恬感动得一塌糊涂再投怀送抱。

他就学了街舞纹了纹身。

和孙恬恬认识快20年，他那时候觉得一辈子不过是再多三个20年，不是什么大不了的事儿。

纹了就纹了。

可笑的是孙恬恬压根儿没见过他这个后腰上的纹身。

他当时出国也不是为了孙恬恬,是为了躲周扬。出国以后,留学生大多开放,他外表又惹眼,交过几个女朋友以后,早把孙恬恬忘得差不多了。

年少不懂事时候的喜欢,算得了几分真假呢?

几年前那次聚会,孙恬恬在洗手间门口拦住他,跟他说了心里话。

他更加释然。

只开玩笑地岔过去了。

孙恬恬就是这样,想叛逆又不够勇敢,适合被人捧在手心里呵护,永远的小公主。

周扬先出现,她就答应了。

和陆诨只会怂恿她出格相比,周扬更适合她。

陆诨只不过没想到,她都快结婚了,心里居然还放不下。

陆诨甚至开小差地想,他哪里最喜欢陈绮贞,孙恬恬文艺,他哄她说,她声音像陈绮贞一样甜软,所以他喜欢陈绮贞的歌。

陆诨看完觉得孙恬恬其实没别的意思,她这么多愁善感内心世界丰富,不过说了一桩陈年往事,周扬较什么劲?

陆诨想起来群里面那些话。

基本上都是不怕事儿大看热闹的。

而周扬自发了视频再也没讲过话。

陆诨皱了眉,周扬是怎么发现这个视频的?

陆诨再看手机里,还有他母亲大人发的微信,给他打过一个未接语音,还有几条"臭小子净惹事,醒来给我回电话"之类的消息。

陆诨的太阳穴突突地跳。

合着都以为是他勾搭孙恬恬拆散鸳鸯呢?

周扬脑子有坑吧。

他都根本没看见过这个视频。

周扬还跑到家长面前告了一通状,幼儿园小朋友吗?

他头疼地先给赵昱成拨了电话:"我看过视频了,你把你知道的先都跟

我说一遍，我妈好像很生气，我都不知道周扬跟他们说了些什么。"

"我也搞不清楚，今早我妈跟我说，是今早周扬妈去给他们送鸡汤，看恬恬抱着破吉他在客厅哭，家里砸得乱七八糟，才问怎么回事的。"

"不是周扬自己捅出来的？"

"家长那层好像不是。但是放到群里他疯了吧，跟恬恬不想过了？我私下问了他，他就说让大家都看看恬恬到底是什么样的人，他说他好像从来没认识过恬恬。"

陆诨揉了揉眉心。

是周扬接受不了孙恬恬不够乖巧可人的一面？

给老妈电话一接通，陆诨就被臭骂了一顿。

"好啊你，我怎么不知道你这么能耐，原来这么早就开始抽烟了，居然还骗我是在国外学的，偶尔来一根。"

陆诨无语。

这关注点是不是有什么问题。

"你这个兔崽子，好的不学，居然还去带坏人家恬恬，恬恬多乖一个孩子，你还带她去酒吧，现在人家小两口闹矛盾，恬恬爸妈还不得怨死你，都是你闹的。"

"妈，你看到视频了？"

"看到了，隔壁小六给我看的。"

"妈，咱先不计较这个，真的跟我无关，我在此之前根本没看过视频。我带坏恬恬，那都是七八年之前的事儿了，翻什么老黄历，恬恬什么也没说，周扬自己小心眼关我啥事。"

"要是你不惹恬恬能闹出来这档事吗？我还不了解你，从小就蔫坏，幼儿园就有小姑娘给你送零食吃。"

"妈，这都哪儿跟哪儿的事啊。"

"反正这事儿你就是有错，人家都吵成这样你能心安啊。"

"行行行，我有错，要错也是好几年前的错了吧。"

"你给恬恬扬子还有几个叔叔阿姨都得道歉。"

"行行,我道歉,但是他们和不和好我可管不着吧。"

"怎么管不着,不就是扬子心里膈应吗,你回来给大家说清楚。"

"我回来?疯了吧,我回来飞那么久。"

"你不是都快放暑假了?正好回来待一段时间。"

"妈,是你想趁机让我回家吧。"

"那你回不回,你爸还不知道这件事,等他下班了你看我帮不帮你说话。"

*　　　　　　*

陆浑疲惫地靠在椅背上。

接到电话到赶到希思罗机场,坐火车又转地铁根本没停过。

说实话,周扬和孙恬恬父母对他都不错,出了这样的事情,闹到这个层面,虽然他问心无愧不是他的错,但他总想解释清楚。

他人在国外,总不能打个语音给叔叔阿姨解释吧。

更何况,他也不想因为这个,父母顶受流言蜚语,再让几方家庭生出龃龉。

回去几天,倒是应该的。

夏季学期的课,总共也只有八周,下周结束以后,就是写论文等毕业了。

窗外一架架飞机起落。

身边人来人往行色匆匆。

各自都有奔波辗转的理由。

陆浑低着头在手机上打字。

"霏霏,想好了吗?"

他想了想,又删了后面一行字。

"愿不愿意陪我回趟国,以女朋友身份。"

Chapter 33　坠入爱河

手机握在手里，亮了又暗了不知道多少次。

罗如霏还是下不定决心。

她无意识地抠着手指。

有一根倒刺刮得她难受。

她一下子拔下来，皮肉剥离的疼痛让她清醒了一点，血珠一下子就从小小的创口里冒出了出来。

罗如霏吸了一口冷气。

她干脆一头栽在床上，给何悦打电话。

"大悦，你说我到底答应不答应？"

"小祖宗啊，我这都半夜 1 点了你知道不知道？你今天都问了我不下五次了，不都说好了吗？"

"我都忘了。我现在乱乱的，他就发了一句话。我总感觉我这次要是不答应他再也不理我了。

"你不是都决定答应了吗！"

"可我就是害怕，我根本驾驭不了他。之前有件事儿我特别怕他瞧不起我，然后我特别怕我陷进去以后他还三心二意始乱终弃。"

何悦在那边一副恨不得拍她两下的样子。

"来，我们进行第 778 次程序，action。你喜欢他吗？"

"喜欢。"

"他喜欢你吗？"

"喜欢。"

"他用心追你了吗？"

"不怎么用心，但是对他来说，应该是很用心了，起码经常算计我。"

"你最担心的问题是什么？"

"三心二意朝秦暮楚始乱终弃。"

"对自己的魅力有信心吗？"

"有，不是，也不是很有。"

"除了这个呢？"

"他太多前女友了，平时也吊儿郎当的，你知道我就想找个安安分分的能从一而终的。"

"霏霏！你才多少岁，这么瞻前顾后干吗！谈恋爱不是你心里画个 Mr. 理想就按图索骥的，不想在一起就是不够喜欢。吊得差不多行了，过犹不及。他就是有这些臭毛病，你也可以在一起了再调教。别让自己后悔嘛。"

罗如霏游魂一样，挂了电话又开始无意识地抠床单。

她看到窗台上放了 1 英镑。

金晃晃地反着光。

要是转到女王她就当一次女王。

罗如霏双指夹着硬币，飞快地转了起来。

女王。

罗如霏抚摸了一下女王这一面的纹路。

抓起手机就要回复。

她脑海里又闪过一个可能性，如果她转到花呢？

陆浑说什么来着，假设无用论。

没有如果。

"我想好了。"

罗如霏想了想又删掉，太矫情了还等着陆浑问她。

"我们试试吧。"

不对，试试显得很随便。

"Yes，I fall in love with you."

很女王。

发送。

罗如霏忐忑地等他回复。

照他这么流氓，会不会打电话过来，还是直接到宿舍来找她呢。

罗如霏被太阳晒得耳朵都有点红。

自己摸了摸滚烫的耳垂。

要是他今天过来，罗如霏决定去洗个头发。

罗如霏一整晚反复地查看手机，甚至躺在床上辗转反侧，等陆诨的消息。

只是她不知道的是，她整晚的等待注定无果。

陆诨最后在空姐的第三次提醒下，失望地关了手机。

他庆幸自己没有发出去后面那句自取其辱的话，他当时确确实实想的是，要是罗如霏答应在一起，他马上出机场回学校接她，带她一起回国。

前几次她都没答应。

这次大概是一样的结果。

不过是不想回复他罢了。

陆诨靠着窗户睡了一路，心情不好之下，连旁边坐的女人想同他搭讪也没有搭理。

陆诨的英国卡回了国全然无用，他颠了一路地铁回家。

刚进门，他就感觉不对劲。

张叔接过他的箱子，压低声音跟他说："你怎么回来了，你爸爸很生气。"

陆诨天不怕地不怕，从小到大最怕他爸。

对他家教极严，稍有违规，家法伺候。

陆浑虽然从小干了不少坏事，回了家都是老老实实低着头夹紧尾巴做人，所以他在这样的环境下，在家和出门简直是两副面孔，自小成绩也还说得过去，不管怎么样，在大院儿里还不错。

他甚至整理了一下衣领才轻手轻脚地进了家里。

陆父正坐着看报纸，妈妈在一旁泡茶。

陆浑乖巧地叫人："爸，妈，我回来了。"

陆父从报纸上方抬眼看他："把人家搅得鸡犬不宁，你就知道回来了？"

听不出来多生气，但陆父声音不怒自威。

陆浑妈妈给他使眼色。

陆浑深吸了一口气，主动认错，一般结果是最好的。

"爸，视频的事情真的不关我事，但是因我而起，我一定给叔叔阿姨道歉，跟扬子和恬恬解释清楚。"

陆父冷哼一声，把报纸放下来。

"不关你事？你不去招惹恬恬能这样？恬丫头那么乖一个孩子，马上就结婚了，你还惹是生非。自己喜欢，就去追，没有点男人的样子，反而背地里挑唆。你给我说，你当年自己吵着要出国，要学英语，要锻炼能力，到底是为什么。"

陆浑愣了。

他没想到一桩事，牵扯出来父亲这么多想法。

父亲生气的点，远不止他参与这事，在于他出国根本不是为了学术提升而是逃避问题。

陆浑低声下气："爸，这都陈芝麻烂谷子的事儿了，我保证我绝对没有半点纠缠恬恬，我自己追不到是我自己的事，他们好着我掺和什么。周扬每天防我跟防贼似的，他小心眼，我出国自己也锻炼了不少，不是吗？"

"你从小就捣蛋，以前骚扰恬丫头还算少吗？总去扒恬丫头家窗户，在小姑娘面前成天嬉皮笑脸，谁信你的鬼话，更别说周叔叔能相信你没有去惹恬丫头！我的老脸都要给你丢尽了。"

陆诨摊摊手:"我真没有,爸,我保证,自从出国以后,我每次见到恬恬都是院儿里好几个人一起给我接风。"

"你要是不惦记恬丫头,怎么这么久也不正儿八经带个女朋友回来,每天吊儿郎当不务正业,你个逆子,肯定是你还招惹恬丫头。"

陆诨赶忙申辩:"爸,我有女朋友,我……"

他话还没说完,就被陆父卷起报纸扔到身上:"我还不知道你,你那些乱七八糟的女朋友,你还敢说!"

陆诨暗搓搓咬了咬牙,到底是谁告的状。

他是有一两次放假回来,他们几个出去玩的时候,有妖艳贱货勾搭他,陆诨无聊就玩了几天,怎么连他爸都知道。

"不是,我真有,我女朋友是我们学校博士,特别知书达礼,我保证下次带她回来。"

陆诨说得自己有点心虚,明明罗如霏就没答应他,下次不管怎么样死缠烂打绑也要把她绑回来。

陆父一点不信:"博士能看上你这样不学无术的,蒙我你以为我看不出来。"

陆诨心里不爽,可不是就没看上。

"爸,不说这个,我下次带她回来就是了,我真没跟恬恬怎么样,认识这么多年,还不能过年过节发个消息吗?其他的什么都没有,根本没联系,我现在给恬恬打电话,开扬声,你们听着,让她跟你们说,我有没有私下惹她。"

陆诨说着把手机从口袋里挖出来,这才发现自己根本没信号,卡都是无服务。

"妈,我国内的卡呢?"

陆父皱着眉:"你还敢给恬丫头打电话,你当这是儿戏吗?孙叔叔和阿姨都要气死了,你还嫌不够乱是不是。"

他又想起来什么似的:"你给我把手机放这儿,不准跟恬丫头串供,明天老老实实跟你妈上门去给叔叔阿姨道歉,扬子不原谅你你就别给我回来了。"

陆诨无语。

他到底为什么会想出来当面给孙恬恬打电话这样的蠢主意。

坐飞机坐昏头了吧。

"爸我保证不给她打,行吗?"

陆诨看了看他爸的眼神,向他妈发出了求助的目光,还是妥协了,把手机放在茶几上。

"那我回房间了,好吧,我明天跟我妈去道歉。"

陆父又是一声冷哼:"你这么久不回来,是忘了什么是家法了?"

陆诨刚转了身,浑身一僵。

"爸,我都这么大了。"

陆父在茶几上重重地拍了一下,茶杯都在震颤。

"翅膀硬了?给我去院子里面壁思过去。"

陆母冲他使眼色,让他别惹陆父。

陆诨垮了肩出去了。

他知道他爸的意思,院里有的人搬走了,像周扬一家去了开发区,但大部分老邻居还在,孙恬恬一家也在。

他现在被罚站,也是陆父刻意做给大家看的,表明一个态度。

明天上门道歉的时候,好说得过去。

只不过,他脸都要丢完了。

陆诨叹了口气站了出去,老老实实的标准姿势。

站都站了,干吗还让人挑茬。

老旧的墙壁灰扑扑的,圆圆的墙灯上扑了一堆蚊虫,孜孜不倦地往上冲。

也不知道它们累不累。

反正陆诨是疲惫不堪,时差没倒过来,一口水都没喝上就要站墙根儿。

他看着墙头的脚印，想起来儿时他们三个人，一起从墙上翻过去，孙恬恬害怕得要命。

那时候多好，怎么就没有现在这些破事。

他青梅竹马跟了别人，现在吵了架还全赖他头上。

陆诨叹了口气。

下意识想摸口袋里的烟。

这才想起来因为飞机安检，他根本没带打火机。

陆诨哑哑地清了清嗓子。

第二天一早，陆母揪着他先去了同在院子里的孙恬恬家，然而门都没进去。

孙妈妈一看他，气不打一处来。

"诨子妈，咱们也老姐们儿交情几十年了，但出了这事儿我是真不能让诨子进门。你都不知道我家恬恬哭成什么样，还不是你们家诨子，从小就扒恬恬窗户，怂恿我们恬恬去干坏事，现在连恬恬要结婚了，都还勾得她做傻事，也不知道诨子给她灌了什么迷魂汤。我从小都把她当公主培养，诨子这样的小流氓地痞，把她害惨了。"

陆母虽然好脾气，在陆父面前言听计从，但在外人面前极维护儿子。

说实话，她也不认为儿子做错什么。

儿子受小姑娘欢迎，那是儿子长得好有魅力。

孙恬恬要真乖，那能被陆诨勾动吗。

只不过陆诨在人家两口子间掺进去了，说出来总不是那么好听，听起来总有些理亏。

再说了，都说宁毁十座庙，不拆一桩婚。

她也是抱着这个想法，才想息事宁人，让陆诨低头把这事儿揭过去。

陆母嘴上不饶："你这么说我就不乐意了，就算我家诨子怎么了，苍蝇还不叮无缝的蛋呢。我也是看恬恬长大的，心疼她快结婚了不容易，让诨子向你们道歉把事儿说清楚，你们这什么态度啊。"

250

陆诨有些头疼他妈的战斗力。

这门都没进去,道哪门子歉。

陆诨只能拉陆母先回了家。

"妈,咱们还是下午先去周扬家吧,我想跟周扬谈谈。"

陆母点头同意。

陆诨嬉皮笑脸:"妈,那你能不能把我手机还给我。"

陆母摇头:"不行,你爸说一是一说二是二,昨晚把你手机锁抽屉了。"

陆诨笑容僵了。

"我要跟女朋友联系啊。"

陆母一脸八卦:"儿子,你真有博士小女友啊,长什么样,好看不?"

陆诨无语。

他拿陆母的手机试了试,根本登不上微信,要验证。

手机号,又要验证 QQ。

学校的网站非校园网登不上去,连罗如霏的邮箱地址也看不着,后悔上次没记下来。

而他房间的电脑根本只能单机,陆父生怕他骚扰孙恬恬,把家里网都掐了。

算了,陆诨想,考虑了这几天,还那么久不回复,也不指望她后来会答应。

只能等回去再收拾她。

*　　　　　　*

罗如霏几乎一夜未眠,晨晓将出的时候,她才困得眼皮都睁不开,昏昏沉沉地睡了一小会。

还好今天没有早课。

但是不到 10 点就被手机吵醒。

她赶紧打开。

结果是同大 offer,她前段时间投的简历,也过了几轮面试。

几门选修可以让她选，让她选一门，在截止时间前提交申请表。

罗如霏失望地把手机扔回去墙边。

如果不是这个邮件，她都怀疑自己手机是不是坏了。

陆诨这是什么意思，不回复她了？

他后悔了？

不能吧，他要后悔，早干吗去了。

还是他根本就是玩一玩她，觉得有挑战性，好胜心作祟。

她一旦答应，他就罢手，心里还不知道多有成就感，怎么嘲笑她呢。

罗如霏一想到这个可能性，就难受得坐立不安。

她再也受不了这个煎熬。

她鼓足勇气，想了几遍说辞，拨了电话。

等了半天，直到最后的语音邮箱留言。

罗如霏愣住了。

他是真的在愚弄她吗？

看她答应了很有成就感吗？

甚至担心她缠上他，直接拉黑了她？

就像他那么残酷地对待前女友一样。

她想他对她，也不全似作伪啊。

就这么还没开始，就结束了？

罗如霏还想作最后的尝试，她发了个微信。

"你什么意思？"

她一脸迷茫地放下了手机。

手里汗津津的。

罗如霏说不出来自己的心情，有点像等待判决。

期望快一点知道结果，又怕真相太残酷。

Chapter 34　沉入海底

罗如霏心神不宁，精神恍惚地过了几天。

她有事没事就去翻微信里和陆诨的对话。

最后一句还是停留在她发的：我想同你坠入爱河。

罗如霏看起来讽刺极了。

她发出去的这条消息，坠入爱河，却沉入海底。

眼看今天就是夏季学期陆诨那个班的最后一节课，他是周四的课，这一周结束以后就放假了。

一般最后一节 tutorial 都是讲模拟题的答案，很有可能考试会考。

最后一节课都是人最齐的。

罗如霏一阵紧张。

最后一节课陆诨会来吧？

也不知道他要怎么嘲笑她。

罗如霏犹豫来犹豫去，还是精心化了妆，假装什么事都没发生过，昂首挺胸地进了教室。

没有他的身影。

直到下了课，罗如霏把一堆问问题的人一一回答了，也不见他身影。

陆诨这算什么？

给她留个体面？

罗如霏愣愣地在教室里坐了半晌。

她清晰地感受到，随着这一教室的人走空了，她与陆浑的最后一丝牵绊也消失了。

自陆浑以强势态度闯进她的生活，他把她的生活、观念撞得支离破碎。

从陌生人到冲破她心底的防线，原以为会是伴侣，再到现在杳无音信，从此陌路。

不到三个月，跌宕起伏都尝遍。

罗如霏不禁想起来一句话。

看他起高楼，看他宴宾客，看他楼塌了。

说的就是她吧。

只不过回去路上，罗如霏在路上见到一个黑人。

突然心头一颤，会不会还有一种可能性。

陆浑遇到什么事了。

被报复？或者是其他意外？

如果是这样，那他不回复她，非常说得通。

明明这几日已慢慢有些春夏过渡之意。

罗如霏一想到这个可能，浑身犹如浇了一桶冷水，从天灵盖冷到脚底。

多少留学生失踪了再也找不到，或者被发现的时候身子都冷透了。

再加上陆浑做事冲动不计后果，他还一个人旅游。

罗如霏最近刚经历过那么凶险的事情，深深地知道有时候危险近在咫尺。

她再不管颜面，从包里拽出来手机疯狂地给陆浑打了好几个电话。

全是语音信箱。

罗如霏慌了。

就算躲她，也不能三天过去都不开机吧？

她又连发了好几条微信。

你到底在哪里？怎么不回复？

幸好之前被陆浑骗去他宿舍看过电影。

罗如霏记得他的宿舍地址。

她疯了一样，在他门前拼命敲门。

无人应答。

她就去了 security 请了人拿备用钥匙。

门开的那一刹那。

她松了一口气。

没有她想象中的陆诨僵硬地瘫在地上的身影。

她又提了一口气。

陆诨仍然下落不明。

他住的是完全单人单寝 studio，连室友都没有。

罗如霏坐在陆诨宿舍楼下的花坛边上，揉了揉太阳穴。

陆诨到底去了哪儿？

她写了一封邮件群发给她教的班级，说陆诨在教室落下了贵重物品，谁能联系上陆诨请告诉她。

只等来寥寥几个回复，是告诉她陆诨手机号码的。

罗如霏苦笑，现在该怎么办，她担心陆诨有危险，该报警吗？

可一旦误报，后果极其严重。

可恨的就是她除了微信、电话毫无联系方式，她也根本不认识他的朋友，否则还能问问其他人有没有他的消息。

等等。

她认识。

成哥和茵茵姐。

陆诨说过是从小到大认识的朋友。

他们会不会有陆诨的消息呢？

有陆诨家人联系方式也好，好歹能商量一下他失联的事情到底该怎么办，有没有他可能会去的地方能找找他。

罗如霏被自己有些疯狂的想法吓到了。

去一趟曼彻斯特？

罗如霏脑海中天人交战。

她有点坐不住地站起身来回踱步。

去还是不去？

罗如霏又拿起电话连拨了好几次。

依旧无人接听。

最后她一跺脚，宜早不宜迟。

越早确定陆诨是否失联，越好找他。

罗如霏站在小院栅栏门口，还是有些难以置信自己的举动。

从陆诨宿舍楼下直接出发坐了六个小时火车，再打了 Uber 过来。

幸好当时在路上的时候，她帮陆诨看了一会儿导航，罗如霏没到过目不忘的地步，但这个地址还算好记。

圣热尔曼路 76 号。

饶是英国日落晚，此时也已经完全黑下来。

夜间的曼彻斯特好像比她在的城市冷一些。

罗如霏的手指扣着冰凉的铁栅栏，打了个寒颤。

到了门前，她好像一时冲动而出发的勇气消耗殆尽。

万一陆诨就是躲着她，又正好不在宿舍。

那她岂不是自取其辱，还送上门惹人笑话。

罗如霏纠结地抠了抠铁栅栏。

背后开过一辆车，她回头看了看。

偏头的时候，看见路灯下，上次吵架的时候陆诨坐着抽烟的地方。

他不是也失过面子，担心她无处可去，挽留她别走。

罗如霏下定决心，按了门铃。

茵茵姐看到她一脸惊讶："霏霏，你怎么来了？诨子停车呢？"

罗如霏尴尬异常："茵茵姐，不是，我自己来的。我联系不上他，好几天了，电话关机，微信不回。我担心他出什么事。"

茵茵姐皱眉："我不知道，他最近遇到点麻烦，不是什么危险，但是我不知道他为什么联系不上。进来说吧，霏霏。"

成哥在屋里，看到罗如霏来了，起身迎她："霏霏来了。"

茵茵姐已经拨了几个电话。

她显然也有些焦急："怎么诨子手机都关机呢，他国内的卡也是。诨子是不是回国了？不对劲呀。"

成哥也奇怪："诨子也没跟我说他到底回去没有，但是没理由都关机啊。要不我问问小六？"

茵茵姐给罗如霏解释："诨子可能是回国处理事情了，小六是他邻居。"

罗如霏点点头。

成哥放下电话的时候，还止不住笑意。

"放心吧，这家伙回国了，小六说看见他被罚站在院儿里，还威胁他不能告诉别人。估计是心情不好，要不就是被他爸收了手机。"

罗如霏松了一口气。

虚惊一场。

她提着的心总算落回原位。

大概真是陆诨急着处理国内的事情。

成哥对她说："是诨子做得不对，也不跟你说一声不声不响就回了国。霏霏，放心吧，等他回来再收拾他。"

茵茵姐拉了她的手，问她饿不饿。跟她说这么晚了在这里住，要是急着回去明天成哥送她，要是有空的话留下来玩几天。

罗如霏有些不好意思，她的确是饿了。

吃面的时候，罗如霏还是有些好奇，陆诨到底是什么事，走得如此匆忙，而且还到了失联的地步。

"茵茵姐，能不能冒昧地问一下，他到底是为什么事情回国的，棘手吗？"

茵茵姐有些犹豫。

罗如霏察觉到了，赶紧说："我就随便问一下，要是不方便说就算了。"

茵茵姐摆了摆手："不是，我是怕你们闹矛盾。他跟你说过以前的事情吗？"

罗如霏重复地问道："以前？"

"就是，"茵茵姐有些欲言又止，"就是他以前喜欢过一个女孩子。"

罗如霏点头："我知道，他说过，结果跟他好朋友在一起了。"

茵茵姐松了口气："那就好，我还担心你知道了生气呢。他们快结婚了，然后出了一点小矛盾。其实也不是浑子惹的祸，只是家长生气，他就是回去处理。"

直到茵茵姐的唇一张一合，罗如霏也不知道听进去多少。

罗如霏躺在床上，心里五味杂陈。

有点麻木，有点难过，有点受骗。

那个女孩，原来叫孙恬恬。

很多事情都有了答案。

比如陆浑为什么会跳街舞《Sugar》。

比如陆浑为什么腰眼上有个纹身 sweet。

比如陆浑的签名为什么是：你不知道她给过我一颗糖。

还有陆浑说不喜欢了，是骗她的吧？

这些举动，哪样不是喜欢？

那为什么还要追她？

果然是玩玩而已吗？

最重要的是，那个女孩还喜欢着他。

罗如霏有种感觉，自己同他，本就相识不久，根基甚浅，他们之间的那根线已然崩断。而陆浑同他初恋，看似从未在一起，却缠着无数的藤蔓，只要扯一扯，就紧密相连。

罗如霏无法接受。

她甚至庆幸陆浑回了一趟国，让她知道了真相。

否则她答应了同他在一起,还是被蒙在鼓里。

这种感觉像什么呢,你好不容易下定决心尝试一颗漂亮的糖果,刚舔了一口,就发现已经过期了长毛了。

她可以接受陆诨有过去,谁没有过去。

但就像《爱在日落黄昏时》里说的,过去是美好的,但你要让过去成为过去。

陆诨就没有把过去成为过去。

罗如霏能理解陆诨这么久对感情的不认真,都是源于不够喜欢吧。

那她呢,步了后尘,会走远吗?

罗如霏打了一大段文字,反悔自己先前答应的举动,只等他有手机的时候看到。

想了很久,还是都删了。

只留了一句。

对不起,我后悔了。

说这些有指责意味的话,没有任何意义。

或许陆诨也不想这样。

但总是,有缘无分罢。

将联系人删除,同时删除与该联系人的聊天记录。

罗如霏把他手机号码也拉黑了。

就这样吧。

他本来大概就是把她当作一个有趣的艳遇对象,想继续发展一段时间。

但这个一段时间,总是他决定的。

罗如霏不想被决定。

本来他就已经对她没什么耐心了。

或许几天过后,他就全然忘了她。

罗如霏看着窗外飞逝的田园风光,忍不住泪水盈眶。

哪怕还未开始,就已经结束。

对她来说，从答应的那一刻，就是彻底 fall in love 了。

上完最后一天的课。

罗如霏把自己关在屋子里建模。

几乎自虐一样，把模糊算法算了十几次。

毫无差错。

要是动心也能像精密计算的程序就好了。

给定了参数就会得出固定的结果。

到底哪里出了错。

直到陈修齐来敲门，眼神里既担忧又关切。

"霏霏，打你电话怎么不听？"

罗如霏恍惚了一下，拿起来才发现，陈修齐从早上到现在下午5点，打了九个电话。

不知道她给陆诨打的那几个电话有没有这么多。

只是他都看不见。

"哦，我放床上了没看见。"

陈修齐说明来意，他完整的论文已经第五稿了，在导师那一关，基本上是过了。

正好赶上同大金融系有个课题开始，七八月份调研，他想提前回国进组，问罗如霏有没有意向，进组名额是没有了，可以推荐她当助理。

而后9月开学以后，她的助教也可以衔接上。

罗如霏倒是心动，她只发过一篇国内论文，影响不大。

以后要想走学术这条路——她不像父亲那样清高——这样的机会，她当然愿意。

哪怕这个不留名，也算积攒经验，好知道国内的课题组是什么模样。

她记得上次那个可以选的课程表，有十周的选修课：经济学说史。11月中旬就能回英国，离明年答辩还有八个月的时间，完全来得及。

罗如霏现在就想去找导师申请回国几个月。

想了想自己宅了几天蓬头垢面，抱歉地跟陈修齐说："师兄，能不能麻烦你陪我一起去找导师，我怕他不同意。我先洗个脸换个衣服。"

罗如霏在镜子中看自己，脸色发黄，头发干枯。

连眼睛都有些浮肿。

比想象中顺利得多，导师听说他们的项目，十分感兴趣。表示课题做完，可以邀请同大方面来英国学术交流。

他们进入博三以后，没有必须要去听的课程和讲座了，基本上就是完成自己的论文，如果有成果，会去研讨会交流。

导师叮嘱罗如霏回来的时候，务必拿出来初稿。

罗如霏又去了一趟妈妈家里，罗母正戴着眼镜在绣一条手帕，看她来了，不好意思地收起来。

"我闲得无聊。"

"妈妈，我找好了工作，回去同大提前当助教，明年毕业以后应该也就定下来了。我大概要回国四五个月。"

罗如霏说到这里，有些不忍，她平时隔个两三周，忙的时候一个月多就来看看妈妈，陪她讲讲家乡话。

只有过年她才回上海。

现在本来就只剩一年回国了，此次又要去了一小半。

罗母反倒拍了拍她的手："回去吧，前段时间你外婆身体也不好，你正好回去看看。"

罗如霏吃惊："外婆怎么了？"

"也不是什么大毛病，摔了一跤，老人家骨质疏松，脚踝有点骨裂，看你忙没告诉你。"

罗如霏听得心里难受："我回去就先去看外婆，妈妈你自己照顾好自己，无聊了给我打电话，别担心我忙。"

*　　　　　　*

陆诨咬牙切齿地站在罗如霏宿舍门外。

Jenny告诉她罗如霏把寝室短租出去了，他还不信邪，进去敲罗如霏房间门，开门的果然是一个陌生的中国女孩。

问她们罗如霏去了哪里。

回国了。

回国内哪里？

她们一脸茫然。

陆诨的手机被解禁以后，收到罗如霏的微信，本来是欣喜万分，看她发的后悔了也没在意，毕竟他这么久不回复，罗如霏生气了也不好说。

结果他发微信，被提示不是好友。

验证不通过。

打电话被拉黑。

陆诨脸就黑了。

还被陆母强行留在家里多几天陪她，他简直心急如焚，恨不得早点回去找罗如霏，她明显是想答应他，只不过被这件事情阴差阳错隔开了。

结果他就回去了半个月，音讯全无，人去楼空？

陆诨真想揪出她来好好问问，她到底怎么想的，明明就答应了，这么轻易就能反悔，还这么狠心地彻底人间蒸发。

Chapter 35　人去楼空

　　陆诨在健身房汗如雨下，干脆洗了个冷水澡，还是有灼灼的躁意难以散去。

　　尤其是想到罗如霏居然真的就这样跑了，更加窝火。

　　他随便甩了甩头发上的水，连毛巾都懒得用。

　　几天过去了，他远没有他想象中的有耐心。

　　陆诨本来还不完全信 Jenny 的罗如霏回国的说辞。

　　尝试了几天，他换着法子发微信验证，比如宝贝，我前几天回国了不是故意没看到消息。

　　宝贝，理我一下好不好？

　　宝贝，我错了给我个机会。

　　宝贝，我爱你。

　　无奈都没有回复。

　　打电话他还疑是罗如霏拉黑他的缘由，他懒得走远，借了对面西班牙人的手机打电话，结果还是一样。

　　陆诨还被西班牙人嘲笑了一顿，心情更不好，早知道多走两步找楼下哥们儿借了。

　　陆诨还给她发了邮件，自高考以后头一次写超过 800 字的抒情作文，憋得他抓耳挠腮，结果还是不回复。

　　陆诨自信要是罗如霏人在这儿，他怎么样都能把她哄回来。无奈根本联

系不上，陆诨一身本领无用武之地。

陆诨想，她不就是回国一段时间嘛，本来也暑假了，就不信她不回来，博士不读了吗，总要交论文吧。

陆诨凭着 Jenny 对他的好感，互换了 WhatsApp 账号，Jenny 答应罗如霏一回来就告诉他。

他想，等她几个月以后回来，他一定好好收拾她。

反正他年底才回国，有的是时间等她。

然而这个等待的念头过了几天，愈发等不得了。陆诨每次一想到罗如霏好不容易答应了他，还跑了，就觉得像煮熟的鸭子飞了，格外难受，恨不得立刻马上把她抓回来。

他费了多少时间和精力啊，变着法子撩她，等她下课。万一罗如霏一后悔，这几个月里又被像她师兄那样的小白脸拱了怎么办。

陆诨越想越烦躁。

而且罗如霏那张巧笑倩兮的脸，不停地在他眼前晃来晃去。

健身的时候她在，洗澡的时候她在，睡觉的时候她还在。

伸手一抓就消失。

陆诨的烦躁体现在方方面面，几乎变成火药桶一样。楼下有一堆外国人躺在草坪上聚会聊天，陆诨开窗就把他们吼走了。

幸好英国草坪多得是，那几个人也没同他计较。

陆诨深深地失落。

要命的是，玩游戏的时候，有人好的不提，偏提这茬，问陆诨到底什么时候发和女朋友的吻照。

还吻照，现在面都见不到了。

陆诨没好气地说，女朋友跑了。

大家听他这语气，也不敢触他的霉头。

只有赵昱成私下问他怎么回事。

陆诨既然话都说了，也不在乎这个面子了，再说他和成哥一向关系好，他就实话实说。他回国回来就不见罗如霏了，只不过他把罗如霏答应他在一起的话略过了。

赵昱成吃惊，跟他说不能吧，霏霏前段时间还去过曼城问他的消息。

陆诨语气低沉得可怕，问他怎么不早告诉他。

赵昱成以为他们早联系上了，哪里会想到这样。

陆诨实在是又惊又喜又气，他从头到尾盘问了一遍到底怎么回事。

虽然他现在还是一样找不到罗如霏，但他才知道原来罗如霏，远比他以为的要在乎他。

居然因为找不到他，担心他的安危去了曼城。

难道是因为知道他没事所以不好意思？

不至于这么狠直接音讯全无啊。

陆诨突然有个念头一闪而过，他侥幸地问："成哥，你没跟她仔细说我回国是什么事儿吧？"

"没有啊，我就说你回去处理事情。哎，对了，你是怎么搞定的。"

"跟周扬来了一场男人的对决。"

"真的假的？什么对决？"

"哎，你别管了，他其实吧，也不想闹大，这谁脸上都不好看嘛。他居然还问我，如果他现在退出，我会怎么样。我当然告诉他那时候都是小孩子过家家，我早不喜欢恬恬了。"

"周扬有点爱得魔障了，都快结婚了还想出来他退出的话，疯了吧。"

陆诨不愿意多说，他又想了想："茵茵姐呢？"

"她挺好的啊。"

陆诨无语。

"我是问茵茵姐有没有告诉她我为什么回国。"

陆诨把手指插在头发里揉了揉。

他现在总算知道罗如霏到底为什么又反悔又不告而别了。

她居然去了曼城，也不知道茵茵姐怎么跟她说的，但是想来陆诨为了以

前喜欢的人回国这件事怎么说她都会不高兴。

罗如霏本来就担心他不专一不长情，还遇到这样的事，后悔还挺符合她的。

小没良心。

陆诨想明白症结，急急忙忙又发了几个微信验证给她。还有长篇地解释他早不喜欢孙恬恬，只不过为了家长回去之类的邮件。

发了半天没回复，他才想起来国内是半夜三更。

陆诨叹了口气。

知道罗如霏去过曼城找他，他心里居然有微微的感动，罗如霏不辞而别的恼火瞬间消散，罗如霏就是这么一个独立有主见，说走就走的人。

只剩下期盼早点找到她的焦急，盼望同她诉说衷肠，让她知道他这一腔的热情似火想要拥她入怀。

相比之下，罗如霏就过得好多了。

对她来说，从决心同他一刀两断毫无瓜葛的时候开始，她就已经放下了。

罗如霏以往听留在国内读研读博的同学总说多苦多苦，老师剥削苦力，泯灭人性，都不如自己亲身体会来得强烈。

国内的学术氛围的确是紧张又辛苦。

同国外的自由不同，在组里每一步改动或者进展都要有记录。

罗如霏就是负责记录的人，每天整理会议记录，改动方向，由于在课题初期，每隔一天都要提交进展和最新方向，版式严格。

虽然罗如霏只是个助理，但是挡不住副院长的慧眼识珠，她既要做助理做的整理文件的杂事，又要参与课题真正内容，同陈修齐一起负责一块。

罗如霏回国两个月，只在入组前回家呆了一个周末，还抽了一天去看外婆。

虽然何悦总吵着和她见面，但是何悦今年换了分部工作，她忙得不可开交，只约了一次看电影。

同大离家里有些距离，罗如霏回家那趟收拾了东西，搬进了同大的教职工宿舍，所幸是暑假，她没正式成助教，也能住进去。

巧的是，二人寝里的室友陈静怡，居然同罗如霏的一个高中好友认识，算是扯上了层亲近，再加上天气炎热，两人中午一起叫外卖或是互相打个饭，很快熟悉起来。

和罗如霏不同的是，她走的是辅导员留校的路线，大概以后会往学校行政发展。

陈静怡比罗如霏更有上海女生的特点，说话娇滴滴，又快又不饶人。罗如霏想她还真挺适合当行政，踢得一手好皮球。

她们两个上海女生，发现对方暑假都不回家住，觉得巧得不得了。

罗如霏一问才知道，陈静怡第一年正式留校，被抓去新生办帮忙，整理档案，寄录取通知书和准备迎新。

罗如霏同情地拍一拍她的肩膀。

陈静怡却笑了："逗你呢，小傻子，我怎么可能为了这个不回家呀，这些活儿我都偷懒，我是为了找男朋友玩啦。"

她想到什么又问罗如霏："哎，你长这么漂亮，有没有男朋友？"

罗如霏想到为了初恋回国的陆浑，恨不得咬牙，克制了一下情绪，只害羞地回答她没有。

陈静怡热情得要命，说要给罗如霏介绍，说她男朋友的同学好些都还单身呢。

罗如霏好奇她男朋友，何悦到大四的时候几乎就极少回宿舍了，提早进入同居生活，罗如霏对这样的见怪不怪，反而陈静怡这样已经工作了，还要瞒着家里见男朋友实在有些奇怪。

陈静怡扑哧笑了："我男朋友啊，今年刚高考完，我是在图书馆认识他的，他今年考得还不错，上同大没什么问题。可惜就是白天我在新生办虽然能偷懒，但很难出来，晚上他又难出来，偶尔跟爸妈说去同学家住一晚才出来。哎，霏霏，要有时候晚上我不回来，你不害怕吧？"

罗如霏实在有些受到冲击："你男朋友，才高考完？"

陈静怡拍了拍她："放心啦，成年了。下次带你见见，现在的小孩儿可成熟了。"

相处下来，陈静怡说话直爽，看到罗如霏回寝室还有活儿干，自觉会戴上耳机看电视剧。

时间久了罗如霏也发现，她每次10点前快快地回来，多半心情不怎么好，明显是男朋友晚上的门禁。

罗如霏到了夏天，喜欢买了西瓜用勺子吃，后来总习惯多买一块分给她，最后发展成两个人一边吃西瓜一边看电视剧。

真正要开始上课了，罗如霏反倒清闲很多。大概是因为课题组的教授们各自忙了起来，好在暑假赶一赶进度，走上正轨，罗如霏一周整理一次报告就是了。

开学以后，陈静怡晚上不回来的次数增多了，罗如霏又感觉回到了国外，自己一个人独来独往的时候。

这天从饭堂出来，经过篮球场，罗如霏的小腿被砸了一下，她倒没什么事，正想把球给他们扔回去，看到球场里几个男孩子在争执，一个人高马大的男孩子揪住了另外一个男孩子的衣领。

罗如霏一下子就想到了陆浑。

她这才惊觉，陆浑原来已经淡出她生活这么远了。

罗如霏摇了摇头，把球轻轻滚回场内，自己往前走了。

事实证明她及时了断是对的，同陆浑相识甚短，并没有什么刻骨铭心的回忆，在没开始的时候结束，她没有受什么伤害。

罗如霏想，他太擅长狭路相逢，让人情迷意乱。罗如霏那几个月里，总有种不真实感，心里七上八下。

现在这样踏踏实实做事，每天忙忙碌碌，做自己喜欢的事，课题教授虽然严苛，但是受益匪浅，罗如霏很满意现在这样看似单调无聊的生活。

和课题教授相反，上选修课的教授是后起之秀，资历不够，但行事自由随性，不爱为难学生。提前同罗如霏说了那几节课有点名或者小测，要她提前在群里通知学生。

刚上了两个星期的课，罗如霏适应很快，上课前提前开好投影，下课后把课件发到学生群里，再通知一下，这份活儿轻松得很。

第三节课原本要学生写个小题交上去当签到的，然而教授临时通知罗如霏说他有事来不了，让罗如霏放半节课关于经济学说历史的视频，下半节课收个观后感。

罗如霏不得已站了讲台。

大教室足足有十几二十排座位。

不知道为什么，罗如霏总觉得最后一排靠窗的男生侧影很像陆浑。

远远地她也看不清，只当是自己眼神不好。

直到下课以后，在教室门口见到熟悉的身影。

罗如霏才知道不是自己看错了。

陆浑难得地没有摆弄什么东西，老老实实站着，甚至双手都垂在身侧，也没有插在口袋里。

旁边有女生拿着手机似乎在问他要联系方式，他摇头拒绝了，还退后了两步。

看到罗如霏走过来，他正好回了眸，冲她笑了。

罗如霏惊讶是惊讶，但她心如止水了几个月，再见陆浑，也没了以往的脸红心热。

好像这三个月过去，她就同陆浑认识了一辈子一样，那件让她辗转反侧的事情也烟消云散了。

她不再躲避不再被动，像个老友一样走过去，迎着他的目光，语气随意："你怎么来了？"

陆浑反倒有些束手束脚，中规中矩："我来找你。"

他一开口，罗如霏就察觉他变了许多。

原本他飞扬跋扈，喜欢在女生面前释放他强烈的男性魅力，标标准准执

行着男人不坏女人不爱。

罗如霏能察觉到他明显地收敛了这些气息。

他穿得像普普通通的大学生，白T恤牛仔裤，没有破洞，干干净净。

笑起来人畜无害。

陆诨难得地没有主动逗她。

一路下楼二人几乎无言。

罗如霏走下最后一级台阶，想起来他那些微信验证和邮件，主动开口："我不是不回你信息，对于我反悔这件事，我很抱歉，但我觉得断了联系对我们两个都好。"

陆诨低低地嗯了一声："你是不是因为我回国的那件事才后悔的。"

罗如霏听他语气难过，没了以往的说一句话就似把她逼到墙角的流氓气息，反倒有些不忍心。

"我自己也有问题，我太冲动没想好。"

陆诨长叹一口气。

"霏霏，茵茵姐跟我说了。你还去找过我，我真的很感动。是我不好，没有给你安全感。"

罗如霏听他语气自责，像个做检讨的大男孩儿。

她一时也不知道该怎么回答。

她确实是怨他同别的女人纠缠不清心里放不下，却不好说出口，总显得自己还很介意一样。

罗如霏指了指食堂："我请你吃晚饭吧。"

吃饭期间，或许是周围人声鼎沸，两个人都没有提这回事，罗如霏点了几个上海特色菜，他们一边聊天。

他问罗如霏就答，七七八八地把自己回国做的工作同他讲了。

陆诨送罗如霏回了寝室，罗如霏上去前，他抓了她手腕，马上又松开了。

"霏霏，我能不能重新追你？"

罗如霏垂了眼，轻轻摇了摇头。

"还是算了吧。"

陆诨看着她："好，我知道了。"

目送她上了楼。

罗如霏在楼上看他高高瘦瘦的，形单影只的背影。

罗如霏总觉得他似变了一个人。

把他的锋芒毕露全都收敛了起来。

陆诨以往太招女人喜欢了，他也深切地知道自己的优势，罗如霏最不能接受的，是他原来心头早有白月光，把其他人都当作过客。

陆诨说得对，她在他身上，太缺乏安全感了。

他是能给她激情，从未有过的激情与快乐，可她就像在云端一样，永远飘忽不定，总觉得万丈高楼平地而起，总有一天会坍塌成废墟。

罗如霏第二天没课，课题组老师也都有事，好不容易睡个懒觉。

早上听见陈静怡出门的声音，她迷迷糊糊睁眼看了一下就睡着了。

没想到陈静怡很快回来了，把她晃醒。

"霏霏，楼下有个帅哥，就是昨天送你回来那个，在下面等你。"

罗如霏困得要命，脑子根本抓不住重点。

"你怎么知道他送我回来。"

"哎呀，昨天我和男朋友在宿舍旁边的小树林里刚出来嘛。你快下去吧。"

罗如霏就坐在床上扒着窗口看，果然是陆诨。

陆诨昨天不是说他知道了吗？甚至连她联系方式都没要，怎么又来了。

罗如霏急匆匆刷牙洗脸换衣服。

跑下去一看，也不知道他等了多久，上海的酷暑可不是纸老虎，他的T恤已经透出比较深的颜色了，显然都是汗涔涔的。

他手里还拿着拎着透明的塑料袋，包子和豆浆。

见到罗如霏，温润地笑了。

罗如霏还在喘气:"你怎么在这里等我?"

陆诨看着她的双眼:"霏霏,我说了,能不能给我个机会重新来过。我不是给你压力,我不强迫你,只是想送你上课,你要真不喜欢……"

陆诨说到这里顿了顿,有点难过的样子。

"我还是会坚持下去,直到你反感厌恶。"

他恳求地看了看她:"霏霏,别厌恶好吗?"

Chapter 36　火车停了一整个春天

罗如霏每天的生活都很单调，学院、教室、食堂、宿舍四点一线。

她从来没想过陆浑这么爱玩的人，每天来接她，给她带早餐送她到学院或者教室，中午等她忙完了一起吃食堂，晚上再送她回寝室。

没有任何越界的行为。

罗如霏一向心软。

看他在楼下等得辛苦，说了他两次别这样了，他只说知道了，时间到了他又来了。

罗如霏就自动自觉按固定时间进出。

免得他苦等。

罗如霏有种回到了大学时代的错觉，不对，更久远一点，像高中早恋的少男少女。

还不敢互诉爱意，只能打着一起学习的旗号，一起上学一起吃饭。

罗如霏这天快"下班"的时候发现错了一个数据，看起来翻一翻之前的文件记录就能找出来的简单错误，愣是找得夕阳都只剩余晖。

等她出来，看见陆浑无聊地踢石子，落日最后一点光亮，透过树阴在他脸上投下斑驳的影子。他低着头没看见她走近，看见罗如霏的鞋，他猛地抬头，瞳孔紧缩，仿佛把罗如霏看到他自己眼睛里去。

他们对视了不知道多长时间，可能几秒，可能几分钟。

路边的灯忽然亮了，远处的钟声当当当地响了七下。

罗如霏抬眼望去，一盏盏灯挨个亮起来。

天未黑透，已经华灯初上了。

为他笼罩了一层雾蒙蒙的光。

自他来上海找她，陆浑就浑身透着不一样。

但今天，他似乎更不一样。

罗如霏刚要开口，才发现自己下午坐了几个小时，滴水未进，嗓子哑得要命。

她清了清嗓子才开口："走吧，我们今天不去食堂。"

"去哪儿？"

"去吃一家我很喜欢吃的店。"

同大附近还留着些老旧的上海弄堂，上面倒是没有挂乱七八糟的衣服，不过在天光落下以后，更显得昏暗破败。

罗如霏带着陆浑拐了几拐，走到一家招牌都模模糊糊的店家。

陆浑抬头看，水煮鱼的煮字，下面已经没了四点水。

罗如霏轻车熟路地自己拿了菜单和纸笔来写。

陆浑问她："你还能吃辣的？"

他们穿越了大半个英国的路线，一路有中餐都尽量吃中餐，从没见罗如霏点过辣的，都是清淡为主。

罗如霏刷刷写了两道菜，把菜单给他："能的，就是我胃不太受得了，偶尔吃一次可以。你看看还有什么要点的。"

待罗如霏替他拿好筷子烫洗了碗筷，陆浑还是坐着十指交叠着，打量着店里的环境。

察觉到罗如霏的目光，他才转回来："说起来，出国读大学唯一的遗憾，就是没有这样的小店了。以前高中的时候中午总偷跑出去找小吃，到了大学反而无处寻觅。"

罗如霏也点头："我出国最怀念的就是学校附近的美食，我有个闺蜜以前是同大毕业的，我有时候过来找她，她把附近的好吃的带我吃了不少。"

"喝什么？这家小店到夏天自制的绿豆沙最好喝。"

陆诨说："那我也喝这个。"

他想起来什么，低声跟她说："你快到生理期了，少喝点。"

罗如霏愣了愣，他说话声音很低，她也不怕左右听到难为情，只觉得有些好笑。

"好，我就喝一杯。"

陆诨无意识地把桌子上放的小玻璃杯拿在手里转。

他的手指上干干净净。

从那天他们一起吃食堂，罗如霏就发现了，他早把那些戒指全摘了。

陆诨本来就手指修长，骨节分明，这样一来，更加突出他的优点，罗如霏猜他或许学过钢琴。

这样想着，她忍不住就问了他。

陆诨停了手上的动作："是，以前被我爸妈抓着学了几年。"

罗如霏看他还是一副心事重重的样子，知道他心里有事。

她柔声问他："你是不是要跟我说什么？"

陆诨看她："我们吃完饭能聊聊吗？"

他又补充了一句："我明天要回去交毕业论文了，大概过两个星期再回国找你。"

罗如霏这才想起来，已经将近十月了。

她何尝没有跟他谈一谈的想法。

出了水煮鱼店，他们走到学校操场。

罗如霏想了想，就说出来刚才吃饭的时候滚动在脑海里的话。

"你回去好好准备 presentation，之后别再折腾来找我了。"

罗如霏话没说完，她的手腕就被他拉住了，把她扯着转向他。

这是这么久以来，他们第一次身体上的直接接触。

上海十月的夜晚依然是燥热湿润的，带着两个人的体温。罗如霏一颤，手背都起了一层薄汗，即使两人曾经有最亲密的身体接触，她仍被这样简单的触碰弄得浑身不自在。

陆诨似乎马上意识到不妥，松开了她。

他叹了口气："你这是不接受我的意思？"

罗如霏轻轻地摇了摇头，几乎不可见。

她指了指旁边的双杠，示意陆诨。

罗如霏坐上去以后拍了拍手上的灰。

"你知道吗？我不知道你发生了什么事，这两个星期，我总觉得是自己偷来的。"

陆诨正要开口，就被罗如霏制止："你听我说完，我也会听你说的。"

"好。"

罗如霏双手撑着后面的杠子，晃着腿，操场幽暗的光，显得她面如皎月。

"你找我很费劲吧？"

陆诨没想到她先问她这个，这段时间，他们聊天也都避重就轻，两个人都不提那些不愉快，他只当是罗如霏心软不忍心。

"还好。"

其实哪里是还好。

陆诨自决心找她，在 office hour 堵了她的博导，问了她到底去哪儿了。

她博导不肯说。

陆诨磨了好几天，他才告诉陆诨在上海，别的就不肯说了。

陆诨托发小把上海高校的行政电话弄了，一个个问。

电话里不肯说。

七八月的时候罗如霏没有入职，陆诨在 9 月时还找了两个星期，挨个去行政处问。

好在他拿了和罗如霏同一个国外大学的学生证。

总算问到了。

罗如霏笑了："别说谎，我那时候回国，就是让你找不到。否则我完全可以选后半学期的助教。"

罗如霏看着他，眼神真挚："我可以很坦白地告诉你，我没有想好。但是我不想你浪费时间，也不喜欢这样低三下四的你。当时我知道你为什么回国以后，我就想彻底断了，但是看你变化很大，我一时心疼，担心你出了什么事。后来，我是贪恋这样你陪伴我的时间，所以一直没开口让你回去。你这次就回英国去吧，给我一段时间好好思考，好吗？"

陆诨低下头："我从茵茵姐那里知道，你还担心我，去过曼城。"

他长叹一口气，抚了抚罗如霏头顶："霏霏，你告诉，你喜欢我，好不好？你要考虑多少时间都好，我陪着你考虑，我怕我回去了，你就直接给我判了死刑。"

罗如霏避开她去曼城不谈："你知道吗？高中的时候，我一直是好学生，就一次考完试的晚自习逃了课，和我闺蜜到操场双杠上坐着聊天，被教导主任抓了通报批评。还有今晚的水煮鱼，我是很喜欢吃，可我的胃受不了，我每次吃完都从喉咙一直火辣辣到肠胃，有时候还疼得要吃胃药。"

她也叹了口气："所以，陆诨，你与我而言，真的是偶然因素，我一次出格的举动不代表我就是这样的人，而我再喜欢这样的感觉，也吃不消天天享用。你太招女人喜欢，你心里还有白月光，这两点，都让我止步不前。"

陆诨苦笑："至于以前瞎招惹，那是我的错，但是哪有什么白月光，就算有，你没听过白月光最后都会变成饭粒吗？"

罗如霏噗嗤笑了："我就怕变不成饭粒，你敢说你的纹身和她无关？她一出事你就回国，你之前学的街舞，也是为她吧？还有你的签名。"

陆诨摇头："我都承认，可这些早就已经成过去了。纹身和街舞，是我以前傻。你就没个前男友么？我回国，纯粹是因为我们父母认识，我为了不让我父母难堪才回去的。至于签名，我那个好多年没改过，后来是为了让别的女生看到增加我的神秘感，早就改了。"

罗如霏听他语气真诚到不能再真诚，他这些日子的表现也都历历在目。

罗如霏还是有些迷茫："你要我做什么判断呢？"

"用心,霏霏,我知道我光说,没有用。所以自从我来找你,我没有为自己做一点辩解,今天是头一次,因为我想证明给你看,我从前就是说得多做得少,总想什么都不付出,总以为自己赢了,现在我不知会不会比以前有可信度?"

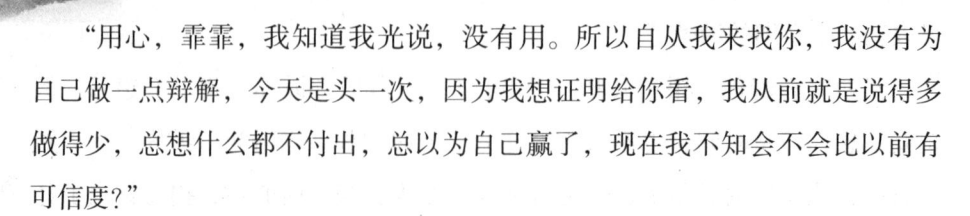

"有。"

罗如霏坚定地点了点头。

她还补充了一句:"所以我才犹豫,否则,我的决定,从我回国那一刻就不会改变。"

陆诨似松了一口气。

罗如霏问出了自己一直想问的问题:"你能告诉我,你遇到了什么事么?"

陆诨沉默了一会。

罗如霏生怕自己表意不明:"我是说,使你对我变了态度的事儿,如果不方便说,也没事。"

陆诨开口:"其实吧,各种因素都有。茵茵姐有告诉你我回国的具体原因么?"

罗如霏摇头:"就是说,你那个白月光和她未婚夫闹了矛盾。"

陆诨皱眉:"不是白月光。"

罗如霏笑他:"好好,不是,那你说吧,我洗耳恭听。"

陆诨简单地给她讲了讲来龙去脉。

其实罗如霏这回听完,倒是感觉,事情和她想象中很不一样。她原本以为,是孙恬恬的未婚夫欺负她,陆诨想借着娘家人的立场给她撑腰,实则是心疼孙恬恬。

结果,居然是这样,听起来,陆诨貌似是躺着中枪?

她这样问陆诨。

陆诨回答:"我原本也这样想,去了我哥们儿家,我都气死了,跟他直接约单挑篮球来解决这一件事,要是我输了,我认错,要是他输了,他自己去跟家长解释清楚。我不知道他是不是根本就不想闹得家长知道,很水地输了。我也道了歉,只是他也出了力向家长解释。"

陆诨右手掐着左手的虎口。

罗如霏不知道为什么,就察觉到他心里分外纠结和难受。

他继续说:"后来我回了英国,没几天,才知道他居然喝酒喝得胃穿孔了。平时壮得跟头牛一样,躺在病床上跟我打电话,那时候我彻底怂了。我是看不惯他,总觉得是他整事儿挑我茬总盯着我,但是从小一起逃课打球去网吧翻墙头,我是真看不得他那样。我才知道他这么难受,这么多年,难受的不止我一个人,他那时候才情绪宣泄。"

陆诨揉了揉蓬乱的刘海。

"他说对不起,这么多年,不该又算计我又把我逼出国,总觉得我离得越远他的爱情就越安全。但他是真的害怕,他哪怕就聚会的时候见到孙恬恬,我也在用眼神撩她,他无时无刻不在担心。"

陆诨无奈:"我当时听着特别生气,我说我早对孙恬恬没意思了,怎么可能做这样的事情。他说我不知道罢了,他说了我很多个小动作,说我从小就这样,见所有女孩儿都这样,勾得人家喜欢我,然后得意洋洋地拒绝别人示爱。他说我根本不知道什么是爱,也不会怎么去爱人。他那个样子,特别认真,我认识他二十几年,没见他这么认真过。"

罗如霏有些疑惑:"就这样?"

陆诨皱眉:"我表达不清楚,但是他这样,我总觉得是自己的责任,他作为从小到大认识我的人,最了解我,我们从小能互喷但绝对不会掏心窝子,他难得掏一回,还是我在乎的人和事,我就听进去了。我这算不算放下屠刀立地成佛了。"

罗如霏忍不住笑:"哪有你这么形容的?所以你觉得你这样的行为,怎么说呢,以前潜意识里知道这些行为,但是你自己意识不到,现在你意识到了,并且发现会伤害别人,你就醒悟了悔改了?"

陆诨点头:"差不多是这样。然后我通过成哥才知道,你还去找过我,

279

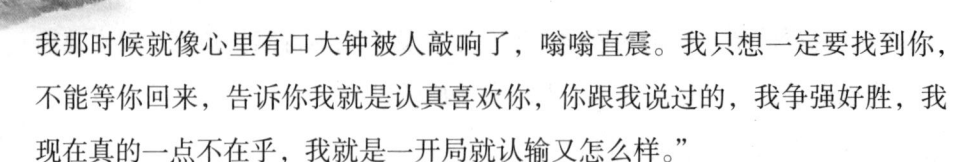

我那时候就像心里有口大钟被人敲响了，嗡嗡直震。我只想一定要找到你，不能等你回来，告诉你我就是认真喜欢你，你跟我说过的，我争强好胜，我现在真的一点不在乎，我就是一开局就认输又怎么样。"

罗如霏直勾勾地看着他，目露严肃："可是我就喜欢你以前那样特别撩的样子，怎么办？"

陆诨同她对视，想探究她的神情。

罗如霏忍不住自己先笑了。

陆诨凑近她，下一秒，嘴角已经噙着那抹罗如霏所熟悉的痞笑，他的气息覆过来，罗如霏抓着双杠的手都扶不稳。

他说："那我只对你一个人这样。"

说完，他很快收回去，恢复了一本正经的神色："但是在你答应之前，我还是保持你喜欢的模样，免得你挑茬说我做不到，你放心好了。"

罗如霏美目流转："我什么时候说我要答应了？"

"不管你答不答应，我就回去交完论文回来，总能让你放下顾虑。"

陆诨说完这句，又有些逗弄之意："你是喜欢我的，对吧？"

"是，我是喜欢你。"

罗如霏说完这句话，庆幸黑夜掩盖了她绯红的面色："但是一鼓作气再而衰三而竭，我先前答应了，现在反而退缩了，我真的需要好好想想。我还想考虑我以后到底是不是从事大学老师的职业，我们真要在一起，以后也有很多现实问题。你知道吗，我闺蜜，跟她男朋友大学恋爱到现在五六年了，家长都见了，前段时间因为她男朋友家里希望她生两个孩子，谈不拢，分手了。"

她深吸了一口气："我现在也不想知道你家里什么情况，总有这样那样的问题，要是到了那一步，只能说是运气不好。可我担心的是，我们根本走不到那一步，我们的喜欢到底能坚持到哪一步？所以，我认真的，你回去吧，我要是想好了，会告诉你的。"

"你要多久？"

"我说不好。"

陆诨一脸无奈地看着她:"行,我该说的也都说了。我现在是彻底等你发配了。"

罗如霏又强调一次:"你千万不要来找我,真的,你说过要尊重我的意愿,我不想受你影响稀里糊涂做个决定然后后悔,我们就变成一对怨偶。"

"真的?"

陆诨同她对视,罗如霏一向温柔似水的眼眸坚定异常,陆诨败下阵来。

"好,我答应你。那你加回我微信,行吗?"

罗如霏把手机递给他。

她点开陆诨的头像,浑身一震。

陆诨的封面,换成了同她在曼城球场的合影。

他的签名,如他所说,确实改了。

"火车在春天里停了一个小时,你在最后一分钟里,闯进了我的车厢。"

罗如霏问他,你这是什么意思。

陆诨耸肩:"字面意思。还记得在苏格兰火车罢工么,我以为你走了,那时候是我第一次知道我对你钟情,我想跟你在一起。"

罗如霏沉默了片刻。

"你知道我那时候下车做什么了么?"过了两秒,她自问自答,"我去给你买礼物了,到现在那份礼物,还在我宿舍放着,因为你根本没给我机会送出去。"

陆诨也沉默了。

他知道她为什么没机会送,因为他一上车就把她揪去了洗手间,完全不尊重她的意愿强行要她。

"对不起。"

罗如霏没有回答。

他几乎以为他的道歉吹散在晚风里。

"我也要跟你说对不起。"罗如霏终于还是开口了。

陆诨疑惑地看着她。

罗如霏又一次，当着他的面，删了他。

"对不起。我不是为这件事生气或是什么，是你提醒了我，假如我最后不答应，那么你永远见不到那份礼物，其实人也一样，我们本来就互不相识，路上萍水相逢，如果我们最后没有在一起，那么微信也毫无必要，我不想以后再删一次。"

陆诨一时不知说些什么。

他知道事情就像罗如霏说得这么残忍。

但是他不想面对没有在一起的那种可能性。

"那……"陆诨犹豫了一下。

罗如霏已经打断了他的话："我有个想法，特别浪漫。"

罗如霏的眼睛里都带着星星亮："我们不如学《爱在黎明破晓前》，来个约定。就在火车站，某个日子，你在 Exeter 的火车站等我，如果我来了，就是我答应你；我不来，我们就当从来没有认识过，没有微信，没有联系方式，就这样最好。"

她生怕陆诨不答应："就这样，我想不出更好的。你知道我其实要多固执有多固执，我已经知道了你现在的心意和态度，至于你陪不陪我联不联系，其实根本不影响我最后的判断。"

她忽然笑了笑，一副轻松姿态："没准，你回去第二天，我就盼着见面那一天，飞奔着回去找你。"

罗如霏的笑容似有感染力。

陆诨在她的笑容里，叹息了一声。

"哪天？"

"什么？"

"约定的日子。"

"你答应了？"

"怎么不答应，我等着你明天就后悔。"

罗如霏看着陆诨恢复了些他自信飞扬的模样，心里说不出来的轻松。

罗如霏低头翻了翻日历："冬至怎么样？圣詹姆士公园站，站台直接就在马路边上。要是我回来了，我们就去附近那家中餐厅吃饺子。"

她似乎是担心自己把话说得太死，又转了话锋："要是我不回来，你就自己寒风萧瑟地回去吧，以后也别找我。我一定是想得很清楚了。"

陆诨深深地看了她一眼。

他跳下了双杠，递了手给她。

罗如霏居高临下地看着他："你真同意了？"

陆诨点头："就多给你三个月。你以后要是再反悔，别怪我没给你机会。"

罗如霏像公主一样，把手递给他，被他托下来。

罗如霏以为他是性格里的洒脱，使他这么快答应了她这么苛刻的不平等条约。

直到到了宿舍楼下，她才察觉到他的隐忍和不舍。

他眼神里有深深的眷恋。

罗如霏回想他一步步的退让。

知道他确确实实在考虑她的感受，他以前不知道如何表达喜爱，她多幸运，做了第一个，却欺负得他片甲不留。

宿舍附近多得是校园里的男男女女，牵着手接着吻经过他们。

罗如霏更觉得自己残忍，她有些不忍心，主动上前抱了抱他。

她这才意识到，就此别过，有可能是最后一面见他，这个她爱着，也试着答应他的男人。

她的双手环在他劲瘦的腰上："对不起，是我懦弱，谢谢你给我时间考虑。"

陆诨也搂住了她，拍了拍她的后背。

"没事。宝贝，我很高兴你愿意再给我一次机会，你愿意这么认真的考虑才是真的把我放在心上。"

罗如霏嗔他:"谁把你放心上。"

陆诨一低头就看见她撅着红唇,她柔软的发丝覆在他手臂上。

她就这么近在咫尺。

罗如霏很快就感觉到他苏醒的欲望。

她有些呆滞。

这些天陆诨表现得太过于人畜无害,和以前那个做起爱来疯狂的他判若两人。

她揪着他的衣服,浑身似有电流流过,她脑子里就闪过他们曾经亲密无间的一幕幕,她想,倘若她不答应,这是最后一次。

最后一次。

罗如霏退后了一步。

她踏上了两步楼梯。

比陆诨还高了一点点。

"要不要上去坐坐?"

这栋宿舍建于20世纪50年代,还保留着旋转楼梯,就在宿舍楼的外部。

她回来路上就已经看过,她们宿舍是黑黢黢的窗户。

陈静怡今晚估计是会男朋友去了。

陆诨知道刚刚贴身拥抱的距离,她是察觉到了。

他被撩起火来,刻意维持的正人君子形象已经绷不住了,只是理智犹在。

"不了,你早点上去休息。"

"我宿舍没人。"罗如霏咬了咬唇。

陆诨咬牙:"别给我下套,好说我不够诚意,有理由拒绝我是不是。我现在知道前两次你怎么就那么生气,全是不满意我先上车后补票。"

罗如霏被他这么一说,反而显得自己矫情。

她看他,就不信他能忍得住。

他就真这么自信她最后一定会答应他么。

罗如霏诱惑他:"这次不一样,你要是上来,我考虑成功的几率还会增加。"

陆诨听着被她说得像买卖,哭笑不得。

"你不是说,没什么能影响你最后的决定么?"

罗如霏也没想到此刻被自己说的话堵了嘴。

罗如霏本想算了,一想到要是真是最后一次,心里就像被挖了一块,难受得紧。

她干脆直接去牵他的手。

拽着他往楼梯上走。

她走了几步才发现,陆诨居然跟着她走了上来。

他粗粝的手掌被她牵着,手里的温度是真实的。

罗如霏想,他或许只是想确认她会不会因此拒绝他。

罗如霏单手提了裙摆,牵着他,他们一圈一圈地绕上去,旋转楼梯的扶手全是铁质的,一条条竖着的栏杆,一道道光影在他脸上交错。

罗如霏低头看的时候,一道光影正划过他的喉结,划过他的唇,他挺拔的鼻梁。

一帧一帧,像最古老的动画,慢动作一样划过。

两个人都难过地想着,这有可能是最后一次亲密接触。

陆诨脱她的衣服,也像最慢的动画,温柔而不舍。

罗如霏从来不知道,宿舍的上下铺铁架床,居然能晃得这么响。

她总疑心它下一秒就要散架了。

嘎吱嘎吱响个不停。

即使她是下铺,她还是怕极了,抬手抓住头顶左侧的床柱。

才发现她的bra挂在上面。

陆诨低头吻她:"专心点。"

罗如霏只能伸手勾住他。

宿舍摇晃不已的铁架床便成了一叶扁舟,在浮浮沉沉。

她依稀听见陆浑冲她说："你会答应我，是不是？"

罗如霏摇头。

陆浑又加快了冲撞的速度。

罗如霏破碎地回答他："我会，我会。"

人的理性和感性一旦有一方占了上风，就是努力争夺主要行使权，让另一方退出舞台。真正理性与感性平衡，比摆八卦图要难多了。

罗如霏的感性一面被荡漾起来，她甚至想他要是留下来不走了，她也愿意。

罗如霏被陆浑的闹钟吵醒的时候，还被他搂在怀里。

她迷迷糊糊一睁眼就看到满地乱扔的衣服，在黎明拂晓的光里，照出一片影。

她想起来一句话。

肴核既尽，杯盘狼藉。相与枕藉乎舟中，不知东方之既白。

她累得很快又睡过去。

直到再次醒来，床上只有她一个人，她才想起来，陆浑走之前替她穿了睡衣。

他在她耳边说："我早上的飞机回英国，昨晚在你宿舍说的话，不算数的。我等你想清楚。"

什么话？

罗如霏才想起来，他问她，会答应吧。

那时她答应了。

三个月以后，会吗？

      *   *

戊戌年，冬至。

宜，合帐、裁衣、教牛马、余事勿取。

圣詹姆士公园站，本来就是个小站，只有到中央站的车，每四五趟，有一趟从中央站过来。

那日同罗如霏约定的是下午的火车。

陆诨早早地午间 12 点就来了。

平均一小时来一趟火车。

起初，他还坐在站台旁简易的连门都没有的就像公交站一样的候车室等。

不知从什么时候开始，脚下的烟头一根接一根。

陆诨摸到空空的烟盒。

手都有些发抖。

已经接近圣诞节了，还有两班，就没有火车了。

陆诨忍不住走出去。

同春夏不一样，英国的冬天，哪怕拨了冬令时，还是天黑得早。

再往上些的北欧国家，几乎可以感受极夜。

冬至是一年中天光最少的一天。

他走到废弃的圣詹姆士公园门前，这里原先是一支球队的俱乐部，后来就荒芜了。

旁边的几家 pizza 店，门牌还在，早已经被锈迹斑斑的铁门拉住。

在灰色的天空下，显得更加沉闷。

陆诨走上去拽了拽锁头，摸了一手的铁锈。

他烦躁地随意在裤子上拍了拍。

倒数第二趟。

陆诨沿着出来的路慢慢走回去。

站台上已经有零散的人们，站着等待火车的到来。

来了，又走了。

火车再一次发出汽笛声，呜呜地鸣着，听着又绝望又哀伤。

最后一趟。

陆诨不知不觉，已经把手掌心都抠破了。

他身高占优势，在陆陆续续下来的人们中瞧着，又从火车头走到尾，从尾走到头。

直到站台上的人都散尽。

陆诨慢慢地蹲了下去。

铁轨与火车之间的缝隙里,生着杂草,在风中摇曳。

他伸手拔了下来。

这是今天最后一趟,这列火车将会停一个小时,再返回伦敦。

陆诨蹲到双腿发麻,又起了身。

寒风已经将他灌透了,他搓了搓手,趁火车里面还在打扫,上了车。

一节一节车厢,挨个地走。

他连洗手间都要推开看。

走到最后一节车厢,他苦笑着下了车。

站台里的灯已经亮了。

偌大的站台,只剩他一人。

最后,连这趟列车,也要离他而去。

陆诨不知道自己还在等什么。

他甚至冲列车挥了挥手。

再见。

列车里空空如也,从他面前缓缓驶过。

最后,连车尾的最后一节窗户,也从他面前消失。

陆诨难以置信地看着对面的站台,那盏灯下,雾蒙蒙地站了一个人。

是他朝思暮想的人。

穿着焦糖色的大衣,身边立着红色的行李箱。

他甩了甩头。

看见罗如霏冲他抿嘴笑了。

——

那趟开往春天的列车,

他原以为只会停一个小时,

不曾想竟是一整个春天。

——戊戌年五月初十,完结于英国埃克塞特

番 外

番外 1　似水流年（一）

"行了行了，恬恬要去洗澡了。"

压低声音说这话的是周扬，说完他转身，一屁股坐下来。

没想到陆诨和赵昱成比他早就坐下来了。

三人懒得动，反正屋里面的孙恬恬已经按掉播着《天鹅湖》的录音机，往洗手间方向走了。

都在孙恬恬家窗户沿下，席地而坐。

周扬刚才扒在窗户上用极其别扭的姿势看了这么久，一坐下来还有些龇牙咧嘴的酸痛。

他抱怨了句："你们不早点叫我。"

赵昱成其实是最没兴趣偷看孙恬恬在家练舞的，他比他们都大一级，开学都初三了，要不是家里的电脑主机被锁了，实在是闲得无聊了才跟他们一起偷看。

他鄙夷地看了眼周扬："她最后那个动作，我看了几次都背会了，你还不会。"

那个年龄的男孩子，哪里会把心事都挂在嘴边。

怎么会告诉他，是因为看得入迷，哪怕最后一个动作，也要看完才肯坐下。

周扬没好气地甩了句:"是是是,我怎么不记得,最后扬高左手,拿毛巾擦汗,关录音机,喝水,散开头发,去洗澡。"

陆诨闷笑一声。

周扬疑心他在嘲笑他。

他不服地隔着赵昱成踢了踢他的鞋尖:"几个意思?"

陆诨神态轻松,惬意地靠着墙壁。

哪怕这个季节的北京,又闷又热,墙壁和地上都是滚烫灼热的,粗糙刮人。

陆诨摇了摇头:"要不要连洗澡也看了。"

他说得像开玩笑,但下一个动作,正儿八经地朝同样也在窗边的洗手间指了指,眼神暧昧。

他们说这话的时候,洗手间已经传来哗哗的水声了。

本来没觉得有什么,听陆诨这话,足以让十三四岁的男孩热血沸腾起来,根据这夏日清凉的水声联想出血脉贲张的画面。

周扬沉默了一下,有点犹豫:"这不好吧?"

赵昱成自认为大了一两岁,嘴上不输:"这有什么。"

他说完四下张望了一番,显然是觉得整个大院都是认识的,虽然大人不在,小六几个都在,要是偷看孙恬恬跳舞没人说什么,要是被发现偷看她洗澡那后果可就严重了。

他还是补充了一句:"只要不被发现就行。"

陆诨原本一脸暗示,听他们这话,露出一丝愚弄的笑意。

"啧,我就随口说说,你们还当真啊,小笼包有什么可看的。"

周扬和赵昱成听这话,知道他是说来引他们上当的,要是他们真同意了,他肯定要嘲笑一番。

周扬和赵昱成对视一眼,一起往陆诨那扑。

几人胡闹一番。

陆诨顶不住,指了指窗户上:"小声点,一会儿恬恬该洗完澡了。"

他们才撒了手。

由着陆诨弄好了被扯歪的衣领。

周扬催他:"别跟个娘们儿似的臭美,换个地方呆着吧,一会儿恬恬真出来看见了。"

赵昱成听了嘴里嘀咕:"你们说谁家有电脑?"

说完他又摇了摇头:"算了,估计不是有密码就是剪了网线,要不像我一样被锁了主机。"

陆诨拍了拍他的肩:"走吧,带你们去个地方。"

周扬问他:"去哪儿?"

陆诨故作神秘:"去了不就知道了?"

结果这丫带他们熟练地翻过了后墙,就在后墙下靠着。

赵昱成直想发火:"就这儿,我还以为你找到哪家黑网吧。"

陆诨已经伸手戳到他胳膊前了。

赵昱成低头一看,一根烟在他眼前晃。

他吃了一惊,陆诨没耐心等他接烟,往他怀里一塞,直往下滑,赵昱成赶紧接住,捏在手里都感觉烫手。

他们几个才上初中,虽然男孩儿该干的那些完蛋事儿都干过,但是抽烟多少和坏距离更近,和他们这个年龄距离更远。

男人有时候就这么奇怪,少年时候被父母管着不让抽烟,为了那种刺激还是偷偷学了,等以后长大了又要管束孩子。

赵昱成看陆诨还算娴熟地点了烟,问他:"你什么时候学的?"

陆诨答得轻松:"想学就学了。"

他把烟分给周扬和赵昱成了,两人只一脸惊疑地看他。

陆诨本来就有炫耀的成分,挑眉看赵昱成:"怎么,成哥,不敢?"

赵昱成总觉得自己比他们长了一两岁,嘴硬:"正好,我早想学了。"

他说完就叼进嘴里,闻见烟草味儿喉咙就有点痒。

陆诨孝敬他,伸手给他点了火。

赵昱成装模作样，吸了一口，原想忍住不咳，结果憋得脸都红了，到底是剧烈地咳了几嗓子。

这通咳完好像就通了，眼泪汪汪。

陆浑笑着问他："成哥，滋味儿如何？"

赵昱成想掩饰："你这什么劣质烟，咳死我了。"

陆浑丢给他烟盒看："是你新手好不好？"

他说完把打火机递给周扬。

周扬和陆浑，一向隐隐较劲，那才真是谁都不服谁。

两人都对孙恬恬有那么点意思，但谁都不肯说，每次偷看还非要拉多一个人，显得他们没那么傻。

陆浑从小学开始女生缘就好，不知道什么时候起，就流行这种痞痞的男生，好在孙恬恬没看那么多偶像剧，待他俩都是儿时伙伴，态度差不多。

周扬就想学习上压他一头，但陆浑又不是不学，每每到了期末发奋几天，还能交个差强人意的成绩单。周扬最后就比他好不了特别多，反而看陆浑毫不在意，比起来成绩自讨没趣。

不过凡事，周扬都不会落于陆浑后面。

不用陆浑多说，他自己接过来点燃了。

三人躲在后墙抽烟，多少有些鬼鬼祟祟。

陆浑抽了一段时间，比他们姿态轻松多了，听见什么，转头问赵昱成。

"成哥，是不是有人喊你？"

赵昱成这会儿又咳上了，眯着眼睛看他："哪有？"

陆浑仔细听了听："小六的声音，绝对的，喊你的。"

这回周扬都听见了："好像是。"

小六知道他们这个时间是例行偷看孙恬恬的，刚才还在院儿里，现在找不着人，喊了几嗓子也没人应。

他绕了一圈，自言自语："这几个坏蛋，偷摸去网吧，不叫我。"

赵昱成这回听见了，猛地一跳扒着墙头，冲院里大喊："谁是坏蛋？"

小六吓得缩了缩脖子,看到墙上探了个人头:"吓死我了。"

赵昱成问他什么事。

小六这才想起来:"你去门口看看吧,有人找你。"

赵昱成奇怪:"谁找我?"

小六挠挠头,描述了一下:"一个女的带着一个小胖子。"

赵昱成:"满脸横肉的那种胖?"

小六:"对对对。"

赵昱成一拍脑袋:"完了。"

陆诨问他怎么回事。

赵昱成从墙头下来,小六看他缩回去:"行了,我话带到了,我回屋吃西瓜去了。"

赵昱成吞吞吐吐才说出来。

上周他看见外面有摆摊的,象棋残局,就凑上去看看,发现一个小胖子蹲在那儿下得起劲。赵昱成从小也学象棋,就在旁边瞎指挥,小胖子嫌他烦,两人拌了几句。

陆诨几人都知道,他就是个臭棋篓子,就他自己还孜孜不倦地要下,缠着别人跟他下。有时候他们几个烦了,刻意让他,总算是赢了就不再烦他们了。不过陆诨是个不服输的主儿,所以赵昱成最爱找他练。

陆诨嘲笑他:"成哥,就你那水平,给人家小胖子整烦了吧。"

赵昱成不满:"你听我说完。"

小胖子可能是受了他干扰,到底也没破了残局,白白交了钱。

一想到少了包零食,小胖子就生气,跟赵昱成吵多了几句。

最后发展到约战象棋的地步,赵昱成说谁怕谁,没想到小胖子当场从书包里掏了盒象棋出来,两人走远了几步在树阴下就比起来。

结果毫无疑问,赵昱成输得溃不成军,最后他眼看要输了,一掀象棋,"不玩了,小屁孩回家吃奶去。"

这话一点就燃,这个年纪的男孩最冲动,最容易打架。

没想到小胖子吨位十足，赵昱成掰不过他，老脸不知道往哪里放。

最后赵昱成揪着他衣服上的校徽："我记住了，跟你说，开学我就去你们学校找老师，说你打架。"

其实赵昱成说这话，明显是吓唬他的，哪有男孩子打架告老师的。

所以以他的经验来看，小胖子今天多数还是来找回场子的。

赵昱成一手一个，把陆诨和周扬勾着肩搂过来。

"哥儿几个，是不是说好了一致对外。"

陆诨把他掸开："得了，别肉麻，陪你去会会。"

赵昱成远远看见两人站院子外头，低声说："他也整了个帮手。"

陆诨恨铁不成钢："你仔细看清楚，那是个女的。"

赵昱成早近视了，平时不肯戴眼镜，眯了眼睛："哦，这是什么毛病，放假都要穿校服。"

说的是小胖子之前也穿着校服，这个女生今天又是，但明显是初中的校服。

后来回忆起来，邹茵茵说，那天是去参加学校组织的敬老院志愿活动了。

三人走近了，才看清楚，那个女生扎了个马尾，眉清目秀，穿着校服也掩不住盘靓条顺。

那个女生声音柔柔地开口："哪个是赵昱成？"

陆诨胳膊肘碰了碰他："成哥。"

赵昱成不吱声。

女生低头揪了小胖子，马尾尖一颤一颤甩在侧面。

"这是我弟，邹盖，我听他说上周他不懂事，跟赵昱成打架了。我带他来道歉，有什么矛盾，能不能说开了，别往学校去告状。"

陆诨和周扬自动退后一步，赵昱成就突兀了。

他指了指邹盖："他叫邹盖，你呢？"

女生皱了皱眉："邹茵茵。"

294

赵昱成后来才知道，他们姐弟俩的名字，取自"草如茵，松如盖"。

他反复读了几遍："邹茵茵。"

眼睛一亮："那篇统考作文《往事并不如烟》，你写的啊？"

初二下的期末是统考，评讲试卷的时候，把各个学校优秀作文都互相传了，印下去给他们看。

赵昱成只感觉这名字熟悉。

邹茵茵抿着嘴，轻点下颌："嗯。"

"我们是兄弟学校啊。"赵昱成不知道哪根筋搭错了，开始套近乎。

邹茵茵没接触过男生打架，不知道他说这个是什么意思。

又提了一遍道歉的事情，她说完，还轻轻推了推已经快跟她差不多高的弟弟。

邹盖皱着脸不开声，被邹茵茵推了，这才委委屈屈："我错了，别告诉老师嘛，我已经被没收了好几副象棋了。"

这边三人笑出声。

赵昱成跟智障一样挥了挥手："小事小事。"

邹茵茵点了点头，说了句谢谢。

几人不说话，气氛陷入了尴尬。

邹茵茵开口了："那我先带他回去了。"

赵昱成问她："要不要进我们院坐坐。"

邹茵茵摆手走了。

陆诨拍了拍赵昱成："擦擦你的哈喇子。"

赵昱成伸手往下巴上一摸，什么都没有，这才发觉被耍了："我哪来的哈喇子。"

陆诨暗笑："你看着人家，眼珠子都要转不动了。"

赵昱成不承认："呸。"

他说完又跟陆诨说："她比你姐都好看，声音又好听。"

陆诨有个堂姐，跟他们年龄差得有点多，早在外地读大学了。大概是陆

浑他们家基因都不错，陆浑堂姐是院子里公认的好看。

陆浑不置可否："你不是最讨厌这种正儿八经的乖孩子吗？"

赵昱成马上否认："这话是谁说的，谁说谁是孙子。"

他想了想，又开始担心起来："我刚才表现得很傻吗？"

陆浑和周扬已经往各家走了，回头异口同声地回他："傻透了。"

番外 2 似水流年（二）

过了一周，赵昱成不知道用什么方法，把小胖子骗来了他们院里玩三国杀。

他还毕恭毕敬叫人家大名，邹盖。

那时候三国杀还算是稀罕物件儿，没流行起来，不像后来他们读高中的时候盗版满天飞，正版可是要一笔不小的花销。

两个人玩不起来，赵昱成拖他们几个捧人场。

陆浑抱怨他藏私，现在才拿出来。

赵昱成没好意思说，之前他没太搞懂怎么玩，就收柜子里了。这不是为了笼络小胖子，不对，邹盖，既然象棋下不赢，零基础的三国杀总行了吧，他在家恶补了一回。

果然，对于小学五年级的邹盖来说，象棋玩得再好，猛然接受一个新的游戏规则，确实不如他们。

不过不妨碍他上瘾。

陆浑、周扬和小六也是头一次玩，新鲜得很，玩到吃晚饭都不肯撤退。

赵昱成忽悠邹盖："你就给家里打个电话，说在同学家里玩，顺便吃晚饭了，等会我们送你回去。"

邹盖一会儿拿电话冲赵昱成晃了晃："我姐让你听电话。"

赵昱成屁颠屁颠过去，清了清嗓子，他嗓音还有些变声期的余韵。

"邹茵茵？"

"我弟在你家玩？"

"对，"赵昱成想了想，"你还记得我啊？"

"赵昱成。"

邹茵茵说得字正腔圆，就像校园广播站的播音。

赵昱成跟受了表扬一样，恨不得当场立正敬礼，到底是克制住了。

邹茵茵礼貌地说："他给你添麻烦了。"

赵昱成连说了几声："不麻烦，不麻烦。"

赵昱成晚上送邹盖回去，回来兴奋得要命，说把他们家在哪儿都搞明白了。

一回生，二回熟。

只要赵昱成肯豁得出去，多买几包零食。

渐渐地，偶尔邹盖玩久了，家里人让邹茵茵把邹盖领回来，邹茵茵就来他们院里了。

赵昱成热情洋溢："要不要进去坐坐？"

邹茵茵客气地婉拒了。

这回赵昱成没这么傻，拿出老北京跟人套瓷的那一套，好说歹说让邹茵茵进了屋。

邹茵茵看了眼他书桌上放的书，《许三观卖血记》。

"你在看？"

赵昱成的妈，年轻的时候是个文艺青年，放假了让他有空看看书。

赵昱成翻了两页再也没动过。

他这回无比感激他妈，能让他套上话，而且这个书名，还一眼能看出来讲的是什么内容。

"是啊，都看完了。许三观也太惨了，卖血可真不容易。"

邹茵茵点点头。

"我能看看吗？"

这跟邹茵茵家里的版本不同，是老版的书了，她忍不住想翻翻。

赵昱成无比大方，拿起来塞她手里："可以啊，反正我看完了，你拿走都行。"

看邹茵茵奇怪地看他一眼，他改了口："不是不是，我是说借你看嘛，好朋友之间，到时候你也借我书看呗。"

邹茵茵爱惜地轻轻放进袋子里。

"谢谢了，我尽快还你。"

不是每本书都这么巧，能用书名概括内容的。

邹茵茵借了他的书，就问他喜欢什么类型的书，下次互换着来看。

赵昱成只喜欢看全是画的。

他憋了半天，随便指了一本："就这个吧。"

邹茵茵看他的眼神又变得怪异："你确定？"

赵昱成定睛一看，竟然是薛金星教材全解。

"不是不是，旁边那个。"

邹茵茵垫着脚给他拿下来，她头发又顺又亮，马尾梢几乎晃在他心尖上，被斜照的阳光镀了一层柔柔的金色。

她低着头拂了拂书上可能并不存在的灰。

连赵昱成这样辞藻匮乏的人，都想起来一句刚学的诗。

"最是那一低头的温柔，像一朵水莲花不胜凉风的娇羞。"

后来邹茵茵也发现了，他根本没看那些书，也没看过他借给她的那些书。

因为内容说得颠三倒四，驴头不对马嘴。

开学前邹茵茵还了本书给他："你看一看。"

赵昱成等她走了，才翻开书看，一张书信纸，上面是工整的蝇头小楷，像字帖一样。

简单写了内容梗概，和她的一点读后感，建议赵昱成可以阅读一番。

开了学，两人都读初三了。

不过没有影响，因为赵昱成本来就不爱学习，邹茵茵学有余力，早甩别人一大截。

而且不用哄邹盖了,经过一个假期,赵昱成发现这个小胖子还有点意思,结下了深厚的革命友谊。

两人学校隔得不远,周五放学了,邹茵茵就喜欢去逛书店和图书馆。

赵昱成就去他们学校找她,美其名曰自己也要受点文学熏陶。他自从被揭穿,丝毫不惭愧,反正厚着脸皮,还能享受邹茵茵给他写的独家文字。

赵昱成不烦人,通常是邹茵茵看书,他就找本漫画在旁边看。

男生喜欢的那些《七龙珠》《海贼王》之类的。

从图书馆出来,他们一起吃点小吃摊儿,聊聊天。

邹茵茵远不是无趣的只知道学习的乖孩子,两人谈天说地,从国家大事聊到娱乐八卦也能扯好一会儿,然后赵昱成才送她回家。

等到寒假的时候,那会儿《阿凡达》要上映了,院子里这帮小子激动得不行。

报名要一起去看的,足足有七八个人,再加上赵昱成想约邹茵茵一起看,还要算上邹盖。

父母单位发的电影票,都是五六张,还要去现场换票的。

结果几人一凑,发现这个电影院三张,那个电影院五张,根本凑不到一块。

他们就去有五张票的电影院,又买了五张票。

几乎快凑了整排。

总共就俩姑娘跟他们一起,恬恬和邹茵茵。

邹茵茵来他们这儿次数多了,也和恬恬混熟了。

俩姑娘当然一块坐儿,想抢到她俩旁边的位置是有技术难度的。

谁都比不上陆浑精,趁着他们吹牛上厕所的工夫,早买好了奶茶和爆米花。

给孙恬恬和邹茵茵一人一份。

然后自然而然地坐在了孙恬恬旁边,把周扬看得眼睛发红。

好在没人跟赵昱成抢邹茵茵，他乐呵呵地坐在她旁边，还帮她抱着爆米花。

他们头一次看3D电影，那时候传得玄乎，什么有老太太看着看着就心脏病发作让救护车给拉走了。

电影还没开场，几人就把姑娘们吓唬得不行。

邹茵茵再淡定，也是15岁的小姑娘，看到害怕了，就抓着扶手。

赵昱成看见了，鼓了半天勇气，黑暗中那双嫩白的手，晃得他都看不清楚电影了。

他刚要伸手，那吓人的早过了，邹茵茵缩了手，他就只碰了一下，装作不小心地别了头。

两人看电影的过程中再没说过话。

赵昱成送她回去的时候，邹茵茵突然就开口了："下学期要中考了。"

赵昱成不知道她说这个是什么意思，他成绩不好，中等水平。

垂头丧气地哦了一声。

等到院子门口，邹茵茵才说了："赵昱成，我考四中，你跟我考一个学校吧。"

说完她就进去了。

留着赵昱成在门口，傻笑了半天。

这句话，让下半学期的赵昱成，几乎没有好日子过。

最终靠自己，以吊尾车的成绩考上了四中，全家高兴得不得了，升学宴都摆了不知道多少桌。

赵昱成本以为，终于进了同一所学校，接触的时间多多了。

事实上高中的学习，远不是初中的紧张度能比拟的。

起初中午赵昱成等她一起吃午饭，邹茵茵总喜欢在教室里看一会儿书再走，赵昱成嫌去晚了没鸡腿了，但总还是等她，在教室门口等。

后来等多了，闲话就传开了，高中是视早恋为洪水猛兽的。

那天中午吃饭，邹茵茵忍不住说了："赵昱成，你以后别总等我吃午饭了，偶尔可以，总这样有人说我们。"

赵昱成知道她的意思："说我们什么，跟4班那一对儿一样谈恋爱？想太多了，我们身正不怕影子斜。"

邹茵茵换了个说辞："你不是想早点吃饭吗？我想中午避开人群，晚点打饭。"

说到这个，赵昱成开始抱怨："你说你中午非要看会儿书，中午就是休息的。"

他想了想："我好好跟你们班人解释一下，我们是从小认识的，纯革命友谊。"

邹茵茵最近感觉到水土不服了，她进了重点班，个个都是天之骄子，想再维持以前那种甩人几条街的状态难上加难。

所以中午才挤了时间也要看书。

她心不在焉的，答得文不对题："高中还是要以学习为主。"

赵昱成沉默许久。

第二天开始赵昱成就不等她了。邹茵茵还习惯了他催她，自己一做题就忘了时间，等想起来已经快一点了，食堂已经没饭了。

去小卖部买了个面包就着饮料吃下去了。

邹茵茵很快发现，赵昱成可能生她气了。

因为他连周末回家都没等她。

她其实本意也不是和赵昱成断绝往来，隔三岔五约个午饭还是可以的。两人时间这么不一致，非要等，他也着急。

平时晚上熄灯以后，赵昱成还会给她发个短信，说点他自己觉得搞笑的事情。

这回连手机都安静得像欠费了一样。

邹茵茵越想越不对劲，还真去给手机冲了20块话费，这回只能怀疑是安静得跟坏了一样。

还是认清了赵昱成不再搭理她的事实。

这种状况，一直持续到冬天，孙恬恬过生日。

孙恬恬当然邀请了邹茵茵，早早就发了短信。

赵昱成很久不见她，学校里碰见都绕着走，这回近了才发现，邹茵茵瘦了一点儿。

她自从上了高中，马尾变成了齐肩的短发，发质还是那么好，但因为瘦了，显得头大身轻，还有点黑眼圈。

赵昱成看过期中考的排名，邹茵茵在红榜上高高的位置。

看来是熬的。

她看也没看他，笑吟吟地递了礼物给恬恬。

"生日快乐！"

"谢谢茵茵姐，"孙恬恬接过礼物，看着精致的包装，有点好奇，"我能打开看吗？"

邹茵茵噗嗤一声笑了："我还盼着你早点看呢。"

居然是个MP3，孙恬恬一脸惊喜。

他们家庭条件都不差，孙恬恬早有MP4了，不过邹茵茵送的这个，粉嫩粉嫩，特别少女心。

她又抱了抱邹茵茵："茵茵姐你太好了吧。"

陆浑在一旁调笑："茵茵姐，我生日的时候，礼物可要按恬恬的标准呐。"

邹茵茵白了他一眼："少不了你的。"

孙恬恬开开心心地把礼物放到旁边。她是院里当之无愧的小公主，礼物摞得很高。

她又拉邹茵茵坐下："茵茵姐，你跟我成哥坐吧。"

他们都知道赵昱成跟邹茵茵关系好，一般总让他俩坐，所以赵昱成旁边的位置总是留给她的。

赵昱成一张臭脸，等邹茵茵坐下来，就开始呛她："哟，年级第一居然抽出宝贵的时间来了？"

邹茵茵本想这次好好跟他说，听他这语气，反唇相讥："倒数第一都来了，我怎么不能来？"

赵昱成几乎要跳起来："我怎么就倒数第一了？"

陆诨看出来他俩不对。"成哥，"他使了个眼色，"茵茵姐说得都对。"

孙恬恬也怕他们吵起来："成哥，茵茵姐，今天我生日给我个面子，你俩有什么不高兴和好嘛，好不好？"

邹茵茵声音柔下来："好。"她好像没事人一样，又恢复了那副温温柔柔的懂事模样。

她反而转头看着赵昱成："听见没，别闹了。"

赵昱成听她这哄小孩的语气，明明还很气，不知怎么，心里就很受用。

吃饭的时候，一桌人都有意无意逗他俩开心，吃完饭两人勉强算是和好了。

吃完饭几人散了，赵昱成踢了踢单车："你车呢？"

邹茵茵今天故意没骑车来："坏了。"

赵昱成傻乎乎没多想："那我带你？"

"行啊。"

邹茵茵干脆利落地跳上去，手搭着他外套，反倒是赵昱成"虎躯一震"。好在冬天穿得多，外套厚得过分。

她就乖巧地坐在他单车后座，赵昱成那点儿别扭的心思，彻底烟消云散了，一点儿火都发出不来。

就是一向话痨的他，难得没怎么说话，安安静静地送她回家了。

他们就这样莫名其妙和好了，又恢复到以前，赵昱成等她周末一起回家的时候。

但邹茵茵是真忙，周末都没什么时间出去玩，赵昱成约她五次，顶多去一次，他看她黑眼圈那么重，慢慢不忍心叫她出来了。

而且这段时间没一起吃饭，赵昱成跟班里几个哥们儿玩好了，也有了固定"饭友"。只偶尔约一下邹茵茵，两人不再有这方面的矛盾。

其实赵昱成的朋友都很奇怪，他怎么会和邹茵茵这样的年级里排名靠前的学霸是朋友。

赵昱成自己都说不清为什么，只能用一句"从小一起长大"来解释。

事实上只有他俩知道，他们根本不是青梅竹马，所谓的友谊，也是赵昱成死皮赖脸混来的。

番外3 似水流年（三）

就这么波澜不惊地过了一年，到了高二以后，邹茵茵好像学上了正轨，渐渐不像高一那么吃力了，偶尔周末还主动叫赵昱成陪她打个羽毛球运动一下。

只要邹茵茵叫他，赵昱成哪有不到的时候。

尤其是看她打羽毛球，大汗淋漓的时候，面色红得发粉，像个水蜜桃。

现在她头发留长了点儿，暑假的时候跟几个女生一起，偷偷让发型师给修成了里面短外面长的内扣，不再像之前营养不良的模样，只显得愈发青春洋溢。

有时候叫上陆诨和周扬他们几个一起，孙恬恬打得不好，经常就在场边给他们递递水和毛巾。

陆诨和周扬那点心思，孙恬恬从小被宠惯了，不觉得有什么，开窍得晚，还是一口一个诨子哥，扬子哥。

比如说，他们几个打球，孙恬恬坐在场边，被几个男生骚扰了，陆诨和周扬差点跟人干起架来，赵昱成就淡定很多，见恬恬没事就劝陆诨他们算了。

到过年的时候，邹茵茵家里来了稀客，也不算是稀客，是她有个表叔，早年移民英国了，好几年没回来。

这回过年回来，知道她成绩不错，就问邹茵茵要不要去英国高考，越早出去越有希望能考上牛津剑桥这样的好学校。

邹茵茵这 17 年的人生里，基本上都在和学习打交道。

说没有名校情结是假的，更何况是这种世界上的最高学府。

她学得并不迂腐，对她来说，叔叔的话提供了一条全新的路，如果真有更轻松的路可以走，为什么不去尝试。

她有空就开始背雅思单词，听听力，其实对现在阶段的英语也是有帮助的。

那天赵昱成约她吃午饭，照例是去她教室等她。

赵昱成已经跟她班上的人混熟了，中午时间可以随便进出教室。

他随手看她在看什么书，邹茵茵瞪他："我上周借你的书你看完了吗？"

赵昱成当然没看完："姑奶奶啊，最近作业这么多，累死了。"

她合上书的时候，赵昱成眼尖，还是看见了封皮。

他脸色就变得难看了："你要出国？"

邹茵茵觉得八字没一撇呢："小声点。"

越说赵昱成嗓门儿越大："邹茵茵，你为什么要出国？"

邹茵茵扯他一把，三两步出了教室，边走边说。

她大概说了来龙去脉。

赵昱成脸色越来越臭，他极少这样对她，除了高一他们吵架那次。

他喉头滚动几下，语气极不友善："邹茵茵，你这是崇洋媚外。"

邹茵茵皱眉："我以后会回来的。"

赵昱成口不择言："回来又怎么样，你就是去资本主义国家享乐去了，亏你作文学得这么好，你对得起祖国吗？"

邹茵茵被他这话说得，忍不住笑出来。

"赵昱成，你是不是舍不得我？"

其实现在时代变了，很多人大学都出去交流，或者研究生镀金一两年，她真有劝赵昱成大学也出国的想法。

"那你大学也出国嘛，"邹茵茵循循善诱，"你不是喜欢国外的车？"

赵昱成被她说中了心思，更狼狈不堪："只有卖国贼才出国，我出什么，老子在中国待一辈子。"

邹茵茵一时不知道怎么说。

赵昱成怒意未消:"邹茵茵,你要是还当我是朋友,就别出国。"

他这话说得,幼稚得要命。

邹茵茵听他这句朋友,说了许多年,今天被他刺激到,还是忍不住说了句出格的话。

"不过是朋友关系,就能让我不出国吗?你凭什么?"

她这句话里,藏了的少女心事,其实已经无处遁形了,偏偏赵昱成根本听不懂。

"那你出吧,出了就别再回来。"

赵昱成气鼓鼓地转身就走,两人连饭都没吃成。

等周末回去,跟陆诨学这件事,陆诨让他把话原原本本复述一遍。

赵昱成不耐烦,不就那样嘛,还学着邹茵茵的语气说了一遍。

他气得拍桌:"你说她什么意思啊,说出国就出国,如果这次我没看见,指不定什么时候就不告而别了。"

陆诨笑了笑。

他对这些事,早慧很多,对孙恬恬,纯粹是不着急的态度,还有不想跟周扬撕破脸皮,再互相瞧不上,也是十几年一起长大的交情。

他点拨了一下。

赵昱成一拍脑袋:"居然是这个意思?当她男朋友才可以?"

他说完又摇头:"我总觉得她不是这个意思。"

陆诨说:"那你说,她怎么想的。"

赵昱成分析:"你看她成绩这么好,以前还因为耽误她中午做题跟我翻脸,这回肯定就是铁了心想出国,连我们这点情分都不顾了呗,我说什么都没用。"

这话勾起来他初见邹茵茵的场景,一晃到现在,已经三年了。

"唉,"赵昱成长叹一口气,"她就是成绩太好了。以前追着她好不容易考上四中，以为有点机会，结果她说学习为重，我只能看她好好学习。一点儿勇气都没有，要是说了，肯定连朋友都没得做。"

陆诨无语了："你现在也没得做朋友，她都要出国了。"

赵昱成伤心得恨不得以头抢地："说得是啊。"

陆诨怂恿他："成哥，你试试呗，反正她都要出国了，万一成了她不就不出去了。"

赵昱成思前想后几天，终于趁夜深人静去了邹茵茵家楼下。

他用石子砸了邹茵茵的窗户，二楼浅蓝色的窗帘被掀开，她穿着睡衣往下看。

赵昱成做了个出去的手势，邹茵茵一会儿换了衣服出来了。

他们还有点别扭，邹茵茵硬邦邦地开口："我不出国了。"

赵昱成一肚子的话直接被憋回去了："真的？"

邹茵茵看他一眼："还有假的？"

她那天跟赵昱成吵了一架，回去反思了一番。

其实她有些过于急功近利了，以她的成绩，如果保持到高考，也能考上国内的最高学府。更何况，没有经历过高考的人生是不完整的。

邹茵茵试着跟父母说了以后再出国的想法，没想到父母一致同意，他们也不放心她这么小就出去。

这件事就算揭过了，她正要周一见到赵昱成说，没想到他大晚上自己找过来了。

赵昱成被这一出戏剧化的转变整呆了，傻傻地哦了一声。

邹茵茵笑了笑："你找我什么事？"

赵昱成摇头："没事。"

邹茵茵探究地看了看他："真的？"

赵昱成随便乱编："我就是睡不着随便溜达。"

邹茵茵点头："行，那我回去了，我爸妈睡了，我是偷偷出来的。"

赵昱成又是一声哦。

看着邹茵茵的身影消失在楼道里。

赵昱成回去以后被陆诨追问，结果被他们几人嘲笑了整整一个月。

赵昱成不在乎："她都不出国了，等高考结束呗。"

进了高三，就离高考不远了，大家都开始发力，尤其是重点班的争斗，进入白热化的状态。

邹茵茵又开始挑灯夜战，题海战术了。

邹茵茵的数学，是她的弱项。

以前没开始总复习，还没这么明显，总复习以后，她以前的底子就不管用了，数学又没什么天赋，最后成了拖分的科目。

赵昱成几次找她吃饭，都看见邹茵茵在问同一个男生题目。

重点班那些风云人物，他们都知道，曾子逸，算是难得口碑最好的学霸。学习好，人缘好，从来不会瞧不起人。

前几次，赵昱成还没说什么，后来次次去，邹茵茵都和曾子逸趴在一起做题。

赵昱成忍不住语气不爽："你不能自己做吗？"

邹茵茵看他："我不会。"

邹茵茵这段时间疲倦不堪，她其实一向对周围的人，都是礼貌有加。不知道为什么，总觉得赵昱成会无条件忍受她所有的负面情绪，对着他，就温柔不起来。

两人大眼瞪小眼。

邹茵茵来了脾气，把书推到他面前："要不你教我？"

邹茵茵都不会做的题，赵昱成哪里会。

他本来就觉得在重点班教室等她，低人一等，这回更下不来台。

那时候的男孩子，最要面子。

赵昱成撂了句："还是他教你吧。"他说完就自己走了。

以后赵昱成再没去邹茵茵教室等过她。

也不算闹别扭，周末放学照样是一起回去，只不过为了复习，邹茵茵开始每两周才回一次家。

高三最后一次篮球比赛，他们两个班的时间不一样。

邹茵茵知道他喜欢打篮球，刻意看了时间，带着书去赵昱成他们班比赛场地，一边看书一边看他打球。

赵昱成以往叫她看他打球，邹茵茵多半是不看的，他打到中场，才发现邹茵茵来了。

他下场直奔邹茵茵，语气兴奋："你怎么来了？"

后面追着个女生，帮他拿矿泉水，催他趁休息时间赶紧喝水擦汗。

赵昱成还没来得及跟她讲多几句话，就被他们班的人带走去集中休息区了。

然而他再下来的时候，发现邹茵茵已经走了。

邹茵茵这周又不回家，她接到妈妈短信，说在校门口给她带了衣服和吃的，只能先走了。

给赵昱成发了短信，赵昱成很晚才回，就两个字。

没事。

篮球赛是高三最后的放松，接踵而至的一模二模压得他们喘不过来气。

连赵昱成都没心思玩了，只想在高考往前冲一冲。

赵昱成高考前一晚发短信给邹茵茵，才恍然发现，他们已经快三个月没有见面，也没有联系了。

他想了半天措辞。

头一次叫她茵茵。

茵茵，你一定能考上北大。

其实越心怀鬼胎，越不敢省了姓氏。

像陆诨和周扬，大大方方叫她茵茵姐，要多亲切有多亲切。

只有他，每次连名带姓，她也是赵昱成赵昱成地喊。

下一秒，手机震动。

昱成，你一定能考上理工。

番外 4 似水流年（四）

高考完第二天，邹茵茵他们老班就住院了。

他们去探望才知道，老班胃病很久了，甚至到了胃出血的地步，为了他们都是吃药硬抗的，有时候打完点滴还要赶回来看晚自习。

这回高考完，终于能在医院疗养一段时间了。

高考完是最百感交集的时候，对高中三年青春的告别，对同窗的不舍，面对未来的迷茫，几个多愁善感的女生围在老班床边就开始掉眼泪。

一向威严的老班都忍不住眼眶红红。

她强忍着涩意，跟几个孩子说："好啦，都要上大学的人了，别哭了。"

越这样说，大家越难受，连几个没哭的都跟着哭了。

老班无语。

老班拿出仅有的一点幽默细胞："以前管你们严，高考完了不趁现在谈谈恋爱，玩玩游戏，干吗围着我。"

她随手指了指邹茵茵和曾子逸："你看，我记得你俩以前就关系好，总一起做题。年轻人，可以尝试你们崭新的人生了。"

谁知道老班无意的一句玩笑话，回去被传播开来，三人成虎以后，变成了邹茵茵和曾子逸刚高考完就在一起了。

最后演变成学霸们在高中阶段互生好感，然而以学习为重，互相帮助，直到高考完终成眷属的浪漫爱情故事。

赵昱成不仅听了，而且信了。

躺在床上气得牙痒，高考完他的电脑放出来了，他反倒没兴趣玩了，被邹盖霸占着。

"邹盖，你姐真的有对象了？"

邹盖玩着游戏懒得理他："不知道。"

"那我怎么最近约她她都说没空。"

赵昱成一边伸出脚丫子踢邹盖，邹盖给他烦得不行："她最近做义工呢。"

"真做义工呢，我以为她骗我。"

赵昱成又开始发问："她跟谁一起做？"

"每天有个男的等她。"

赵昱成那时候不知道，那是邹茵茵做义工的领队，门外还有好几个义工，认定了是曾子逸，难过得连找都不想找邹茵茵了。

没几天，高考后的蠢蠢欲动到现在才爆发。

那些高中不敢说的心思，似乎再不说就成了遗憾。

赵昱成的前桌，一个性格跟他一样大大咧咧的女生，在QQ上跟他表白了。

赵昱成这才恍然，在他关注邹茵茵的这几年里，原来也有人一直关注着他。

他以前只当她是好哥们儿，现在发现当对象也是不错的。

赵昱成开始了自己的初恋。

年轻时候的爱情，总是恨不得24小时相伴着，他都几乎忘了自己那一帮从小长大的伙伴。

等录取通知书陆续来了，邹茵茵如愿以偿上了北大，请他们一群人吃饭。

赵昱成刻意带了女朋友，去了没看见曾子逸。

邹茵茵早从邹盖嘴里听到，赵昱成交了个女朋友，表现得波澜不惊。

赵昱成看她去结账，偷偷跟出去。

"你男朋友呢？"

邹茵茵没理他。

赵昱成自讨没趣，挠挠头。

邹茵茵拿了结账赠送的可乐，在背后狠摇几下，随手搁赵昱成手里。

"赵昱成，如果这样能减轻你的负疚感，那就算我有男朋友好了。"

赵昱成一向迟钝："什么意思？"

邹茵茵头也不回。

赵昱成随手开了可乐，喷高的液体和泡沫把他从头浇到尾。

"天哪，邹茵茵，你什么时候摇的可乐？"

不管赵昱成后来是真不懂还是假不懂，他已经回不了头了。

尝了初恋的甜蜜，怎么会再去追遥不可及的邹茵茵。

自从邹茵茵发了这回火，两个人又回到朋友阶段。

邹茵茵不热衷社团活动。

但是大学里，总是要给自己找点事干。

她去家教中心报名了，过了几天，有面试通知。

再淡定的姑娘，这都是头一次面试。

邹茵茵想了想，还是打电话让赵昱成陪她去。

赵昱成拍拍胸脯："你放心去，我在楼下给你打气加油。"

邹茵茵做足了准备，自然是顺利通过了。

下楼看见赵昱成皱着眉打电话，他累得毫无形象地坐在马路牙子上，烦躁得不停揉头发。

赵昱成看见她下来，跟电话那边胡乱说了句："你等着我来了再说。"

他抱歉地冲邹茵茵笑了笑："不能跟你一起回去了，我要去趟成都。"

赵昱成的初恋，因为前面几个志愿都落空了，最后去了成都。

邹茵茵甩了甩书包："没事，你去吧。"

赵昱成压根儿没问她面试得怎么样，匆匆忙忙拦了的士就走。

最后也没挽回初恋，两个人都是大大咧咧的性格，说不了柔软的话，异地恋给初尝禁果的两个人带来的猜疑和困惑太多。

赵昱成再回北京的时候，成了单身一人。

邹茵茵在他去成都的日子里，答应了负责家教中心的学长。

*　　　　　*　　　　　*

又到孙恬恬生日，孙恬恬已经上高二了，邹茵茵和赵昱成头一次没坐在一起。

人群散了，孙恬恬说跟她说悄悄话，

"茵茵姐，你和成哥怎么回事？"

邹茵茵叹气："他总是不敢。"

"其实他不敢什么呢，我要是瞧不起他，会理他这么久吗？"

孙恬恬替他们难过，安慰性地拉了拉她。

"恬恬，我没事，其实人都爱选更轻松的路走，他一样，我也一样。两个人认识久了，连开口的勇气都没有，可能就是做朋友最好。"

孙恬恬点头，她想起来："对了，茵茵姐，你帮我看看。"

她拉邹茵茵进了自己房间，换了身衣服，破洞牛仔短裤，配上浓妆。

"你看，我这身合适表演吗？"

她有些紧张，说自己其实喜欢跳街舞，陆诨帮她联系了酒吧的表演。

邹茵茵认真地看了看："特别合适。"

邹茵茵听她言语间的羞涩，心下了然："你喜欢诨子吧。"

孙恬恬条件反射："才没有。"

过了一会儿又说："有一点点啦。"

邹茵茵噗嗤一声笑了。

"茵茵姐，你不能嘲笑我。"

"谁嘲笑你，我羡慕你。我也想回到高二。"

邹茵茵问她："那周扬呢？"

孙恬恬摇头："我也不知道，扬子哥对我也很好，但我就是对他像好朋友一样。"

邹茵茵安慰她："你还小，慢慢来。别像我们一样，选错了就回不了头。"

初恋多半是无疾而终的。

邹茵茵想得很明白，对她而言，体味过爱情是什么滋味就够了，犯不上撕心裂肺地难过。

所以谈了大半年以后和平分手。

这大半年里，赵昱成好像开了窍，不停歇一样处了三任女朋友。

再见到邹茵茵的时候，他已经变得油嘴滑舌了。

"茵茵，你什么时候单身了，考虑考虑我呗。"

回答他的，是邹茵茵一记干脆利落的巴掌。

赵昱成捂着脸，"茵茵啊，打是亲骂是爱，你别不好意思嘛。"

等邹茵茵走远了，他收敛了嬉皮笑脸，站在原地看她的背影。

好像这样能显得他没输。

邹茵茵没想到，自己会真遇见心动的人。

她大一暑假找了份实习，说是实习，对大一的学生来说太早，其实是端茶倒水的工作。

带她的"师傅"，是快30岁的李航川。

邹茵茵自诩在同龄人中，算是读的书最多的了，发现和李航川比起来，还是小巫见大巫。

他的阅历和知识，让邹茵茵觉得像磁铁一样吸引她。

是和面对赵昱成截然不同的感受。

赵昱成的每个眼神和动作，她都知道他在想什么。

跟李航川在一起的时候，赵昱成还时不时跑来酸她，说她找了个大叔，老得不中用。

李航川就难以猜测多了。

邹茵茵有时候不自觉地看他就愣了神。那天给李航川泡了咖啡，李航川皱着眉喝了口没放糖的咖啡。

他看着邹茵茵："丫头，你不用总猜我在想什么。"

跟成熟的人谈恋爱，每个阶段每个步骤之间都没有丝毫皱褶，平滑地跟着他的脚步就走过去了。

邹茵茵跟他同居了，跟他见了父母，到了谈婚论嫁的地步，她才惊觉，不过半年恋爱怎么就要结婚了。

李航川把领带扯松了点："丫头，我三十了。"

邹茵茵低头:"对不起。"

番外 5 似水流年(五)

邹茵茵又单身了。

这回尝了爱情的苦,她想忙碌点,看室友在复习托福 GRE,她想起来自己那一箱雅思书。

这一年,赵昱成他们院儿里发生了一件大事。

上了大学,周扬跟孙恬恬在一起了。

大家都觉得邹茵茵没搅在他们的事情里,反而她知道的最多。

孙恬恬说:"茵茵姐,你说得对,大家都想过得轻松点。浑子那么骄傲,他就是不表白,我能怎么办。"

赵昱成跟她说了八卦:"周扬这小子不地道,坑了浑子一把。其实他们是约好一起表白让孙恬恬选的。"

邹茵茵皱眉:"那现在呢?"

"你又不是不了解浑子,都这样了,他哪里肯觍着脸去说。"

邹茵茵前两年会跟赵昱成发脾气,这回只默默把想说的话吞回肚子里。

"我更了解的是你。"

陆浑确实是不愿输的主儿,周扬和孙恬恬在一起没几天,他就决定考雅思出国,小半年内手续就办得差不多了。

陆浑绝对不愿意叫几个男人看扁,从小还算服邹茵茵,临走前,只给邹茵茵打了电话汇报。

"茵茵姐,你不是早想出国吗?高中就被成哥耽误了,其实看周扬这孙子烦了,真办起来挺简单。"

是么,邹茵茵看了看抽屉里躺着的雅思成绩单。

本来想申请研究生,现在提前查了查学校的交流项目。

有曼彻斯特半年的项目,邹茵茵挺心动,就着手准备资料了。

往办公室跑的次数多了,次次都能碰见同一个男生,跟她申请的是同一

个项目。

　　这个男生，有点赵昱成以前的傻气，比邹茵茵低一级，大二。

　　他在一个公共选修课里碰见邹茵茵，才疑惑地扶了扶眼镜。

　　"我是不是见过你。"

　　邹茵茵莫名想笑。

　　这段恋爱来得快去得快，其实还没到一起出国，就已经分手了。

　　但赵昱成并不知道，他听到的消息，是邹茵茵跟男朋友一起出国了。

　　赵昱成稍微有点慌了。

　　邹茵茵大四到了英国，陆诨已经把英国玩儿得极熟，开车过来看邹茵茵需要点什么。

　　"茵茵姐，我不把你照顾好，成哥是不是要收拾我。"

　　邹茵茵不以为然："他早忘了我是谁。"

　　陆诨叼着烟下了车，把手机聊天记录翻出来给邹茵茵。

　　他自己开了后尾箱，把买的东西往邹茵茵住的地方拎。

　　聊天记录里赵昱成还在问陆诨，去了英国帮他看着点邹茵茵，什么时候邹茵茵分手了告诉他。

　　邹茵茵看得冷笑。

　　陆诨出来锁车，拿了手机。

　　"怎么样，整他一道？"

　　邹茵茵一脸困惑："嗯？"

　　"我就跟这孙子说，你不是交流，是移民，跟男朋友好着呢，可能以后都不会回来了。"

　　看邹茵茵还在犹豫，陆诨煽风点火："茵茵姐，下个狠心，不然你俩要折腾到猴年马月？"

　　邹茵茵如壮士断腕："行吧，弄他。"

　　没想到赵昱成，看着油滑了这么多，还是这么傻。

　　他还真信了。

赵昱成以前总以为，不管他和邹茵茵怎么玩，回个头，大家都站在原地。

回家看了看小时候的照片，想起来第一次见她，她的马尾就扫在他心尖上，现在一晃这么多年，原来都走这么远了。

赵昱成还找到以前没还给她的书，《飘》，其实每本书他都没有看进去，只有邹茵茵有耐心对他，给他写阅读介绍。

赵昱成买了机票，下意识把《飘》揣包里了。

邹茵茵在曼彻斯特的校园里见到赵昱成，还是出乎她意料的。

她原以为，赵昱成怎么都要先发消息问问她。

邹茵茵当没看见绕路走。

赵昱成拉住她，对她的称呼又回到了以前："邹茵茵，你走什么走？"

邹茵茵不走了："赵昱成，你来干吗？"

赵昱成发现，历练了再久的脸皮，在她面前要说真心话的时候还是开不了口。

"你男朋友呢？"

邹茵茵没好气："分了。"

赵昱成显然又被这样的剧本搞傻了："哦。"

邹茵茵恨不得敲敲他的大脑瓜："你到底来干吗了。"

赵昱成在她面前，永远这么傻。

他总觉得高中的时候没说出来的表白，可能注定就说不出来了。

赵昱成憋了半天，从包里掏了本书："来还书。"

邹茵茵气得想笑，她命令他："把书放下。"

赵昱成哦了一声。

邹茵茵接着命令他："抱我。"

赵昱成眼睛瞪大，不知所措。

被邹茵茵瞪了一眼，浑身僵硬地照做。

下一秒，邹茵茵就踮着脚凑近他，赵昱成只看得见她颤动的眼睫毛。

半年后。

庆祝邹茵茵回国，赵昱成攒了个大局，一帮子人都喊来了。

正值圣诞假，陆诨也来了。

只有周扬寒假被安排去上海实习，没法来。

邹茵茵看出来，几次孙恬恬都在看陆诨。

邹茵茵这回尝到了那句话的后半句："选择轻松的人，苦的日子都在后面。"

孙恬恬把自己灌得很醉，陆诨像没看见一样。

趁着在走廊，孙恬恬拉着陆诨说胡话："诨子哥，你知不知道你要是跟我表白，我一定会答应。我从那次跳街舞被你看见就开始喜欢你了，现在晚了。"

陆诨这些年，对女孩子的功夫见长，不着痕迹地把她推开。

"恬恬，别发安慰奖，嗯？"

他又刮了刮她鼻子，跟小时候一样："好了，进去吧，别让大家看笑话。"

孙恬恬乖乖回去了。

事后她苦笑着问邹茵茵："茵茵姐，你跟成哥，怎么能重新开始呢？"

邹茵茵摇头："因为他是赵昱成，诨子不是赵昱成。"

诨子不管放下了，没放下，都不会回去碰兄弟的女朋友，曾经选了周扬的人。

邹茵茵跟赵昱成一起申请了研究生。

英国待久了，又不想回来，申请了工作签证居然又多了几年。

直到孙恬恬发了结婚请束。

"茵茵姐和成哥能回来吗？"

邹茵茵电话里答得肯定："你结婚我肯定回来呀。"

孙恬恬笑嘻嘻："那我就等你啦。"

邹茵茵想了想："你想好啦？"

孙恬恬这回毫不犹豫："那都是以前不懂事，现在我和扬子挺好的。"

邹茵茵轻笑："祝福你们。"

过了不久，陆诨头一次带女孩子来他们家。

虽然陆诨表现得满不在乎，在门口吊儿郎当地搂着那个女孩儿，跟他们介绍。

"这我蜜呗。叫什么来着？"

"Rose."

那个女孩一副尴尬的模样，急急开口："我叫霏霏。"

邹茵茵笑了笑，逆光看不清他们的面容，竟然一时有些恍惚。

好像看见了自己，如果没有骗一把赵昱成，或许就跟陆诨现在一样，放下得彻彻底底。

然后遇见他的霏霏。

爱情这趟列车，从来不管先来后到。

它只管轰轰烈烈地驶向春天。

图书在版编目(CIP)数据

火车在春天里停了一个小时 / 舍曼著. —— 上海：
上海社会科学院出版社，2019
 ISBN 978-7-5520-2655-9

Ⅰ.①火… Ⅱ.①舍… Ⅲ.①长篇小说—中国—
当代 Ⅳ.①I247.5

中国版本图书馆CIP数据核字(2019)第127721号

火车在春天里停了一个小时

著　者：舍　曼
策划编辑：杨月怡
责任编辑：霍　罩
封面设计：夏艺堂艺术设计 + 夏商 xytang@vip.sina.com
出版发行：上海社会科学院出版社
　　　　　上海顺昌路622号　　　邮码 200025
　　　　　电话总机 021-63315947　销售热线 021-53063735
　　　　　http://www.sassp.cn　　E-mail:sassp@sassp.cn
印　刷：上海颛辉印刷厂
开　本：710毫米×1010毫米　1/16
印　张：20.5
字　数：293千字
版　次：2019年12月第1版　2019年12月第1次印刷

ISBN 978-7-5520-2655-9 / I·347　　　　　定价：58.00元

版权所有　　侵权必究